O Segredo de Spalla
O reencontro

Marcelo Brambilla

Preparo de originais: Gabrielle Antunes
Revisão: Lilian Ferraz
Diagramação: Samanta Paleari
Capa: Fernanda Pereira

Catalogação na publicação
Elaborada por Bibliotecária Janaina Ramos – CRB-8/9166

B815s

Brambilla, Marcelo

O segredo de Spalla - o reencontro / Marcelo Brambilla. – Rio de Janeiro: Ases da Literatura, 2022.

N p. 306; 16 x 23 cm

ISBN 978-65-84796-02-7

1. Ficção. 2. Literatura brasileira. I. Brambilla, Marcelo. II. Título.

CDD 869.93

Índice para catálogo sistemático

I. Ficção : Literatura brasileira

Editora Ases da Literatura

www.asesdaliteratura.pt

O Segredo de Spalla
O reencontro

Marcelo Brambilla

ASES DA LITERATURA

Agradecimentos
Aos meus alunos.

Capítulo 1

O recomeço

Carol recuperava-se no aconchego de sua casa na Áustria, acompanhada pela doutora Adele, sempre sob o olhar atento de Amanda. Passaria seus dias descansando tranquilamente, sendo permitido a muito custo apenas receber as informações dos projetos em Poços de Caldas, Sarajevo e na África, com a promessa de não se estressar. Estava muito bem assistida em todos eles e, além disso, Buhba estava incumbido de filtrar os problemas, dando o suporte necessário nessa nova parceria com a ONG da maestrina. Os seus dias seriam um pouco mais tranquilos do que sua rotina habitual.

Buhba sentiu-se honrado em ser o escolhido para escrever a lenda de Spalla, ainda mais tendo a chance de dissertar um pouco sobre a sua vida. Era a sua jornada fazendo parte da história das pessoas que ele mais admirava. Teria muito a falar sobre Tommy e as belas experiências compartilhadas ao longo de vários anos. O pouco tempo de convivência com Carol, e até mesmo com Adele, deveria ser regado diariamente para lhe render os frutos dessa convivência.

Não que ele tivesse abdicado da necessidade de satisfazer as suas curiosidades sobre a vida após a morte, mas decidiu optar pela liberdade total de Tommy em transmitir as ideias à sua maneira e de acordo com as suas necessidades. Estava muito tranquilo em suas intuições e interpretações, não precisava romper a confiança nele depositada. Estava tudo demasiadamente perfeito. Talvez a morte nem precisasse ser compreendida em vida.

Só então, percebeu que tudo fluía em total harmonia com a vida de Carol, no seu ritmo, como se fosse a mais suave de todas as músicas. Não precisava perguntar para entender que Tommy a acompanhava com os olhos e com o coração. O mais importante era a história a ser contada, colocando nomes fictícios para preservar as pessoas envolvidas nesse romance. Ainda não sabia como Tommy iria proceder a respeito das vidas passadas.

Buhba sentia-se muito atraído por escrever, tanto que, logo no primeiro dia após o café, alojou-se em seu quarto, ajeitou a velha cadeira de madeira que estava ao lado de uma escrivaninha com vários livros. Ali ficou por horas, chamando a atenção de todos, principalmente de sua mãe. Não era de esquivar-se do agrupamento familiar dessa maneira em suas visitas, mas aquele momento era especial. Respirar o ar da terra natal fazia parte das suas reflexões e tudo aquilo lhe fazia bem e o motivava a escrever. Era naquela mesma escrivaninha que ele estudava quando ainda era criança.

— O que está fazendo aí escondido há tanto tempo?

— Escrevendo.

— Posso saber sobre o que?

A mãe franzia a testa e a torcia levemente, já desconfiando de algo grande. Conhecia perfeitamente a amplitude dos passos que o filho dava em sua vida. Sempre teve a timidez como grande inimiga, mas a sua perspicácia, inteligência, envolvimento e determinação poderiam contornar qualquer dificuldade por ela gerada e ele soube valer-se muito bem de suas habilidades.

— Vou escrever um livro. A senhora me fez ler tantos, aqui, nessa mesma escrivaninha. Lembro-me como se fosse hoje e nesse momento quero dedicar-me a escrever. Terei muito tempo livre.

— E sobre o que vai escrever, meu filho?

— Vou deixar que o vento ou alguém assopre algumas palavras em meus ouvidos. Não tenho muitas pretensões, mas acredito ter algumas belas histórias a contar.

— Com certeza. Vai ser um relato, biografia ou o quê?

— Acho que será uma lenda.

— Uma lenda? Uma lenda! E já tem um nome para essa lenda?

Uma pergunta seguida instantaneamente de uma exclamação. Algumas vertentes passaram pela cabeça da mãe que demonstrava o interesse em saber com urgência. Parecia mais empolgada do que o próprio filho. Sempre amou a leitura.

— Ainda não. Espero que o vento não demore tanto para me trazer a motivação de que eu necessito para desenrolar essa história.

— Muito bom! Terá toda a paz e tranquilidade para que seu coração absorva tudo o que viveu. Serei a primeira a ler e a pedir autógrafo. Se você permitir, é claro.

— Com certeza. Talvez eu escreva na varanda. Gosto mais do ar lá de fora. O cheiro da terra que invade a varanda e a alma.

— Estou vendo que está bastante inspirado.

Buhba pegou seu notebook e acompanhou a mãe até a varanda, não sem antes tomar mais um copo de café, com o mesmo sabor da época áurea dos cafezais congoleses.

Na Áustria, Carol conversava por aplicativos com Samantha, uma das gêmeas da Bio, que abertamente declaravam-se fãs incondicionais da maestrina. Estavam agora iniciando os contatos para a inclusão da música no projeto no qual eram parceiros na África. Lamentava muito a perda do mentor do projeto, mas que, por ele, nada iria parar. Enquanto digitava, viu que a jovem estava fazendo uma chamada de vídeo. Estava um tanto descabelada, com o Frederico ao seu lado, mesmo assim não deixou de atender.

— Oi, Carol. Como estava lhe falando antes, eu tenho todas as suas gravações em minha playlist, e comecei a tocar violino por sua causa. A minha irmã toca viola.

— Que legal! Fico lisonjeada com essa declaração. Eu também já me tornei fã de vocês por tudo o que tenho ouvido sobre o que fazem pela natureza. Tão jovens e tão ativos.

— Tivemos o primeiro empurrão dado pelo Tommy e, então, juntamos as nossas forças e tem dado certo por enquanto.

— Quanta modéstia. O seu irmão também toca?

— Ele poderia ser músico profissional, se ele quisesse. Consegue identificar qualquer nota somente pela sua vibração. Dizem que ele tem ouvido absoluto, mas não quis continuar porque prefere a engenharia. Na verdade, ele diz que a música é física para os seus ouvidos.

— É o Frederico ao seu lado? — perguntou Scarlet, a outra gêmea, quase tirando o celular das mãos da irmã, explicando-lhe que agora seria a sua vez de falar.

— Sim. O Between é meu companheiro e vai ficar comigo agora. Vai ser o meu protetor. Meu cão de guarda.

— Há-há-há-há! O Frederico nem sabe morder. Nos dispusemos a ficar com ele também, mas avisaram que você ficaria e nós achamos muito justo. É o cãozinho mais amado desse planeta. Mas por que Between?

— Porque ele sempre estava entre o Tommy e eu.

— Essa semana vamos voltar para a África. Estamos delimitando uma área de estudo da floresta e trabalhando em um projeto de ambientalização do homem na floresta.

— E sobre o que é?

— Sobre a racionalidade e respeito a um ambiente não próprio dos seres humanos. Será desenvolvido no Brasil e na República Democrática do Congo, exatamente ao mesmo tempo. Nas duas maiores florestas tropicais do mundo.

— Que lindo! Estou amando o trabalho de vocês. Precisamos muito que os jovens compreendam e transformem esse mundo. Não é possível evoluir sem que se aprenda o respeito e o amor pela natureza.

— Madeira, mineração, gado, carvão, etc. e etc. Eles a devoram progressivamente numa escala que pode tornar-se irreversível. Nós colocamos todas as possibilidades de renda com a floresta em pé. É muito mais rentável do que se ela vier abaixo. Mas a floresta no chão gera retorno imediato para exploradores e para... os políticos, como todos sabem.

Scarlet fazia o sinal característico com dedos indicador e médio, sinalizando aspas, próximo às orelhas da irmã, repetindo a palavra "políticos", antes de novamente tentar tirar o celular das mãos de Samantha.

— Fizemos um estudo sobre as condições alarmantes de degradação das florestas da República Democrática do Congo e Amazônia, Pantanal Mato-grossense e Mata Atlântica, no Brasil. O processo de degradação está acelerado e, segundo nossos estudos, em cinquenta anos ela estará tão fragmentada que os animais começarão a desaparecer, mortos por grandes e pequenos latifundiários em descampados. Nesse caso, o fim não é exatamente no término, porque no meio do processo já foi o fim para muitas vidas. Ah! Você entende.

Agora Samantha puxava o braço da irmã para aparecer na tela do celular.

— Pra você entender melhor, é como se a mata estivesse tão devastada que uma onça escondida atrás de uma árvore diria para o veado "estou te vendo!".

— Seria engraçado, se não fosse trágico. Mas consegui entender melhor agora. Muito sucesso no trabalho de vocês! Espero que seus ideais se propaguem na mesma intensidade da admiração que sinto por todos vocês. Quero vê-los logo.

— Sério o que está falando? Carol, você admira a gente? Vamos espalhar sementes por áreas que foram devastadas e fazer parcerias com a população para fiscalização e controle.

— Claro, lindas! Que sementes são essas?

— São umas sementes que o Mathew está desenvolvendo. São resistentes ao solo mais árido do norte da África. Ele acredita que pode mudar o clima e fazer as chuvas voltarem.

— Precisamos conversar mais pessoalmente. Que maravilha poder aprender com vocês. Na verdade, quero vocês pra mim.

— Poxa! O que acha de nos adotar?

Scarlet novamente puxava o celular para aparecer na conversa.

— Por que não deixa o celular pegando vocês duas? Vamos falar sobre a adoção de três jovens fantásticos.

A conversa estava num tom de brincadeira, mas com uma sensação boa de família, de pessoas que ainda pouco se conheciam, mas já demonstravam haver uma cumplicidade enorme. Carol estava encantada pelas meninas que pareciam brincar, falando de coisas tão sérias que mudariam o mundo.

— Estamos conversando. Fizemos uma reunião durante o jogo de cartas depois do jantar e todos concordamos em ajudar mais os seus projetos. Cuidar das crianças é tão importante quanto cuidar das florestas e dos animais. Pensamos em cuidar de crianças, que cuidarão do mundo futuramente com consciência.

— Poxa! Que maravilha! E vocês decidiram tudo isso durante o jogo de cartas? Que legal!

— Está chorando? Na verdade começou enquanto pintávamos a sala, mas a guerra de tintas nos fez interromper.

— Não, eu não estou. Tá... estou... um pouco. Vocês são incríveis!!! Correm o risco de serem apertados como filhos.

— Há-há-há-há! Ouviu isso, Scarlet? Foi pra mim.

— Ela disse para todos. Se é que você entendeu.

— Sim! Foi para todos. Quando nos encontrarmos tenham os seus instrumentos com vocês. Quero que toquem comigo.

— Sério??? Com você tocando, acredito que até o Mathew vai querer tocar o Cello novamente.

— Ele diz que sabe de onde vêm os barulhos... Há-há-há-há!

Durante o período em que fez a sua recuperação recolhida em casa, Carol compôs várias obras, de um repertório que partia do triste e melancólico, para num futuro evoluir para composições mais conscientes e alegres. Alguns meses depois, Carol voltou a reger a sua orquestra e montar a apresentação em uma turnê que deveria rodar pelas principais capitais dos países envolvidos na Segunda Guerra Mundial.

Conversar com Buhba quase todos os dias da semana, era uma forma de acalmar a dor que sentia pela falta do seu grande amor. A ausência física não é algo a que ela podia acostumar-se facilmente. Sentia uma dor aguda na pele, no peito e na alma. Por Tommy, ela ainda dispensava os seus melhores pensamentos do dia e sempre colocava a mão onde podia sentir pulsando uma parte dele. Buhba não havia contado sobre as visitas que recebia.

Marcaram de se encontrarem, na África, para juntos decidirem os rumos dos projetos, viver um pouco daquela calmaria da tribo e a agitação da família de Buhba. Era a contradição do lugar, pois a mãe e as irmãs de Buhba eram inquietas. Dez dias antes, Buhba havia terminado de escrever a primeira parte do livro e sentia-se bastante desconfortável por não dizer a Carol. Foram muitas páginas da introdução sobre a vida daquele que traria a história a público. Como Tommy havia pedido, ele não deveria colocar-se como coadjuvante.

Durante o almoço, a mãe de Buhba fez uma bela homenagem dizendo algumas palavras para Tommy. Lembrou-se da importância do seu ativismo na vida das pessoas da tribo. A sua morte prematura era motivo de tristeza para todos ali. Mas, naquele momento, todos precisavam celebrar a vida que ele teve e o desejo que tinha em ver aquele povo feliz. Gostava de ver o sorriso das pessoas e sentir o cheiro da terra, que ele dizia ser diferente de qualquer outro lugar do mundo. Era insuportável para ele o sofrimento tão presente em quase todo o continente africano.

Após o almoço, quando estavam sentados espalhados pelas redes e cadeiras, conversando distraídos na varanda, Buhba viu uma pessoa chegando, tendo em suas costas o sol, que brilhava muito forte no céu de um azul intenso, sem nuvens. Não conseguiu reconhecer quem era. Deu alguns passos em direção à entrada da varanda, onde apoiou-se com as duas mãos, enquanto a pessoa aproximava-se.

Olhou para a varanda e reparou que Carol fechou os olhos e respirava profundamente. Adele também podia vê-lo e sentiu a sua chegada antes. Somente ela e mais ninguém na varanda apercebeu-se da chegada daquela pessoa. Tommy passou na frente deles e continuou andando lentamente, contornando a casa. Buhba não sabia o que fazer em relação a Carol, foi quando sentiu uma mão em seu ombro, era Adele, próxima ao ouvido.

— É o momento deles se reencontrarem. Leve-a.

Buhba olhou no fundo dos olhos de Adele, tão azuis quanto o céu africano. Além dele, apenas a doutora podia vê-lo e estava certa. Antes que ele encontrasse uma forma de interceder pelo reencontro, Adele voltou ao debate sobre divindades e suas religiões, como se nada tivesse acontecido. Chamava a atenção para si.

Carol estava sentada, com a mãe de Buhba ao seu lado, segurando a sua mão, desde quando começou a contar algumas histórias engraçadas. Depois que a conversa ficou mais séria, ela a apertava com mais força, sem perceber.

— Carol, pode vir comigo um instante?

Quando Carol levantou-se, as gêmeas apressaram-se em tomar o seu lugar. Aquelas belas histórias tinham o poder de atrair as pessoas. Algumas delas eram também bastante tristes.

— Engana-se quem acredita que algo escapa aos Seus olhos. Os Seus desejos e os Seus projetos extrapolam o nosso entendimento. Se migalhas fogem aos Seus dedos, Seus frutos poderão transformar-se em esperança.

— Adele, achei muito interessante a sua fala. Quero conversar mais com você sobre esse assunto depois e quando voltar quero o meu lugar e as mãos da senhora Abeni de volta.

— Vai ser difícil tirar essas duas daqui. Quem mandou sair?

— Onde vamos? Por que o mistério?

— Não vamos muito longe. Já está na hora de você saber de algo que aconteceu há algumas semanas.

— Minha vida já teve surpresas demais por esses tempos, não concorda?

— Acredito que você merece mais algumas gratas surpresas. Você é espírita e foi a primeira a me fazer acreditar. Hoje eu tenho certeza de que você sempre esteve certa.

Buhba já avistava Tommy embaixo de uma Afrormosia, onde suas irmãs cultivavam um canteiro de kalanchoes de várias cores. Tommy estava de costas, apreciando as flores. Antes, quando visitava a África, sentava-se embaixo dessa árvore para sentir o cheiro das flores e da terra. Buhba e Carol estavam calados, caminhando em direção ao canteiro, bem próximos a Tommy, então ela fechou os olhos e deu mais alguns passos lentamente de olhos fechados. Quando ela os abriu novamente os olhos estava de frente para Tommy e logo depois daquele arrepio, que lhe percorria o corpo, ela começou a chorar.

— Não posso vê-lo, mas posso senti-lo. O seu cheiro está misturado ao cheiro das flores. É a mesma mistura que eu senti da primeira vez em que você me trouxe até aqui. Quando dizia que eu era o seu maior pedaço e acreditei cegamente que nunca ia me deixar. Adele me disse que tudo aconteceu no tempo certo. Você estava fora da pista, indo ao meu encontro e ela já estava aguardando a sua chegada ao hospital. Como tudo isso podia estar previsto? Aquela história louca contada pela Adele está acontecendo de verdade?

Buhba estava muito emocionado presenciando aquele encontro de amor intenso. Estava afastando-se quando foi trazido de volta pela pergunta de Carol.

— Você o viu passando na varanda e o acompanhou com os olhos. Você pode vê-lo e ouvi-lo?

Com os olhos cheios de lágrimas, Buhba apenas abaixou a cabeça, concordando.

— Tommy, eu ia morrer e você se entregou por mim de novo, como faz em todas as suas vidas.

Tommy a tocou no ombro e ela sentiu o calafrio de uma maneira muito mais intensa do que do que antes.

— Ele me pediu para escrever sobre a história de vocês, a lenda de Spalla. É mais um elo que pode ajudá-los a se reencontrarem em vidas futuras.

— Por que eu não posso vê-lo?

— Porque vocês nunca se encontrarão no plano espiritual. Quando vieram à Terra existia essa condição imposta por Deus. Vocês vivem esse encontro no plano terreno e o desencontro espiritual há vários séculos.

— Foi Deus quem nos separou?

— Existe um segredo que ainda não sabemos explicar sobre a separação espiritual. Essas marcas têm um significado muito forte entre vocês. Ele estará ao seu lado para protegê-la sempre dos espíritos maus que a perseguem.

— Eu sinto tanto a sua falta, foi tudo tão rápido. O nosso tempo foi muito curto e hoje eu sinto uma dor imensa pela sua ausência.

— Ele quer que você continue os seus projetos porque nada lhe faltará. Me pediu para acompanhá-la e isso nem seria necessário porque você foi um presente para os nossos ideais.

— Nunca vou desistir. Nós tínhamos tantos planos e projetos.

— Vocês são as pessoas mais parecidas que eu tive a oportunidade de conhecer. Eu escrevi isso quando ele me pediu a primeira vez e lhe entregaria hoje de qualquer forma.

Carol pegou a carta e virou novamente, ficando de frente para Tommy para lê-la.

Você é a pessoa mais linda que eu conheci em todas as minhas vidas nesse plano terreno e a alma mais pura que, há séculos, busco reencontrar. Em sua presença eu me encanto e me apaixono pela sua beleza, sua voz e suas palavras, seu cheiro, suas lutas por tudo e por todos. A sua vida sempre me atraiu, e os sinais que deixamos livres ou enclausuradas nos dão a dimensão do nosso amor e da força que juntos tivemos. Queria poder levá-la pelos lugares em que já vivemos e nos amamos. Todas essas passagens podem ser revividas onde eu estou, onde o tempo e o espaço não se dão conta da minha presença. Seria impossível me acostumar com a sua ausência, sem a sua música e a sua alegria, mas você está tão presente em mim quanto eu em você. Eu sinto o nosso cheiro se misturando pelos campos e pelas cachoeiras, como se eu pudesse reviver cada segundo que juntos passamos. Eu te amo mais. Te amo pela alma que gerou a minha, desde a minha criação. Tenho a honra de ser a vida da sua vida, a alma da sua alma. Se fui criado para protegê-la, aqui estarei para sempre ao seu lado, escoltando-a contra tudo o que a aflige. Jamais deixarei de tê-la como a minha maior parte, não importa contra quem ou Quem. Um dia estaremos juntos em verdade para todo o sempre.

Amo você acima de Tudo.

A sua carta era breve, mais forte e incredulamente desafiadora. Não haveria meio termo perante esse amor. Carol deveria acalmar a sua alma. A presença dela e de sua música lhe trariam a paz de que a sua alma necessitava. Carol fechou os olhos e deitou o rosto para o para o lado, recostando-o sobre a mão de Tommy que estava em sua marca, no ombro. Tinha certeza de que ela seria a paz para ele e ele seria a sua segurança durante muito tempo. Queria viver e realizar os seus planos, com ele ao seu lado.

— Deus jamais estaria contra nós. Se fomos colocados nessa prova, existe um fundamento muito grande para isso. Nós a cumpriremos juntos, até que ela chegue ao seu fim. Meu amor de todas as vidas que eu puder viver e muito mais.

Buhba não imaginava que uma alma pudesse chorar, mas estava nítido na face de Tommy que ele estava chorando, por felicidade e desespero misturados, ao ver a sua amada lendo a carta, em frente ao seu estado liberto das amarras de um corpo terreno e ver as lágrimas do amor infinito era uma dádiva para qualquer pessoa que pudesse presenciá-lo.

Então Buhba estava prestes a dar início à maior viagem de sua vida através das experiências de Tommy, que frequentemente passou a visitar o amigo, muitas vezes deitado em sua cama, como se ela fosse um divã. Buhba, em sua escrivaninha antiga, presente do amigo Erasto, escreveu alguns capítulos das vidas passadas de Tommy e Carol.

Capítulo 2

A professora judia

Aganieszka Novak era uma professora, nascida em 1913 na cidade de Varsóvia, na Polônia e filha única de uma família judaica. Teve esse nome, de origem grega, escolhido pela mãe, por significar virtuosa, honesta ou pura, como a mãe acreditava que aquele bebê seria em sua vida.

Desde pequena ela sempre teve o dom da solidariedade, repartindo seus poucos brinquedos com as crianças mais pobres da vizinhança. Às vezes, enquanto brincava com amigas, fingia esquecer seus brinquedos de propósito em suas casas, para que as crianças pudessem tê-los por algum tempo. Anne, a mãe, sempre lembrava dessas passagens e dizia que sempre teve desapego dos bens materiais, exaltando a bondade da menina aos quatro ventos.

Seus pais eram apreciadores da música instrumental erudita que tocavam por diversão, sempre incentivando os filhos a apreciarem seus melhores compositores. Quem tocava melhor era o tio Antoni, cujo nome significava valioso. Ele, que morava com a família, tocava violino e piano muito bem. Foi ele quem ensinou à ainda pequenina Aganieszka os primeiros acordes ao piano. O filho mais velho, Gustave, era um brincalhão que além de não se motivar pelas músicas, irritava seus pais dizendo que eles estragavam uma boa música. Tudo era levado na brincadeira, pois os pais não cobrariam algo que o filho não desejasse de coração.

Por outro lado, a menina sempre amou desde a primeira infância. Aos dois anos, ela já brincava com o violino no colo do tio Antoni, soltando os seus primeiros arranhões. O pai, Haskel, não se importava que ela o desafinasse. Isso poderia ser resolvido em poucos minutos, após a alegria em ver a menina "tocando" como um anjo. O tio era um excelente afinador e geralmente era ele mesmo quem resolvia minuciosamente os problemas com os instrumentos após a aula.

Aganieszka era uma menina linda, loira com cabelos encaracolados, o que a aproximava ainda mais das imagens angelicais. A mãe se derretia de amores ao ver a menina tocando e a acompanhava ao piano sempre ressaltando que era a pequena quem deveria escolher a música, conduzindo-a no acompanhamento. Dessa maneira, literalmente acreditava ser ela mesma quem conduzia a mãe. Até mesmo Gustave, com toda a sua repulsa pela música, dizia com suas brincadeiras que a menina era a única e verdadeira musicista da família. Ele era sempre um dos mais felizes, mesmo não participando de forma efetiva dos encontros familiares em torno da música.

Entre eles não havia músicos profissionais, mas levavam a música para as festas de família como forma de divertir a todos. A mãe dedicava-se a ensinar o pouco que sabia para a filha e estava cada dia mais impressionada pela facilidade em compreender as partituras que lhe eram apresentadas. Tinha a capacidade de reproduzir sons e acordes que a mãe jamais lhe havia ensinado. A menina compreendia a música como uma linguagem nata. Na escola ela sempre foi referência de dedicação aos estudos e tinha ótimas notas, tanto que os pais eram só orgulho.

Com o passar do tempo, o pai trocou o piano por um melhor, pois agora compreendia que a menina, aos nove anos, atingia um estágio de desenvolvimento que necessitava de um instrumento capaz de reproduzir com fidedignidade a sua desenvoltura dentro da música. Comprou o piano para ajudar um amigo que passava por dificuldades e por ele pagou o dobrou do que seu amigo pediu, incentivado pela sua esposa, que dizia valer mais e não poderiam decepcionar os amigos, aceitando pagar por ele um preço que não estivesse à altura do instrumento.

O termo resiliência começava a ser trazido da Física para a Psicologia emocional, após a Primeira Guerra Mundial. O piano, um August Foster de 1910, estava muito bem cuidado e estava na família há mais de vinte anos. O pai pediu a Kristofer que escrevesse o nome da filha,

Aganieszka Novak na parte inferior traseira do piano. Infelizmente a crise econômica abalava estruturas familiares e as obrigava a se desfazer de objetos de inigualável valor sentimental, mas essa era a forma de tentar reverter situações de queda de poder econômico.

A justiça que pregavam em teoria também deveria fazer parte da vivência repassada aos filhos. Primavam pela moral e ética acima de tudo. O casal era sempre muito correto em todas as suas ações. Não poderiam deixar de assistir aos amigos em um momento de crise familiar e nesse momento eles ainda poderiam cooperar, apesar das dificuldades que começavam a aproximar-se deles também.

O tio Antoni, irmão de Anne, tocava violino sentado com a menina ajeitada em seu joelho, de frente para ele equilibrando-se. Pareciam fazer malabarismos. Ela adorava ver o tio tocando tão de perto e assim ela aprendia cada vez mais. Os seus ouvidos aguçados e a sua habilidade em manusear o instrumento eram impressionantes e logo ela começava a reproduzir as músicas que o tio tocava à sua frente.

A menina assim cresceu, sempre dedicada aos estudos, cada vez mais incorporando os dons musicais, aprendendo a decifrar os mistérios e segredos de vários instrumentos. Dominava o piano, o violino, a viola, o violão, além de ser habilidosa também em percussão. Tinha ouvido absoluto e usufruía desse dom com todas as forças que podia, absorvendo todo o conteúdo musical que pudesse receber.

Sua mãe, entrando em acordo com seu pai, pediu-lhe que utilizasse o seu dom musical e suas habilidades de leitura e escrita para ajudar as crianças do bairro, principalmente as mais carentes, às quais de alguma forma já dedicava parte do seu tempo, geralmente fazendo bolos e pães ou somente tocando com elas ao seu redor. Todas aquelas crianças do bairro a adoravam por essas habilidades, atitudes e alegria. Para os pais seria motivo de muito orgulho a filha desenvolver esse trabalho, levando a alegria da aprendizagem por intermédio da música para aquelas crianças.

Aganieszka sempre se lembrava da conversa com sua mãe que, chorando muito, lhe pediu para utilizar seus dons para oferecer algo que fosse muito além do alimento para o corpo dos mais necessitados. Então ela compreendeu que deveria doar o alimento para a alma daquelas crianças. Aprender a ler, escrever, somar e subtrair era muito importante, mas a mãe se referia aos conceitos morais e éticos, que estavam sendo degradados em uma Europa fragmentada, utilizando a música para desenvolvê-los.

Nesse ponto a sua mãe colocava a música como grande estratégia para conquista dessa formação, que deveria ir muito além do básico. Defendia essa educação com conceitos de cidadania aliados aos conteúdos, fazendo com que a aprendizagem fosse mais dinâmica, divertida, prazerosa, significativa e eficiente. Eram conceitos pouco utilizados até então, que opunham-se à metodologia totalitária e tecnicista empregada na época. Como ela dizia, era necessário que as crianças pudessem aprender com alegria, divertindo-se.

Sua mãe tinha uma visão de educação escolar à frente do seu tempo referindo-se ao prazer da aprendizagem sobrepondo-se à quase obrigação do aprender. Aí encaixavam-se a música e outras atividades que pudessem ser aliadas na aprendizagem, além das aulas tradicionais. Esse era o sonho dela que se sentiria realizada se pudesse ver a filha desenvolvendo esse trabalho com as crianças carentes do seu bairro.

Aganieszka, logo aos dezoito anos, resolveu que aceitaria esse desafio e então deveria dedicar-se a arte de ensinar crianças com alegria, conforme teorizava a sua mãe. Era delicada no trato com as crianças que a amavam e respeitavam por tudo o que ela significava para elas, por todas as suas atitudes perante as pessoas mais necessitadas do bairro. A jovem era a própria bondade e vivia rodeada por seus alunos que se encantavam e cantavam para ela.

Todos os dias era acompanhada por algumas mulheres que aproximaram-se da escola para ajudar. Diziam morar perto, não tinham filhos, mas, motivadas pelas ações bondosas da professora, queriam doar-se de alguma forma pelas crianças. Eram muito prestativas e, além das crianças, tinham muito cuidado com a professora. Bozena, todos os dias colhia flores para enfeitar a sua mesa. Aganieszka, brincava.

— Estou ficando mal-acostumada, com tamanho zelo dispensado por todas vocês. Recebo mais cuidados do que todas as crianças juntas.

Annie, uma das mais empolgadas e que sempre estava ao lado, colaborando nos afazeres do alunos, um dia a surpreendeu.

— Não tenha medo de entregar-se ao que o futuro lhe oferecer em breve. Você tem uma missão muito grande na Terra.

Aganieszka não entendeu e tentava decifrar a mensagem, sem compreender. Associava tudo à aprendizagem dos seus alunos, ao que dedicava quase todo o seu tempo.

Um dos meninos mais apegados à professora, Gabriel, de nove anos, prometia protegê-la para sempre. Ele estava aprendendo a tocar cello e junto com as suas irmãs gêmeas Helena e Hanna, com sete anos, formavam o trio que não se desgarrava da professora. Mesmo após Aganieszka dispensar os alunos ao término das aulas, esses três sempre ficavam com ela um pouco além e ao invés de cansaço ela demonstrava o mais puro amor. Permitia que eles escolhessem uma música para acompanhá-la após a aula, sempre saboreando um pedaço de bolo, preparado pela própria professora.

Gabriel foi identificado pela professora como o ouvido absoluto da turma, que lhe permitia distinguir e interpretar as notas musicais com muita facilidade. Isso o aproximava ainda mais dela, por terem esse dom em comum. Ela o admirava tanto que sempre dizia que o seu ouvido era muito mais apurado do que o dela, o que fazia com que o garoto estivesse ainda mais motivado pela música a cada dia.

As gêmeas tinham uma dedicação muito grande para aprender música, o que também as fazia diferenciadas e, além de tocar instrumentos, elas tinham vozes que muito se identificavam com a música erudita. As duas notadamente se encaixariam na categoria soprano e para que elas desenvolvessem essa habilidade da melhor forma, a professora trabalhava diariamente as aulas de canto direcionadas a esse dom específico.

Anne era como se fosse o anjo da guarda de toda a escola. Atuando junto às famílias, conseguia trazer alguns recursos extras para compra de suprimentos básicos e sempre fazia um bolo ou um pão para servir para as crianças, pois conhecia muito bem as suas carências. Era muito nítido também o amor que a sua filha tinha especialmente por esses três. Geralmente ela os convidava para irem almoçar em sua casa, devido às suas dificuldades.

As crianças foram criadas pelos avós que eram bem velhinhos e passavam por muitas dificuldades. Os outros pais sabiam e aprovavam a proteção aos três alunos e todos, não somente entendiam, como também colaboravam com alimentos deixados na casa do senhor Fabian e de dona Ewa, ambos acima dos setenta e cinco anos. A vida deles não era fácil e não se estenderia por muito tempo, pois os dois apresentavam vários problemas de saúde.

A grande maioria dos alunos apreciava o método das aulas, tanto que alguns desses tornaram-se grandes apreciadores e conhecedores de música, graças aos ensinamentos da professora. O desenvolvimento nas demais disciplinas também era influenciado por conta da música. Sempre trabalhava com alunos do bairro em uma pequena sala de mais ou menos cinquenta metros quadrados, cedida pelos pais, onde cabiam, além dela e seus dezoito alunos, alguns poucos instrumentos, aos quais dedicava um tratamento muito especial. Todo o amor pelos instrumentos era passado da professora para as crianças que sempre ajudavam a cuidar deles com muito carinho.

Os instrumentos ficavam ali, sempre num canto da sala, prontos para serem utilizados, sendo um piano, três violinos, uma viola e um cello. Aganieszka era musicista nata, sempre incentivada pelos pais, grandes apreciadores da música erudita. Esse era o maior legado deixado por uma família que da música fazia a sua alegria e seu contraponto especial, como forma de educar e reverenciar a vida, com a felicidade, amor e o respeito.

Os alunos com idades variando entre sete e dez anos frequentavam a mesma sala e faltavam muito pouco das aulas, tanto pelas aulas divertidas, quanto pela refeição que eles recebiam. Anne, sua mãe, cozinhava na sua própria casa e frequentemente recebia a ajuda de algumas mães dos alunos que se revezavam continuamente para colaborar na cozinha. A comida era a mesma servida para a família, pois ela e o marido faziam questão que as crianças tivessem uma boa refeição, pelo menos uma vez ao dia dentro da escola.

A condição financeira da família, apesar da crise, lhes permitia que realizassem esse ato de generosidade. Não era uma família de muitas posses, mas tinha a cooperação humilde de outras que ainda podiam colaborar de alguma forma. A solidariedade era difundida principalmente nos momentos onde a crise parecia piorar. Até mesmo a reforma e melhorias das partes de madeira da escola seriam pagas pelo pai da professora.

Foram feitos alguns armários para que os instrumentos pudessem estar mais protegidos da umidade e alguns consertos no telhado e forro de madeira que, em alguns pontos, começava a cair. Kristofer havia sido o marceneiro contratado para realizar os trabalhos que deveriam ser minuciosamente talhados em madeira de lei. Conforme já era de conhecimento, ele era muito caprichoso e dedicado ao seu trabalho. Um perfeccionista.

Kristofer, também judeu, era um marceneiro muito trabalhador, de trinta e dois anos, nascido numa pequena casa no bairro de Nadodrze, uma região em Wroclaw, há aproximadamente trezentos e cinquenta quilômetros de Varsóvia. De origem pobre, perdeu o pai ainda criança e suas lembranças estavam presentes apenas nas recordações que sua mãe e seus avós lhe contavam. Kristofer sempre foi uma criança inquieta, como diziam os avós, tinha todas as respostas na ponta da língua e na maioria das vezes elas os contrariavam. Tinha revoltas internas, revoltas internas, contra muitas situações impostas às famílias mais pobres.

Tudo o que aprendeu sobre marcenaria havia sido com o seu avô, Joseph que o ensinava da mesma maneira que ensinou seu filho e isso sempre era motivo de comparações, as quais o garoto gostava de ouvir. Aprendia muito e bem rápido, como se o seu maior desejo fosse impressionar seu avô ou mais que isso, queria ser como seu pai, pois o avô sempre o elogiava pela dedicação e amor com que desempenhava a carreira de marceneiro.

As linhas e os desenhos produzidos na madeira, nos trabalhos de pai e filho, tinham uma relação muito estreita. O garoto assistia ao seu avô em momentos de saudade e choro embargado ao lado de algumas peças de madeira feitas pelo seu pai. Eram produzidas num capricho absoluto, fossem em trabalhos realizados para a própria família ou para clientes. As três gerações da família eram muito respeitadas pela qualidade dos serviços realizados na madeira. Eram os melhores da região.

Kristofer produzia seus próprios brinquedos com restos de madeira. Uma vez presentou a avó, Belmira, com réplicas que ele fez do guarda-roupas e cama dos avós. Os móveis haviam sido feitos pelo avô há algumas décadas, O trabalho do rapaz era marcado pelo capricho em seus desenhos e as réplicas, minimamente projetadas, eram perfeitas. Era muito detalhista em todas as suas obras e gostava de reproduzir as coisas que achava interessantes.

Em sua formação moral, Kristofer tinha o senso de justiça muito apurado desde pequeno e defendia as pessoas que julgava estarem dentro da sua razão, mesmo que isso contrariasse qualquer outra pessoa. Sua mãe sempre dizia que ele era exatamente como era seu pai em tudo, desde os traços de fisionomia, gênio, seus sentimentos e principalmente nas atitudes, por vezes impensadas. A respeito dos sentimentos, a sua mãe sempre dizia que eram os mais puros.

Ele, como seu pai, sempre defendia com todas as suas forças o que ele julgava ser o correto. Aqueles que recebiam a sua defesa sempre eram merecedores da verdade que ele representava, em cada uma das situações ocorridas. Sentia-se na obrigação de defender as pessoas mais fracas que, na maioria das vezes, não conseguiriam exercer diante das suas limitações os seus direitos perante uma situação de opressão.

Usualmente, Kristofer trabalhava na escola durante os finais de semana, pois tinha um emprego fixo na construção de telhados. Esporadicamente, aparecia na escola em dias de semana para fazer algumas medições ou montar armários. Adorava ver as crianças, mas ele havia se encantado pela maneira como a professora conduzia as suas aulas, sempre muito simpática, tocando e cantando alegremente junto com os seus alunos.

Num sábado frio, enquanto Kristofer trabalhava caprichosamente na forração do teto, Aganieszka chegou para tocar piano. Na verdade, ela estava compondo uma música e apreciava aquele silêncio do final de semana sem as crianças. Apesar de amar toda aquela algazarra e energia dos seus alunos, com certeza seria impossível concentrar-se para terminar a sua obra.

Ele havia avisado à professora que iria naquele sábado, justamente para não atrapalhar as aulas e adiantar o serviço. Pensou que a moça talvez tivesse esquecido. Já a tinha visto tocar piano e a cada dia ela permanecia por mais tempo em seus pensamentos, tomando conta do seu coração. Desde o primeiro momento em que a viu, sentiu uma sensação estranha, como se já a conhecesse há muito tempo e desde então não conseguia parar de pensar nela e desejá-la.

— Bom dia, senhor Kristofer!

— Bom dia! Não sabia que a senhorita viria hoje.

— Eu vim porque estou compondo uma música e não consigo me concentrar durante a semana com as crianças.

— Se quiser eu posso voltar na semana que vem. O barulho do martelo com certeza vai atrapalhá-la muito mais do que as crianças.

— Não vai me atrapalhar. Fique tranquilo.

— Tem certeza? É bem barulhento.

— Preciso fazer algumas anotações.

— Prometo que farei o menor barulho possível.

— Não se preocupe. O seu trabalho é mais importante. Precisamos da escola pronta logo.

Kristofer ficou encantado com a atitude dela. Amava ouvi-la tocando aquelas músicas lindas que o remetiam para um concerto executado especialmente para ele. Não era um homem fino, já havia servido ao exército polonês quando mais jovem. Não estava servindo agora, pois havia sido dispensado para cuidar da mãe e dos avós que estavam doentes. Não quis voltar para o exército porque sabia que ainda precisaria protegê-los.

Ela permaneceu ali por pouco tempo e, enquanto tocava, ouviu pouquíssimas marteladas, com certeza intencionalmente para não atrapalhá-la. Ele, ao contrário, deveria passar o dia inteiro ali, para adiantar o serviço, afinal as crianças e a professora mereciam um teto à altura do valor da aprendizagem ali oferecida. Além disso, ele queria fazer tudo perfeito, buscando também a admiração da linda professora.

— Senhor Kristofer! Agora preciso ir. Bom trabalho!

— Obrigado. É muito bom poder ouvi-la tocando.

Aganieszka sorriu e abaixou os olhos, como se timidamente agradecesse. Voltou os olhos para ele e foi para casa. Ajudaria a mãe a fazer os pães e bolos para oferecer aos seus alunos, durante a missa na manhã seguinte.

Kristofer agora soltava as marteladas com mais força e velocidade para recuperar o tempo que ficou ouvindo a professora tocando. Pensou em realizar alguns serviços e detalhes que não constavam no orçamento. Precisava muito daquele dinheiro, mas em favor das crianças e daquela família que tanto se doava para aquela comunidade valeria o sacrifício. Quando abriu o armário dos violinos ficou encantado com aqueles instrumentos. Imaginou que poderia construir um violino como aquele, com uma grande variedades de madeiras nobres. Idealizou-se construindo um. Analisou, avaliou e detalhou cada milímetro daquele instrumento por alguns bons minutos, mas a sua riqueza de detalhes necessitava que ele desenhasse. Kristofer era detalhista, muito persistente e decidiu que faria um melhor do que aqueles para presentear a professora.

Foi até a mesa, arrumou um pedaço de papel e com lápis preto de carpintaria começou a desenhar. Como precisava de luz para ver a parte interna do violino abriu a porta dos fundos e sentou num dos bancos próximo à pequena árvore. Esforçava-se para ver e desenhar todos os pormenores em sua parte interna. Estudava e anotava, após o toque com a pinça, a consistência e a espessura de cada madeira, em cada parte do violino.

Era acostumado a fazer miniaturas e brinquedos e isso o fazia ter alguns equipamentos além dos específicos de marcenaria, que ele mesmo improvisava e construía. A dificuldade em ver o interior do violino o fez pensar que um espelho e a pinça o ajudariam. Precisava estudar ainda mais, tinha que saber sobre a sonoridade de cada madeira que deveria ser utilizada.

A pessoa que havia despertado todo o seu amor era liberta de pretensões materiais e não recebia nada pelo seu trabalho em sala de aula. A escola e as crianças eram a sua vida e a doação do seu tempo, a razão do seu viver. Sendo assim, ele também estava decidido a não cobrar pelo trabalho. Avisaria o pai de Aganieszka e diria o quanto admirava a dedicação e a doação da sua família e também queria de alguma forma ajudar aquelas crianças carentes e assim seria feito. Ele mesmo não tivera uma educação prolongada. Havia estudado apenas até o quarto ano.

Kristofer, apesar da dificuldade em arrumar as madeiras, conseguiu fazer o violino, mas não tinha ainda a garantia de que o som emitido seria perfeito, como ele desejava. Entalhava a madeira, com amor, como se o deslizar de suas mãos tocasse a pele de sua amada. Então, em algum sábado, ele o entregaria para a professora e a ouviria tocando. Precisava que ela fosse sincera para avaliar o resultado da fidedignidade do som. Pretendia chegar à perfeição e refaria todos os consertos que fossem necessários.

Algumas semanas depois, chegou cedo e colocou o violino feito por ele em cima da mesa da professora. Logo ela chegou e, como sempre simpática, foi cumprimentá-lo antes mesmo de olhar em sua mesa. Tinha os olhos radiantes naquele dia. Estava linda, com um vestido simples, branco e os cabelos soltos, como ele ainda não havia visto. Naquele dia ela mostrava mais o comprimento do seu cabelo, como ele a havia imaginado tocando.

— Bom dia, senhor Kristofer! Tudo bem?

— Bom dia! Tudo bem. E a senhorita, como está?

— Ótima! O seu trabalho está ficando maravilhoso. As crianças vão adorar. O senhor é mesmo um perfeccionista. Precisávamos de uma coisa mais simples e acho que meu pai já lhe disse que não temos muito dinheiro para reforma.

— Eu não me sentiria bem cobrando de quem faz tanto pela comunidade. Eu preciso ajudá-los de alguma forma e o que eu tenho é só o meu trabalho para doar.

— Mas você está trabalhando aos sábados e domingos inteiros. Não seria nada justo se nós aceitássemos.

— Eu admiro tanto o seu trabalho, a sua dedicação, amor por essas crianças e você transmite isso para todas as pessoas ao seu redor. Você me motiva também a realizar o meu trabalho com amor e essa é a minha pequena parte nessa doação.

Aganieszka abaixou a cabeça prendendo o choro e então ela lhe disse com a voz enroscando em sua garganta.

— Muito obrigado! Não sei como lhe agradecer.

Olhou-a contra a luz do raio de sol que entrava pela janela. Aquela visão misturava-se ao seu sentimento mais puro, o amor que havia guardado durante tanto tempo, finalmente reencontrava a sua maior parte. Aganieszka o abraçou carinhosamente. Para Kristofer aquele abraço valia mais que tudo, e retribuindo-o naquele instante, ele pode sentir o seu cheiro. Sentia como se já conhecesse o cheiro da sua pele. Estava impregnado em sua alma. Permaneceram abraçados por mais alguns instantes. Então, encabulada, ela se afastou.

Chegando próxima à sua mesa ela, sem palavras e com o rosto avermelhado, Aganieszka percebeu algo diferente e e foi em direção ao violino, pegou-o e trouxe para perto de seu rosto. Tinha cheiro de novo. Voltou-se para Kristofer, já o apoiando no pescoço e perguntou.

— Você viu quem deixou esse violino aqui?

— Não — respondeu ele já em cima do andaime com um formão chanfrado para continuar talhando a madeira, em sua mão direita.

Então, Aganieszka pegou o arco para tocar aquele belo instrumento deixado na sua mesa. Não entendia como ele havia chegado até ali, a escola estava fechada e apenas Kristofer havia entrado. Sentiu a riqueza em cada detalhe com as suas mãos antes de tocá-lo. Passou delicadamente a mão pela madeira.

Na primeira nota percebeu que o som alcançado era perfeito, estava muito acima daqueles da escola. Depois de testar algumas notas começou a tocar o Concerto número 1, La primavera, do italiano Antonio Vivaldi em mi maior. A perfeição daquele som a fez sorrir enquanto tocava e a sua concentração na música se confundia com o aparecimento do belo presente que chegara até as suas mãos. Era um mistério que não deveria ser de difícil solução.

Kristofer havia estudado minuciosamente sobre como fazer um violino e para isso precisou das melhores madeiras. Aprendeu que cada parte do violino deveria ser feita com um tipo diferente de madeira. Conseguiu com um amigo alemão algumas peças de madeira trazidas da Floresta Negra, da cordilheira do sudoeste da Alemanha no Estado de Baden-Wurttemberg. Diz-se por lá que a floresta é mística e que suas árvores possuem vida própria. Conseguiu vários cortes de madeira de acero, maple, abeto e carvalho. Utilizou alguns produtos como o bórax que, segundo seus estudos, melhoraria a propagação do som.

Kristofer parecia já haver vivenciado a arte de luthier em outra vida e não tinha como testá-lo ou avaliá-lo em sua eficiência. Deixou que seu instinto o guiasse e tudo acontecia como se ele já soubesse todos os passos para criá-lo. Queria que fosse o melhor presente que uma musicista pudesse receber e tinha que ser diferente de tudo o que ela já havia experimentado. Quando tocado por ela deveria ser como o som que a aproximasse de Deus. Seu avô havia dado algumas valiosas opiniões.

O rapaz sempre a ouvia tocando, mas aquela era a música que ele mais apreciava e mesmo anônimo era a maior retribuição que ela poderia lhe oferecer. Era como se os seus pensamentos estivessem na mesma sintonia, o desejo e a doação no mesmo tom. Enquanto ela tocava, ele talhava a madeira com todo amor, o mesmo delicado toque que talhou o violino.

Aganieszka tocava movimentando a cabeça e os braços, como se regesse uma orquestra ao mesmo tempo. Ao olhar para cima, na direção de Kristofer fazendo as esculturas nos cantos da sala, parou imediatamente de tocar, olhou para o violino e quando ele percebeu que o som havia parado, voltou-se para trás. A professora olhou-o nos olhos e imaginou que somente alguém tão detalhista poderia ter construído aquele instrumento. Olhou para o violino como se penetrasse em seu interior. Depois de alguns segundos voltou a tocar La primavera, aproximou-se dele no ritmo da música.

— O senhor pode descer um minuto?

— Claro. Algum problema?

— Você deve ter sido um luthier muito famoso em outra vida.

— Não entendi — respondeu Kristofer em um tom de voz alta, pois ela continuava tocando a música até seu final.

— Você deve ter sido um luthier muito famoso em outra vida para fazer um instrumento tão maravilhoso — ela repetiu.

— Por que acha que eu o fiz? — respondeu, descendo com agilidade do andaime, com um sorriso tímido no canto da boca.

— Por que esse violino tem a mesma riqueza e minuciosidade dos detalhes dos seus trabalhos. Você os desenvolve com tanta dedicação e amor que somente alguém com essas qualidades poderia fazer um instrumento desses. Parece que a madeira se encanta e se molda pelas suas mãos. São esculturas produzidas por um anjo. Não é somente um marceneiro, você é um grande artista, como os melhores do período barroco.

— Você me faz ver a vida de uma forma diferente. Penso em você a cada segundo. Imaginava o seu sorriso ao tocar, enquanto eu o fazia, exatamente assim, de branco.

A timidez de Kristofer parecia ter dado lugar à coragem. Para ele, era como se fosse o seu último instante de vida e então uma sensação de alívio tomou conta do seu peito.

— Eu também penso em você durante o dia todo — Aganieszka respondeu, sorrindo com os olhos ao que ela esperava por algum tempo.

Os dois se beijaram como se estivessem ainda embalados ao som de Vivaldi e ali eles se amaram, antes mesmo de perceberem ter a mesma marca no ombro. Ele tinha uma cicatriz e ela a marca de nascença, no formato de três círculos aprofundados. A marca era idêntica.

A partir desse dia, todos os sábados e domingos foram marcados pelo amor e desejo incontrolável. Os seus pensamentos pareciam estar na mesma sintonia, entrelaçados e envoltos por um amor inexplicável. Os dias de espera pareciam intermináveis por estarem juntos.

Nos dias que se seguiram, a ameaça de guerra provocada pela Alemanha preocupava muito todos os poloneses e todo o continente europeu. Era evidente a supremacia do seu exército e de todo investimento no poderio bélico. Os permanentes sobreavisos de que a Polônia seria invadida estavam cada vez mais perto se tornarem realidade. As famílias judaicas tinham muito mais motivos para se preocupar, pois o antissemitismo alemão prometia o extermínio do povo que era colocado por Hitler como o maior culpado pelo declínio econômico da Alemanha.

As famílias dos alunos já estavam avisadas de que as aulas deveriam parar, pois já não era mais possível oferecer segurança para crianças e eles não deveriam, de forma alguma, ficar longe das famílias. Na última reunião, foi posto em debate quais os locais mais seguros para que as famílias pudessem ficar perante iminentes ataques aéreos ou mesmo terrestres. O que ninguém poderia imaginar era a proporção que essa guerra iria tomar.

Gabriel, Hanna e Helena estavam morando com Aganieszka e sua família, após a morte esperada de seus avós. Gabriel estava com quinze anos e já trabalhava com Haskel, enquanto as gêmeas com treze anos auxiliavam Aganieszka nas atividades escolares, nas aulas de música e na preparação dos alimentos que eram oferecidos aos alunos. Estavam sempre alegres, parecendo nem se dar conta de que uma guerra de proporções desastrosas estava para ser iniciada pelo exército alemão.

A Polônia vivia momentos difíceis não somente em questões econômicas, mas sobretudo pela opressão exercida por uma Alemanha com sede de poder com a ascensão do nazismo. A população vivia momentos de absoluta incerteza gerada pelo medo de uma iminente invasão. A defensiva polonesa tinha como maior força o apoio de Inglaterra e França, já que o poderio do exército polonês era infinitamente menor.

O fortalecimento da Alemanha Nazista comandada por Adolf Hitler estava baseado principalmente nos ideais de supremacia da raça ariana que defendia a formação de um Novo Império Alemão, o Reich e o extermínio por completo do povo judeu. Pretendiam ainda aumentar as fronteiras da Alemanha, conquistando novos territórios, assim como a retomada de territórios do antigo Império Prussiano que vieram a fazer parte da Polônia, após a Primeira Guerra Mundial, depois de assinado o Acordo de Munique, em 1938.

Já era de conhecimento de todos que os judeus vinham sofrendo as consequências do antissemitismo, perdendo suas propriedades, bens a e a própria vida dentro da Alemanha. O objetivo era extirpar os judeus de todo o continente europeu e para isso não haveria escrúpulos. Em primeiro plano os homens seriam exterminados e, em seguida, as mulheres e crianças. A maior tragédia da humanidade estava anunciada.

Após uma sequência de ameaças à declaração de guerra, a Polônia foi invadida durante a madrugada pela Alemanha Nazista no dia 1º de setembro de 1939. Um ataque forjado pelos próprios alemães, contra as suas tropas na fronteira, chamada de Operação Himmler, deu início à maior guerra de todos os tempos, atribuindo à Polônia o ataque às tropas alemãs da fronteira. A invasão alemã havia sido devastadora para a Polônia, sendo o seu povo massacrado pelo exército alemão, que sem dó nem piedade dizimava os poloneses, que possuíam um exército impotente, perante o poderio das tropas invasoras. A invasão ainda teve a participação da União Soviética e Eslováquia que também pretendiam recuperar territórios perdidos na Primeira Guerra Mundial.

A superioridade do exército alemão estava escancarada e a resistência do exército polonês, após combater bravamente, caiu depois de dezesseis dias de intensos ataques. Foram quase sete mil mortos e mais de cem mil soldados e oficiais tornaram-se prisioneiros do exército alemão. Grande parte dos prédios públicos, destacamentos militares e muitos outros prédios da cidade de Varsóvia foram totalmente abaixo pelos ataques aéreos e terrestres executados pelos tanques panzers alemães.

O que se seguiu na Polônia talvez tenha sido, para a História, a maior atrocidade dos seres humanos. Homens, mulheres, e crianças sem qualquer distinção passaram a ser humilhados e assassinados. Os judeus foram separados em guetos cercados por muros e aqueles que sobreviviam serviam como força de trabalho para empresas alemãs. Todos os judeus de cidades menores também foram colocados nos guetos que passaram a ficar superlotados, favorecendo para que a fome aumentasse, além das doenças como tifo que se alastravam.

Alguns civis milicianos travavam batalhas à parte contra o exército alemão. Esses grupos formados por homens e jovens inconformados com a invasão eram a última esperança que o país poderia oferecer, já que o exército fraco, havia caído sem oferecer qualquer forma de resistência. Os armamentos utilizados eram recuperados das batalhas campais ou armas antigas, geralmente doadas por fazendeiros.

Não faziam ideia de quanto tempo uma invasão poderia durar e jamais poderiam imaginar que aquele ataque se transformaria na maior guerra de todos os tempos, envolvendo vários países. Porém, sabiam que o governo alemão não iria medir esforços para conquistar, a qualquer custo, os territórios perdidos na Primeira Guerra Mundial e tinham a certeza de que o povo judeu, a quem foi creditada a queda da economia alemã, não seria poupado.

Muitos judeus começaram a usar subterfúgios para escapar de serem mandados para os campos de extermínio, como utilizar documentos falsos ou projetar esconderijos para sobreviver. Haskel e Antoni decidiram que usariam de todas as forças possíveis para não permitir que sua família fosse separada ou capturada pelas tropas alemãs. Usariam tudo o que juntaram para prover um abrigo seguro para todos os seus familiares. Sofriam pelas pessoas com as quais conviveram por tanto tempo, mas sabiam que não poderiam assumir a responsabilidade pela sua segurança.

Antes da declaração oficial da guerra, tomaram conhecimento da iminência do ataque alardeado insistentemente pelo governo alemão. Então decidiram que a olaria abandonada dentro de uma floresta seria ideal para a criação de um potencial esconderijo, caso a guerra se tornasse inevitável. Sabiam que os países aliados não poderiam contrapor-se de imediato. Esse local era conhecido de Antoni que havia passado por lá há poucos anos, quando achou intrigante aquela enorme chaminé e parou para vê-la de perto e por dentro.

A olaria era muito grande e havia sido desativada muitos anos antes, por causa da crise que o país enfrentava. O local não era habitado depois do encerramento das atividades e seus funcionários haviam migrado para as cidades vizinhas em busca de emprego e melhores condições de vida. Estava situada ao lado de um rio e quase que totalmente encoberta por um matagal e parte da mata nativa que insistia em sobreviver depois de alguns anos de abandono. A vegetação já brotava até mesmo em meio aos tijolos das paredes nos pontos onde a umidade era maior. Era o esconderijo perfeito.

Haskel e Antoni viram em sua chaminé o ponto ideal para a criação de um bunker que pudesse servir de abrigo para a sua família. Ali mesmo, na floresta, provavelmente poderia haver caça suficiente e outros meios para alimentar as poucas pessoas que ali deveriam esconder-se. Seriam ao todo sete pessoas. Além de Aganieszka, os pais e o tio, os jovens que agora viviam com eles, Gabriel, Helena e Hanna. Gustave que havia servido o exército polonês tornou-se um dos mais procurados combatentes da resistência polonesa pelo exército alemão.

A umidade era um grande desafio, para o qual eles não encontraram uma solução imediata, pois poderia causar alguns problemas de saúde, principalmente respiratórios. Porém, a alteração da estrutura da olaria ou mesmo a mata que a circundava e qualquer outra mudança poderia revelar a presença de pessoas atraindo soldados alemães. Até mesmo a abertura da chaminé não deveria ser alterada e a possibilidade de chuva e neve deveria ser estudada.

Pouco tempo antes do trágico primeiro de setembro, Antoni

rumou sozinho para a região onde estava localizada a olaria. Tratou de fazer alguns desenhos e com Haskel deveria planejar como deveria ser executado o trabalho. A olaria foi escolhida por oferecer a possibilidade de abrigar toda a família em sua maior chaminé com dez metros de diâmetro. Deveriam ali montar um pequeno bunker elevado, construído a não menos de cinco metros de altura por dentro da chaminé. A primeira estrutura deveria ser montada num piso de madeira no formato circular vazado em sua parte central, deixando livre a passagem da luz pela boca da chaminé. Isso daria a visão do céu caso algum soldado viesse a vasculhá-la à procura de refugiados.

Decidiram pela construção em três níveis, sendo um para abrigo de alimentos e outros materiais e outras duas partes para o abrigo das camas para descanso das pessoas. Os mais jovens deveriam ficar no terceiro nível. Deveriam ao máximo evitar atrair os soldados e até mesmo poloneses, pois mais pessoas poderiam colocar tudo a perder.

A família Novak deveria levar apenas alguns utensílios de primeira necessidade e nada que fosse supérfluo deveria ser levado. Alguns pertences e dinheiro poderiam prover alguma necessidade futura. Seria montado um fogão, algumas almofadas, colchões, e inclusive os seus instrumentos que a família negava-se a deixar de lado. Os dois violinos, a viola e o cello, além de uma boa quantidade de alimentos que deveria ser racionada.

A estrutura era bem sólida com caibros de madeira que suportariam com facilidade o peso. Deveria ter pequenas entradas de ar, as comidas somente seriam cozidas após o anoitecer, impedindo que a fumaça pudesse ser vista pelos soldados. Algumas aberturas serviriam para vigiar os trajetos que levavam à olaria, sendo essas planejadas em altura que não permitissem serem visualizadas de fora. Aliás, o fogão e a escada seriam os maiores problemas a serem pensados, principalmente por oferecer perigo aos mais velhos.

Antoni havia planejado fazer a estrutura a uma altura segura dentro da chaminé. A escada deveria ser retrátil para ser escondida a todo momento. A chaminé bem larga em seu diâmetro poderia oferecer um bom espaço, talvez não com o conforto necessário, mas pela necessidade urgente seria mais que suficiente. Em seus momentos de criação do Projeto Antoni sempre dizia que a guerra não seria declarada e que caso acontecesse não teria longa duração, pois ele confiava no apoio da França, Inglaterra e Estados Unidos e sempre que questionado continuava afirmando:

— A Alemanha jamais se permitiria perder outra guerra e ter seu território partilhado como ocorrido na Primeira Guerra Mundial.

Sempre era contrariado pela maioria das pessoas que participavam desse debate, com amigos ou mesmo dentro de casa com seus familiares. Haskel sempre colocava seu ponto de vista de maneira que todos em sua casa pudessem saber.

— A Alemanha vai declarar a guerra em pouco tempo e nós temos que nos precaver porque essa batalha não irá poupar as famílias judaicas. A ira de Hitler e o Reich serão impiedosos e não vou permitir que eles cheguem perto da nossa família. Temos que nos proteger.

— Como podemos deixar nosso lar, escola e nossas crianças? Como poderia um povo ser tão impiedoso por motivos tão fúteis? — Aganieszka indagava, não acreditando no que as pessoas fariam simplesmente pelo poder.

Sempre acreditou em um mundo melhor, onde fossem respeitados os direitos de todos, independentemente da sua cor, religião ou qualquer outro fator que pudesse supor preconceito. Por que as pessoas não podiam fazer as suas escolhas sem provocar tanta ira naqueles que se julgavam os donos do poder? Queria ficar ali e continuar desenvolvendo seu trabalho com as crianças carentes que moravam ali no seu bairro, porém sabia que a essa altura era completamente inviável continuar. Já não tinham quase nada, ainda assim, poderiam perder o pouco que lhes restava.

— Sede de poder, minha filha. Tudo pelo poder — respondeu o pai que nada poderia fazer para salvar os seus amigos e parentes relegados à própria sorte e ao destino que há muito tempo já lhes mostrava a sua face.

— Mas e as crianças? Eles não fariam nada contra as crianças. Nós podemos abrigá-las na escola?

— Os filhos de judeus serão tratados como tal. Não existe nada ao nosso alcance para podermos ajudá-los

— Eu não consigo pensar em deixar as minhas crianças sem proteção e...

Sem conseguir terminar a frase começou a chorar. Não conseguia acreditar na determinação de um povo, seus governantes e na sua motivação da conquista sobrepondo-se à vida humana e à liberdade. Todos aqueles conceitos por ela aprendidos e transmitidos para os seus alunos não pareciam reais naquele momento. Lembrava-se dos rostos de cada um deles e de seus pais. As crianças não poderiam sofrer as amarguras da guerra.

O sentimento de perda era persistente perante a supremacia do oponente. Como uma nação inteira poderia aceitar as ordens de um Chanceler louco por conquista. Todos sofreriam perdas, inclusive eles. Já haviam perdido muito em outra guerra poucas décadas atrás. O ódio já era disseminado até mesmo entre os seus por fazerem acreditar que os judeus eram os responsáveis pela crise e a raça ariana de alguma forma era superior às demais.

Todos reconheciam que não haveria piedade para as pessoas daquele bairro, quase todos judeus, da mesma forma para quem os abrigasse. Assim, a fuga para outros países da Europa era inevitável e a Suíça era o destino mais procurado entre os fugitivos. Pelas famílias que não conseguiriam, Aganieszka conseguiu convencer os pais e as três famílias que cuidaria dos seus filhos. Seriam mais sete crianças, entre três e sete anos. Os pais e o tio não conseguiram negar o pedido da filha.

Kristofer apareceu para despedir-se de Aganieszka e sua família. Ele estaria liderando um grupo de resistência armada, organizando emboscadas para batalhões alemães perto da fronteira. Eles formariam uma linha de batalha logo atrás da linha de frente do fraco exército polonês. Era um grupo de voluntários agindo em sinergia com os soldados. Deveriam recuperar as armas de soldados abatidos e oferecer um recuo armado, mesmo muito pouco podendo suportar contra os tanques Panzers.

Gabriel, Hanna e Helena já estavam morando com a sua família há algum tempo e sempre estariam ao seu lado. Aganieszka estava decidida a partir para o local planejado com a missão de proteger as crianças dedicando-lhes todo o amor de uma mãe. Pensava muito nas outras crianças e as possibilidades que o destino guardava para elas. Pedia a Deus para proteger a todos e iluminar os pensamentos dos governantes para aquela guerra não ter forças e a paz tão desejada reinasse em toda a Europa e no mundo.

A família Novak era unânime na decisão de colocar em prática a estratégia de esconder-se na olaria onde fora desenvolvido o projeto. Ali havia um pequeno rio e uma mata logo atrás da olaria. Certificaram-se das possibilidades de plantar vegetais e frutas de ciclo curto no interior da mata, onde não chamasse a atenção de qualquer pessoa que porventura passasse por ali. O rio oferecia muitos peixes e seria uma ótima fonte de proteínas. Pescar seria um exercício de paciência e meditação, certamente teriam muito tempo para se dedicar. Plantar os legumes e algumas frutas poderia oferecer perigo se alguém se deparasse com a plantação de curto prazo.

A família não conseguiria ficar sem música e havia planejado tudo para levarem alguns instrumentos para ajudar a passar o tempo. No pequeno caminhão, foram levados dois violinos, uma viola e uma gaita, desistiram de levar o cello, situação triste, mas importante para Aganieszka evoluir ao desapego. O som dos instrumentos não deveria chamar a atenção, pois as paredes da chaminé deveriam abafar o som.

O maior problema da instalação do bunker na chaminé seria a escada. Anne, Antoni e as crianças poderiam ter dificuldades para subir e descer as escadas. Tinham idades próximas aos sessenta anos, estavam acima do peso e isso poderia lhes trazer algum problema, assim como deveriam melhorar a segurança para as crianças menores. Pensaram em uma talha de corrente para elevar uma plataforma, assim os dois e as crianças não teriam maiores problemas. A talha seria presa em um caibro de madeira e funcionaria como um elevador. Seria circular e vasado em seu interior para que não impedisse a passagem da luz, enganando possíveis averiguações alemãs.

A essa altura todos os valores e conceitos tratados com tanto amor pela família Novak, já não poderiam mais salvá-los das atrocidades alemãs. O tio Antoni havia conseguido com alguns amigos documentação com novos nomes para a família. Ainda tentou pedir para fazerem para mais algumas pessoas da vizinhança, amigos de longa data e familiares, mas foi avisado dos perigos que isso poderia oferecer. Deveriam também mudar imediatamente da cidade e seguir para um lugar onde ninguém os conhecesse. A maioria seguia para Suíça ou Dinamarca. O pai, responsável pelas decisões da família, resolvera seguir com o projeto e mudar imediatamente para a nova moradia na chaminé da olaria. Após muita conversa, foi aceito por todos.

Alguns dias depois a casa da olaria estava pronta e deveria ser chamada de nosso lar por todos. Claro que não oferecia o conforto da casa onde moravam, mas seria o acolhimento ideal para o momento e para aquela situação. A vida de todos estaria sendo acolhida e todos seriam gratos por estarem a salvo de serem confinados em um gueto ou campo de extermínio.

Quando o exército alemão invadiu o prédio onde funcionava a escola de Aganieszka, o sargento imediatamente interditou a porta e pediu que chamassem o Himmler. Depois de quase três horas, ele chegou em um carro, acompanhado de vários soldados em um caminhão. Após tradicional saudação nazista, foi chamado ao lado pelo sargento, nem mesmo os soldados deveriam ouvir a mensagem.

— Quero que veja isso senhor. Certamente trata-se da lenda.

Himmler revirava, procurava qualquer coisa que lhe desse uma prova irrefutável daquilo que procurava há algum tempo.

— Finalmente encontramos. Jamais imaginaria que poderia estar tão perto, num lugar tão simples. É como procurar o Santo Graal em ouro e encontrá-lo esculpido em madeira. Imaginávamos que estaria em um castelo muito bem guardado.

— Recolhemos o material?

— Ainda não. Ninguém deve vê-los ou tocá-los. Quero que procurem pelas pessoas da foto e continue sem dizer nada, ou, pensando melhor... — Himmler colocou a mãos sobre os seus ombros, sacou a sua arma, uma Luger P08, e atirou entre os olhos do sargento. — É melhor não correr nenhum risco.

Nomeou imediatamente um novo sargento, ordenou que deixassem dois tanques, um em cada esquina. Um pelotão inteiro faria a guarda da casa e da escola. Antes de partir, Himmler decretou que qualquer desconhecido da guarda que se aproximasse deveria ser morto, assim como qualquer guarda que se aproximasse das portas da casa ou da escola. Um grande rolo de concertina foi esticado em toda a frente do terreno que agregava a casa e a escola da professora. Partiu direto para Berlin, onde deveria encontrar-se com Hitler e Goebbels, levando-lhes a grande notícia. Ali era desvendado o real motivo para invasão.

Hitler e Goebbels comemoraram a fácil aquisição dos pertences da lenda de Spalla, abrindo um Rothschild bordeaux. Exigiu de Himmler o mesmo ritmo para a captura do "Toque de Deus", como Hitler referia-se à professora.

— Enfim, depois de enganados por duas Mães de Spalla, com suas marcas forjadas. Lembre-se dos planos para Mengele. Ele será esquartejado e não quero uma parte perto de outra. Ela não servirá às suas experiências. Voaremos muito mais alto sem as suas insanidades.

— Por que não acabamos com ele agora mesmo?

— Ainda poderá ser útil. O "Toque de Deus" deve continuar vivo, levando a boa música até Deus e então, Ele virá até ela.

Hitler raramente sorria, mas agora gargalhava. Goebbles, o arquiteto daquele plano macabro, tomava mais um gole de vinho, antes de sair com Himmler, deixando Hitler pensativo, em frente à janela, que dava vista para um jardim cheio de soldados.

— Quero que esteja atento à pessoa que a defenderá com a própria vida. Volte lá e descubra quem é essa pessoa.

Na olaria, sem notícias sobre a invasão da sua casa e da escola, a família conseguia viver humildemente e o contato com a natureza lhes fazia bem. Conseguiram desenvolver uma pequena horta plantando alguns vegetais escondidos em uma parte da mata, onde o acesso era quase impossível. Plantavam beterraba e batata. Ao redor da olaria havia vários pés de frutas típicas, resistindo à tentativa da mata nativa em reaver o seu espaço. Algumas macieiras ofereciam belas maçãs, além de um pé de pera, mirtilo, morango e ameixas. Tinham uma carga de suprimentos de farinha e centeio que lhe garantiam pão por um bom tempo.

Algumas regras foram criadas e deveriam ser seguidas à risca para garantia da sobrevivência da família. Jamais deveriam deixar qualquer vestígio de sua estadia naquele local. Todo resto de alimento deveria ser jogado no rio, onde os peixes se alimentariam deles e em poucos minutos não haveria mais rastros.

O tempo parecia demorar mais para passar naquele local, longe de tudo e sem informações do mundo à sua volta. Os menores eram cuidados o tempo todo por Aganieszka e os demais. Isso era uma necessidade imposta, quanto menos contato com o mundo, maior seria a chance de sobrevivência. Assim viveram durante longos meses.

Haskel e Gabriel por algumas vezes saíram para caçar pequenos animais, com muita dificuldade, munidos com arco e flecha. Por praticar muito, Gabriel tornou-se um exímio caçador, ao contrário de Haskel, que pouco praticava.

Gabriel tinha conhecimento das forças de resistência da milícia polonesa e demonstrava interesse em colaborar com elas. Não aceitava ficar ali parado, enquanto o seu país era devastado e seu povo massacrado. Queria participar da resistência, mas era impelido por todos, ouvindo sempre as mesmas frases, referindo-se à importância da sua presença para defender o lar. Ele era o único que parecia se dar muito bem com o arco e flecha, muitas vezes passando horas treinando. A sua raiva era completamente despejada naquele treinamento.

Todas as noites eram marcadas por longos uivos de lobos, vindos da mata, não muito longe da olaria. Era difícil vê-los rondando por ali durante o dia, pois não eram muito simpáticos à presença humana. Gabriel os procurava durante o dia levando peixes ou pequenos animais para atraí-los, mas de nada adiantava. Suas incessantes buscas eram repreendidas por todos da casa, por medo de ser visto por outras pessoas, principalmente soldados alemães.

Certo dia, enquanto Aganieszka tocava violino, Gabriel desceu para buscar água e percebeu que uma alcateia se aproximava. Os lobos não o viram e permaneceram perto da entrada da olaria. Ele estava escondido atrás de uma árvore observando a presença deles. Aqueles belos animais que ele tanto havia procurado, agora estavam ali muito próximos. Ofereciam um grande risco, mas ele não podia deixar de observá-los. Pensou em oferecer algum alimento quando percebeu que eram atraídos pelo som agudo do violino.

O som estava bastante abafado dentro das paredes da olaria, mas os ouvidos dos lobos conseguiam captar a sua frequência. Era muito difícil aproximar-se deles, principalmente de uma alcateia com tantos animais. Eram lobos sueco-noruegueses, muito grandes, raramente vistos naquela região. Rodeavam a chaminé procurando pela origem do som, que parecia de alguma forma, encantar aqueles animais. Depois de algum tempo, Aganieszka parou de tocar, deixando-os mais alvoroçados, até irem embora. Gabriel certificando-se de que não havia mais nenhum lobo por perto, subiu pelo elevador para contar a novidade.

— Vocês não vão acreditar.

— O que houve? Por que tanta euforia? — perguntou Aganieszka, assustada pela ansiedade apresentada por Gabriel.

— A alcateia estava na entrada do lar e eles vieram atraídos pelo som agudo do violino.

— Pela sua cara pensei que a guerra havia chegado ao fim.

— Infelizmente, não.

— Como eles são?

— São enormes e belos animais. Consegui contar dez deles, mas pode ser que tivesse mais alguns, estavam bastante agitados. Precisamos encontrar um meio de fazer amizade com eles.

— Lobos não são como os cães que nós podemos domesticá-los ao nosso desejo. É preciso tomar cuidado. Seria melhor para a segurança mantê-los afastados.

— Eles serão nossos protetores. Nós ficaremos mais seguros com eles por perto. Se eles estiverem por aqui ninguém chegará perto da olaria.

— Você e seus sonhos — exclamou Aganieszka, pensando que, além do medo de soldados e fugitivos, ainda teriam que temer os animais da floresta.

— Precisa tocar para atraí-los novamente — disse Gabriel ainda com a respiração ofegante.

Naquela noite Aganieszka teve um sonho, com certeza embalada pela visita dos lobos e o desejo em tê-los por perto, como sugeriu Gabriel, para proteção da família. Em seu sonho os animais ferozes fizeram amizade com todos que ali estavam. Ela olhava no fundo dos olhos deles e interagia como se já os conhecesse de outras vidas. Podia lembrar-se do cheiro deles em seu sonho.

— Gabriel, nós vamos atrair aqueles lobos para a olaria.

— Como assim? Você mudou de ideia?

— Tive um sonho e posso me lembrar do cheiro deles. O sonho parecia muito real.

— Se você tocar que eles vêm.

Nos dias que se seguiram, Gabriel combinou com ela para tocar as notas mais agudas. Aganieszka, então percebeu que a Cavalleria Rusticana, seria ideal para atrair a alcateia. Ela também desejava vê-los de perto, por várias vezes havia sonhado com esse momento. Estava decidida a ficar mais próxima, porém tinha que se precaver de qualquer possibilidade de ataque, mas tinha sensações de que eles não queriam fazer nenhum mal para ela ou para qualquer um dos membros da sua família.

Juntos planejaram sobre todas as possibilidades e pressentiu que seria melhor estar sozinha. Gabriel estaria por perto, mas escondido para não afugentá-los. Tocaria para atraí-los até ela. Precisava sentir o cheiro daqueles lobos novamente porque isso seria a prova de que eles a acompanharam de outras vidas. O medo foi substituído pela atração entre a professora musicista e os lobos.

No dia seguinte, enquanto Aganieszka tocava, ouviram os uivos. Olhou pela fenda aberta na chaminé e viu que havia uma linda lua cheia entre as árvores. Era o momento ideal para trazê-los para perto. Sem fazer barulho algum, pegou o seu violino e iniciou a descida. O barulho da corrente rolando pela talha chamou a atenção de todos. Ela prendeu a base do elevador para que não subisse mais e da mesma forma ninguém conseguiria descer.

— O que está fazendo? Não deve ir sozinha. Sabe que é perigoso. Me deixa descer com você. — Gabriel pediu tentando trazer o elevador para cima, mas a corrente da talha estava presa impedindo a sua subida.

— Onde ela está indo? — perguntou o tio, preocupado com a descida da sobrinha àquela hora da noite.

Aganieszka não respondeu à pergunta de Gabriel. Preparou seu violino, ouvindo ainda alguns uivos ao longe. Não tinha mais aquele medo e tudo seria como nos seus sonhos onde ela estava rodeada pelos animais. Era só ela e eles. Não queria mais ninguém por perto para não afugentá-los. Gabriel pegou o arco e tentava descer pela corda da água, pois também queria muito ver a reação daqueles animais, além de proteger Aganieszka.

Estava frio e a lua cheia trazia um tom prateado e brilhante sobre o rio em meio às árvores. Era o cenário e o momento perfeito para a tão esperada apresentação. Foi para perto de uma das macieiras logo atrás da entrada da chaminé. Começou a tocar a Cavalleria Rusticana. Não demorou a perceber a presença de um lobo enorme, acinzentado. Provavelmente seria o macho alfa da alcateia. Ele a rodeou em torno da macieira mostrando-lhe os dentes enormes.

Seu coração estava muito acelerado, mas continuou tocando sem parar de olhar para o lobo. Ao atingir as notas mais agudas ele começou a uivar acompanhando a música. Só então ela percebeu que ele estava autorizando os outros membros da alcateia a chegarem mais perto. Havia pelo menos uma dúzia de lobos que chegaram próximos à moça, conforme Gabriel havia dito. Pareciam estar apreciando a música e não esboçaram qualquer reação de ataque. Entre eles havia dois filhotes cinza, como o primeiro e maior deles. Certamente eram seus filhotes.

Gabriel desceu pela corrente, que estava travada, pois havia prometido protegê-la sempre, sob qualquer circunstância. Chegando à entrada da chaminé, ele se deparou com uma cena inacreditável. Alguns lobos estavam sentados próximos a ela e os outros andavam calmamente como se procurassem um bom lugar para assisti-la tocando. Era ela que os tranquilizava por meio daquela linda música. Logo identificou que os sons mais agudos motivavam vários deles a uivarem juntos. Pareciam acompanhar a música tocada por Aganieszka, fazendo parte de uma bela sequência harmônica regidos pela maestrina, sob a luz do luar.

Gabriel não pretendia de forma alguma atrapalhar aquele momento único. Tinha uma bela visão da lua, entre a copa da macieira e Aganieszka, tocando para os lobos. Era uma cena inacreditável. Não havia dúvidas de que eram animais ferozes e seria inimaginável para qualquer pessoa a possibilidade de domesticá-los. Estava munido de seu arco e flecha, mas sabia que não teria qualquer chance de atacá-los, mesmo que fosse necessário, mas já estava livre desses pensamentos. A melhor arma para atraí-los e juntar-se a eles era a boa música.

Ficou ainda mais encantado quando os dois filhotes aproximaram-se dela. Deviam ser bem novos a julgar pelo tamanho em comparação aos demais. Quando estavam aproximando-se foram interceptados por uma loba, que deveria ser a mãe, mostrando os dentes para Aganieszka. O lobo alfa, o maior da alcateia, logo tomou à frente da loba, autorizando aqueles belos bebês a se apresentarem para a moça. O bebês lobos sentaram-se próximos aos pés dela que se abaixou para tocar próxima a eles. E então, já ajoelhada e sorrindo, soltou o arco e acarinhou os bebês.

— Lindinhos! Vocês gostam de boa música, bebês?

A loba demonstrou todo o seu ciúme tentando se aproximar da moça, mas novamente foi contida pelo grande lobo acinzentado que a rodeou. Nesse momento, Gabriel preparou-se para disparar contra a loba enciumada, caso tentasse atacar. A mamãe loba, assim como todos os outros, obedeciam ao lobo alfa. Apenas os bebês pareciam vivenciar livremente os seus desejos. Para eles, a música fazia parte de uma brincadeira.

Aganieszka tratou logo de colocar nome em seus novos amigos. Chamou a lobinha de Maitê e o lobinho de Frederico. Eles brincavam como crianças, lembrando os seus pequenos alunos. Os demais lobos acomodaram-se próximos a ela. Depois de algum tempo, o grande lobo alfa, que recebeu o nome de Cátio, levantou-se rápido e os liderou para que saíssem dali. A mãe, chamada de Súria, veio buscar os filhotes ao pé da moça. A loba negra, última a sair, foi chamada de Luna por ter o pelo tão preto e brilhante que refletia a lua. Quando todos saíram, Gabriel aproximou-se da moça que ainda estava um tanto atônita, sentada, tomando fôlego tentando entender aquela visita ao lado da macieira por aqueles animais selvagens. Uma energia muito grande e muito boa que enfim chegava até a família Novak.

— Aganieszka, está tudo bem?

— Sim. Eles vieram para nos proteger. O cheiro deles é o mesmo que eu sentia nos meus sonhos e são eles que nos acompanham em todas as vidas.

Nesse momento, sem fazer qualquer barulho, outro lobo enorme saltou imediatamente à frente de Gabriel, entre ele e Aganieszka, mostrando seus dentes enormes. Era um lobo diferente daqueles que estavam ali alguns instantes antes. O lobo foi chamado de Bóris e permanecia à frente de Aganieszka ainda sem entender que Gabriel não era inimigo. Ele olhou para trás direto nos olhos da moça, sendo por ela tocado na cabeça.

— Bóris, está tudo bem!

O lobo abaixou a cabeça, recebendo aquele afago da moça, como se recebesse um prêmio pela sua proteção. A obediência e a segurança oferecidas por aqueles animais ferozes tinham um significado que ela precisava encontrar.

Os dias que se sucederam foram marcados por visitas diárias dos novos amigos que viviam ali pela redondeza. Revezavam-se em turnos para vigiar a segurança da alcateia e da família na olaria. Além de Aganieszka, apegaram-se muito a toda família também. Os bebês lobos adoravam se aninhar aos pés da moça para ouvi-la tocando violino ou cantando e brincar com as crianças. Súria, a mamãe loba, já se acostumara ao carinho entre a família e seus bebês, assim como ela mesma cuidava das crianças e todo aquele ciúme cedeu lugar a uma guarda compartilhada.

Os bebês cresciam rápido, provavelmente devido a uma dieta baseada em muitas proteínas, porém não sem se derreter aos encantos da comida que a moça lhes servia carregada de legumes. Especialmente Frederico que comia vários legumes e frutas direto nas mãos da moça. A mamãe loba parecia sorrir vendo aquela cena, assim como Cátio. Bóris, o grande lobo branco, estava sempre escondido a certa distância guardando a segurança da alcateia. Eram animais muito inteligentes e tinham uma forma de organização muito bem-estruturada.

Aquela algazarra muitas vezes era contida pelo pai e pelo tio, sempre os mais assustados pela possibilidade de atrair os soldados e acabar com todo aquele projeto de lar, longe da guerra que se alastrava por toda a Europa. Mais do que isso, poderia significar o fim de toda a família.

— Precisamos diminuir esse barulho. A guerra ainda não terminou e nós não estamos totalmente seguros aqui. Mesmo os fugitivos poloneses poderiam nos causar muitos problemas.

— A alcateia nos avisaria se qualquer pessoa estranha chegasse — lembrou Gabriel.

As gêmeas eram as que mais se divertiam ao lado daqueles animais. Não era difícil vê-las saindo para expedições no meio da mata, acompanhadas por alguns deles, verdadeiros guarda-costas, mesmo contrariando os pedidos dos mais velhos. O perigo de serem vistas poderia colocar tudo a perder.

Passado pouco mais de um ano, aqueles filhotes já estavam quase do tamanho do seu pai e a alcateia havia se tornado dócil perante aquela família, mas ainda continuavam exímios caçadores ensinados pelo macho alfa da alcateia. Logan e Lucky eram os encarregados de caçar e oferecer a comida aos demais. Nunca saíam das redondezas do lar na chaminé. Provavelmente aquele seria o lugar que eles habitavam antes mesmo da família chegar, talvez antes mesmo da própria olaria ser construída, porém só agora eles se aproximaram para fazer o contato, atraídos pela música.

Aganieszka passou a treinar seus ouvidos para um sinal de perigo emitido ao som do violino. Era um som muito agudo que confundia-se com sons emitidos por pássaros. Conseguia tirar uma nota musical muito aguda, quase inaudível aos ouvidos humanos. Era notavelmente uma excelente estratégia para colocá-los em alerta.

Nos meses de inverno, as meninas saíam para brincar na neve e eles as conduziam. Certo dia, fizeram bonecos de neve e esqueceram-se de desmanchá-los. Ao chegar em casa lembraram-se de que precisavam voltar. Ao retornarem ao local, perceberam que os próprios lobos estavam desmanchando os bonecos de neve demonstrando toda a sua inteligência.

Na parte alta da chaminé, a família acendia um pequeno forno que ficava acima das camas formadas por colchões e cobertores. Haviam levado muitos cobertores prevendo as noites frias e as dificuldades pelo pouco espaço. O cheiro de mofo era muito forte provocando problemas respiratórios em quase todos eles.

Todos os dias ao entardecer, a família se reunia para o jantar e conversavam muito sobre as situações que aconteciam. Não tinham notícias sobre a guerra, mas não perdiam as esperanças de que os aliados pudessem reverter a situação da Polônia ocupada. Depois de quase dois anos isolados, sem contato com outras pessoas, Gabriel voltou de uma de suas expedições, dizendo ter visto soldados há uns dois quilômetros dali. Ele marcava algumas árvores no alto de suas copas e usava pedras para que pudesse se orientar pela mata.

O grupo de soldados alemães tentava exterminar o grupo de

resistência, do qual Kristofer fazia parte e eles também se utilizavam da mata para esconder-se. Quase todos do seu comando haviam sido mortos em confronto. Kristofer, mesmo ferido, conseguiu adentrar na mata e fugir, até ser encontrado por Gabriel, que o levou até a olaria. Ali ele poderia receber alguns cuidados e teria mais chances de sobreviver. A bala estava alojada no abdômen e poderia ter atingido algum órgão. Precisavam estancar a hemorragia e aliviar a dor. Havia resgatado duas crianças que o acompanhavam na mata.

— Ele estava sendo perseguido pelos soldados, que seguiram para outra direção. Devemos ficar todos unidos aqui dentro sem barulho e sem qualquer rastro que denuncie a existência do lar.

— Kristofer! Como ele está? Me ajudem. Vamos subi-lo — perguntou Aganieszka, já preparando-se para levá-lo para cima.

— Ele resgatou duas crianças que precisam de cuidados e está sangrando muito. Precisa de um médico. Não vai suportar.

— Onde estão as gêmeas? — perguntou Gabriel ao pai.

— Elas não estavam com você?

— Não. Você sabe que eu não permito que elas me acompanhem quando vou para longe.

— Elas devem estar estudando as plantas e os animais por aí. Precisamos encontrá-las rápido.

— Aganieszka você pode cuidar dele e das crianças?

— Sim! Não deixe que nada aconteça a elas.

Aganieszka dividia seus pensamentos entre proteger as crianças, salvar Kristofer que estava ardendo em febre em seus braços, as gêmeas, além de Gabriel e seu pai que partiram na busca desesperada à procura delas. Enquanto cuidava do ferimento de Kristofer, conversava com as crianças dizendo que tudo ia passar. Elas quase nada falavam, por terem ficado amordaçadas e sob pressão em poder dos soldados.

— Ele vai voltar. Ele vai voltar. Vocês precisam fugir para a Suécia.

— Não vão nos encontrar aqui. Calma, eu vou cuidar de você, meu amor!

— Werner não deixa ninguém pra trás e quer exterminar todos os judeus e os poloneses. Ele não tem piedade e caça crianças para o anjo da morte.

Kristofer referia-se ao doutor Josef Mengele, apelidado de “o Anjo da Morte” por fazer experimentos com prisioneiros, principalmente com as crianças.

— Acalme-se. Os lobos nos protegerão e ele os teme.

— Os alemães vão trair o acordo com os soviéticos, porque querem o seu petróleo e as suas terras como espaço vital para as novas gerações alemãs. Vão escravizar os povos eslavos.

A febre parecia piorar, enquanto ele delirava repetindo que todos precisavam deixar a olaria e partir para um local seguro, intercalando com alguns momentos de lucidez, ele colocava os pontos aos quais a guerra estaria sendo levada. A família de Aganieszka pouco sabia sobre os detalhes, devido ao tempo de reclusão na mata. Ainda tinham algum dinheiro guardado e isso poderia ajudá-los a chegar até a Suécia. Mas nada era garantido naquele momento da guerra.

A mata ainda era um forte e seguro abrigo, com muitas árvores nativas crescendo e tomando conta da vila ao seu lado, que já havia sido abandonada e revistada algumas vezes pelos soldados alemães. Naquela região não havia nem mesmo refugiados poloneses e a olaria era o porto seguro para a família, as crianças e também para os animais, alvos constantes de caça para alimentação do exército e fugitivos poloneses. A alcateia por perto era indicativo de paz momentânea.

Todos da família sempre se preparam para apagar as pegadas dos sapatos com uma vassoura grande feita com ramos de folhas, que soltavam-se e misturavam à terra. Eliminando as marcas deixadas por pessoas e animais. Tudo deveria ser colocado no elevador para ser guardado no alto da chaminé. Aganieszka apressou-se em dar o sinal de alerta convocando os lobos. A nota emitida aguçou os ouvidos de todos os lobos da alcateia e alguns outros, ainda desconhecidos, juntaram-se a eles a caminho da olaria. Lá de cima, Aganieszka sabia que a música os alcançaria onde estivessem e os traria para o lar.

Gabriel chegou ofegante para avisar a todos que os soldados estavam aproximando-se perigosamente da olaria.

— É um batalhão grande. Eu contei mais de vinte soldados fortemente armados. Se eles avistarem a chaminé e chegarem até aqui não teremos nenhuma chance. Estavam indo para o lado da vila abandonada e eu temo que as gêmeas tenham ido pra lá.

O capitão Werner era o responsável pela tropa alemã, que havia iniciado a sua missão em um grupo de trinta homens, dos quais oito haviam sido mortos em combate contra tropas de milícias da resistência, ainda persistentes na defesa de alguns pontos estratégicos da Polônia já devastada, das quais Kristofer fazia parte. Os comandados alemães foram escolhidos a dedo por Werner, pois sabia que sua missão seria muito difícil e que a qualquer momento estaria sofrendo emboscadas de soldados sobreviventes e mesmo civis armados.

Werner era soldado, ascendendo na carreira militar por competência e total devoção ao Reich alemão. Era um dos homens de plena confiança do Chefe do Comando Supremo das Forças Armadas, um dos conselheiros militares de Adolf Hitler, Wilhelm Keitel, a quem ele servia com a própria vida sem restrições. Era encarregado de fazer a faxina dos milicianos remanescentes e dos desertores alemães. Havia informações relevantes que milicianos e alguns sobreviventes estariam refugiados na vila abandonada pelos ex-funcionários da olaria.

A Polônia era a Nação que mais sofria durante a guerra, com a sua população sendo massacrada durante as seguidas invasões e a grande maioria dentre os mortos era civil. Ao final da guerra foram mais de seis milhões de mortos. Os capturados foram levados para guetos, que eram verdadeiros depósitos de judeus, apenas esperando que a máquina de disseminação estivesse pronta. Auschwitz, por exemplo, estava situada estrategicamente próxima aos trilhos dos trens para agilizar o extermínio.

As pessoas eram descarregadas dos vagões de transporte de gado, exatamente como os animais eram carregados, ao lado das câmaras de gás, chegando ao absurdo de aniquilar mais de cinco mil judeus a cada vinte e quatro horas.

Outros milhares eram condenados ao trabalho escravo, sem as mínimas condições de sobrevivência. Alguns trabalhavam em fábricas subterrâneas, onde não recebiam alimentação decente, não havia qualquer tratamento médico ou mesmo condições de higiene. Muitos morriam em poucos dias trabalhando nos túneis. Outros tantos serviam de cobaias para experiências médicas, principalmente executadas pelos médicos alemães, que buscavam descobrir como algumas doenças afetavam o corpo humano. Conduziam alguns experimentos buscando o aprimoramento das raças, até mesmo introduzindo elementos químicos para deixar a cor dos olhos azuis.

Haskel e Gabriel foram para a vila abandonada, enquanto Antoni estaria encarregado de vasculhar a mata. A dimensão da área revelava a dificuldade que enfrentariam para encontrar as meninas. Sempre foram avisadas para não se distanciarem do lar, quando faziam suas expedições procurando animais e plantas ali por perto, mas nunca haviam se afastado tanto e por tanto tempo.

Eles estavam chegando perto da vila quando avistaram alguns soldados descansando próximo da sua entrada. Observaram um pouco e perceberam que os soldados haviam se dividido em pequenos grupos para vasculhar a pequena vila. Sabiam que não havia ninguém por ali e sua passagem pela região seria rápida. Eles falavam alto e pela maneira como entraram na vila estavam tomando o rumo contrário ao lar. Então, tranquilizaram-se.

Haskel e Gabriel deveriam certificar-se de que eles sairiam e logo voltariam para o lar. Estavam certos que as meninas já haviam voltado e os lobos as protegeriam dentro da mata. Estavam se preparando para voltar quando Gabriel avistou uma das meninas em cima do telhado de uma das casas. Puxou Haskel pelo braço e apontou com o dedo indicador, com a mesma mão que segurava o arco.

Os olhos de Gabriel ficaram avermelhados demonstrando a raiva contida ao longo de todo aquele tempo. Aquela guerra não poderia afetar as suas irmãs e ele precisava estar ao lado delas. O seu coração que estava mais tranquilo, de repente parecia querer saltar-lhe do peito.

Haskel tremia, exalando o medo de que algo acontecesse às meninas. Ficou estarrecido e tentou caminhar em direção a elas, mas foi contido por Gabriel. O garoto era estrategista e todas as vezes que saía para vasculhar a área em torno do lar usava métodos diferentes. Logo conseguiu avistar a outra gêmea. Não conseguia identificar qual delas era pela distância.

— Não temos nenhuma chance se atacarmos e eles matarão a todos. São espertas, não irão vê-las. Temos que manter a calma.

Haskel estava tremendo num misto de raiva e medo que as meninas fossem capturadas, pois já poderia imaginar qual seria o destino delas. Já tinha idade e não era preparado para guerra. Não conseguia pensar em qualquer estratégia para executar naquele momento. Sabia que o jovem tinha razão.

— Quieto.

Gabriel colocou o dedo em frente ao rosto simbolizando silêncio. Fez um movimento circular com o dedo demonstrando que ainda havia soldados rodeando o local.

As meninas usavam roupas escuras e estava um dia muito claro. A temperatura estava baixa e elas provavelmente sentiam frio. Permaneciam inertes em cima daquele telhado e sabiam que o menor barulho iria denunciá-las.

Gabriel avistou, a poucos metros deles, mais dois soldados chegando e puxou Haskel para o lado oposto, onde os soldados não conseguiriam vê-los. Os dois guardas conversavam despretensiosamente quando um deles avistou uma das meninas. Um dos soldados apontava para a menina em cima do telhado. Pediu ao companheiro para ficar quieto com um gesto das mãos para não as afugentar. Sorrateiramente, estavam se aproximando, quando elas perceberam e desceram do telhado.

Quando os soldados chegaram até o local, as meninas não estavam mais ali. Desceram pela lateral daquela casa velha, saíram abaixadas atrás de uma mureta. Quando outro soldado as viu, gritou para que parassem ou ele ia atirar. As meninas acreditaram que poderiam chegar até a mata que circundava e se alastrava em muitas partes da vila retomando seu espaço.

— Parem ou vamos atirar.

As meninas reapareceram a uns cem metros de um grupo de soldados que haviam armado uma emboscada e as capturaram para desespero de Haskel e Gabriel que assistiam de longe a caçada covarde. Haskel novamente precisou ser contido por Gabriel, que o abraçava com força.

— Calma! Se nos capturarem não conseguiremos ajudar. Precisamos de ajuda. Nós vamos salvá-las.

Logo todos os outros soldados chegaram para se juntar ao grupo. O Capitão Werner ordenou que os soldados voltassem a revirar a cidade pressupondo que aquelas meninas não estariam sozinhas. Reconheceu-a das fotos da escola. Spalla não deveria estar longe dali.

— Onde estão os seus pais? Tem mais alguém com vocês nessa vila? — perguntou o Capitão abaixando-se para conversar com as meninas. Tirou uma das fotos do bolso e apontava com os dedos para a imagem de Aganieszka. Começou o interrogatório em tom bastante áspero, esperando que as meninas respondessem amedrontadas, pelos vários soldados empunhando suas armas logo atrás. As meninas estavam amarradas, com muito medo, mas mesmo assim não disseram a verdade. Werner pediu uma faca para um dos soldados e segurando-a próxima ao rosto de Hanna, perguntou mais uma vez para Helena. — Onde estão essas pessoas?

— Eles estão todos mortos. Vocês mataram todos — respondeu Helena prontamente, sentindo que aquele homem não teria escrúpulos para ferir Hanna ou até mesmo matá-la. Mas jamais entregaria Aganieszka e os outros.

— O que vocês estão fazendo aqui sozinhas?

— Nós viemos andando de muito longe procurando comida. Os soldados mataram nossos pais e todos dessa foto.

— Gêmeas univitelinas. Vão passar por um médico para ver se está tudo bem com vocês. Ainda vão nos contar muito mais.

Todos os soldados riram, sabendo que as meninas seriam usadas como cobaias em experiências genéticas pelo "Anjo da Morte", como era conhecido Josef Mengele, no campo de concentração de Auschwitz.

— Por favor, nos deixe ir. Só queremos ficar em paz. Já perdemos toda nossa família por causa dessa guerra.

Werner conhecia pessoalmente o principal médico geneticista alemão, que fazia as experiências com os prisioneiros e aquelas gêmeas seriam um presente perfeito para seus experimentos. Certa vez o ouviu relatando sobre seus testes e a forma como aquelas pessoas sofriam em seus experimentos, na maioria das vezes sem qualquer tipo de anestesia. Werner as conduziria pessoalmente até o médico, por isso já havia avisado seus soldados que elas não poderiam sofrer qualquer ferimento. Os presentes deveriam estar intactos para o doutor.

Ao seu comando, as tropas bateram revista novamente em todas as casas para averiguar. Haskel e Gabriel, nesse momento, já haviam retornado para a mata. Precisavam desenvolver uma estratégia para resgatar aquelas meninas, porque não poderiam chegar até o campo de concentração, de onde eles jamais conseguiriam resgatá-las e ela jamais sairiam vivas. Só de pensar nessa possibilidade o desespero tomava conta de Haskel.

Encobrindo todo o seu nervosismo, Gabriel pensou em esperar que a maioria dos soldados saísse da vila. O capitão provavelmente deveria deixar alguns soldados para cobrir a retaguarda da tropa e Haskel deveria atacar esses soldados. Gabriel ficaria encarregado de atacar os outros que estariam com as meninas mais à frente. A estratégia era tirar o maior número de soldados de perto delas. Haskel deveria ser sorrateiro e certeiro, tendo em mãos apenas arco e flechas. Era muito pouco contra uma tropa numerosa e bem armada, mas não havia outra escolha e a vida das meninas estava acima de qualquer coisa naquele momento.

Assim foi feito e logo Haskel, que já conhecia muito bem a mata, começou a abater os últimos soldados, um a um, apossando-se de suas armas. Não dispunham de muita munição, não deixando margem para erros. Gabriel já se aproximava do local onde as meninas eram mantidas prisioneiras e mantinha o arco sempre preparado para atacar.

Werner determinou que quatro homens cuidassem das meninas ali mesmo no meio da mata, enquanto os demais estariam procurando por possíveis rebeldes, pois não acreditava que as meninas não tinham companhia. Haskel continuava sua caçada aos soldados, depositando em seus ataques a sua raiva por toda a situação a que sua família estava submetida, em uma guerra que agora tornava-se sua também. Precisava encontrar Gabriel e as meninas somente na macieira perto da olaria.

Os soldados adentraram na vila à procura de membros da resistência polonesa, voltando a vasculhar no sentido inverso, casa por casa. Isso dava tempo para que Haskel pudesse voltar para a olaria e, assim, proteger a sua família. Tinha a certeza de que Gabriel conseguiria resgatar as meninas. Elas também eram espertas, mas nada poderiam fazem contra os soldados armados.

Do outro lado, Gabriel esticava a corda do arco, deixando-a bem tensionada e com os dedos bem soltos, liberou a flecha para que atingisse o alvo. O desejo de libertar as suas irmãs direcionava a flecha que atingiu certeiramente o alvo no bem meio do peito. O primeiro soldado caiu morto. Logo, ele se preparou para o segundo disparo aproximando-se enquanto tensionava o arco. Parou e mirou no segundo soldado e mais um disparo certeiro, dessa vez atingiu o pescoço do soldado, com o seu sangue jorrando pela artéria carótida, que caiu morto. Eram ataques certeiros e silenciosos, sem chamar a atenção dos outros. Agora, apenas dois soldados guardavam as meninas.

Os soldados não sabiam de onde vinham os disparos e um deles colocou-se entre as meninas. Gabriel não conseguia um bom ângulo para o disparo e estava com medo de acertar uma de suas irmãs. Agora a suas mãos tremiam, denunciando a possibilidade de erro. O outro estava abaixado atrás de um arbusto e assim que levantou a cabeça foi atingido em seu olho esquerdo.

Hanna pensou nos lobos e que a alcateia poderia estar por perto, então ela assoviou alto, uma nota aguda que imitava o violino. O soldado estendeu o braço e sem dó deu-lhe um tapa com força no rosto. Gabriel preparava-se os seus dedos na corda tensionada. Ele tinha que tentar, esperando que o soldado girasse com as meninas, oferecendo seu corpo entre elas para o disparo. O soldado estava num local que dificultava a aproximação.

O mesmo movimento treinado tantas vezes na olaria o levaria ao êxito. Fechou os olhos e pediu a Deus que dirigisse a flecha e quando abriu os olhos viu Zeus, um dos últimos lobos a conhecer a família, saltando em cima do soldado. As meninas caíram uma para cada lado. O lobo havia atacado certeiramente no pescoço deixando aquele soldado com ferimento que o levaria a óbito rápido. Zeus ficou ao lado do soldado assistindo a todo aquele sofrimento sem dó nem piedade.

Helena levantou-se rápido e correu para uma das casas ali perto. Gabriel ao perceber que a menina corria pensou em gritar, mas com medo que os soldados voltassem rápido, apenas assoviou, como se pedisse para que o lobo a acompanhasse. Zeus partiu atrás de Helena que havia voltado para pegar um gato perdido e provavelmente sem comida. Jamais o deixaria morrer.

— Temos que sair rápido daqui e voltar para o lar — insistiu Gabriel para que as meninas se apressassem.

Zeus permitiu que eles saíssem à frente e cobria a retaguarda, caso algum soldado voltasse. Eram animais de extrema inteligência e pareciam treinados para a guerra. Aquele grande lobo, demonstrava estar encarregado de cuidar de Gabriel e das gêmeas e, provavelmente, os outros estavam ajudando Haskel e sua família na olaria. Eram caçadores extremamente habilidosos e transmitiam mais segurança para todos. Os lobos eram a única e melhor proteção que a família Novak poderia ter durante a guerra.

Haskel estava muito cansado tentando chegar ao lar, despistando os soldados, preferiu esconder-se nas árvores. Tentava controlar a sua respiração ofegante, sem êxito. Seus pensamentos estavam voltados para

Gabriel e as gêmeas, o que o deixava ainda mais agitado. Imaginava todos sendo capturados e enviados para os campos de concentração. Isso poderia significar o fim trágico de toda a sua família, como tantas outras.

Com seus ouvidos bem treinados pela sua experiência musical, conseguia ouvir ao longe os estalos de galhos secos, dando-lhe a certeza de que os soldados estavam vindo em sua direção. Se ele saísse seria descoberto e certamente morto, pois já era de idade e pouco serviria para os trabalhos forçados. Fechou os olhos e começou a rezar, pedindo para Deus proteger a sua família e a todas as famílias judaicas. Agora eles estavam muito perto. Ouviu quando um dos soldados engatilhou a sua arma.

Quando já previa o pior, ouviu o barulho de animais correndo. Era a alcateia que vinha para salvá-lo. Visualizou Logan, Lucky, Bóris, Lele, Súria e Luna e deveria haver uns vinte soldados. Bóris era o mais velho e já demonstrava sinais de cansaço sempre que os encontrava no lar. Ficava deitado separado dos demais, sempre descansando, mas naquele dia ele estava despejando toda a sua raiva naqueles soldados, tentando fugir da estratégia de ataque da alcateia. Os soldados disparavam várias vezes, mas pouco podiam fazer contra o ataque feroz dos lobos que viviam naquela mata.

Apenas o Capitão Werner e mais dois soldados conseguiram escapar, mas não sem alguns ferimentos profundos provocados pelas mordidas e arranhões daqueles lobos vorazes. Dentre os lobos, o único ferido foi Bóris. Havia se dedicado muito à batalha e levou um tiro do lado esquerdo, próximo ao pescoço e, mesmo ferido gravemente, continuou protegendo Haskel.

Haskel não conseguia acompanhar todos os movimentos daquela batalha e somente quando teve a certeza de que estava seguro é que se mostrou aos lobos. Foi quando viu Bóris caído próximo ao local onde ele estava escondido. Ele se dobrou em frente ao lobo, colocou a mão em sua cabeça e agradeceu. Os outros sentaram-se à sua volta e, de cabeça baixa, faziam as suas honrarias àquele que foi o mentor da alcateia por tanto tempo. A ele, muitos deviam os ensinamentos sobre as estratégias de caça e, porque não dizer, da guerra. O velho lobo havia sido um bravo guerreiro durante toda a sua vida, defendendo os seus descendentes e agora homens, mulheres e crianças oprimidos pela insanidade inescrupulosa nazista. Um verdadeiro herói de guerra.

Haskel abaixou-se e colocou as mãos nos joelhos demonstrando cansaço, prometeu que voltaria para enterrá-lo e foi puxado por Luna que lhe mostrou o caminho. Antes de sair ele fechou os olhos do amigo. Compreendeu que naquele momento era mais importante apressar-se para salvarem Gabriel, as gêmeas e proteger o lar.

Haskel teve a escolta de Luna na volta, enquanto os outros saíram em disparada em busca do Capitão e os outros soldados. Estava claro que a estratégia daquela alcateia era atacar sempre. Eram incansáveis, estrategistas e valentes guerreiros. Tinham o ódio em seu semblante.

Chegaram ao lar, primeiro os lobos, depois Gabriel, Hanna e Helena com o gato no colo. Aganieszka foi recebê-los e logo percebeu que algo de muito grave estava acontecendo. Pegou o gato no colo e o acarinhou. Ao ver a proteção dos lobos percebeu que estrategicamente Frederico e Maitê ficaram ali durante todo o tempo sem se desgrudarem dela. Eram os responsáveis pela proteção do lar. Cada lobo tinha uma missão muito bem definida.

Zeus era aquele que não descansava e como tal continuou à procura de Werner e os dois soldados. Apenas ele seguiu os três, tentando descobrir se havia mais prisioneiros. Eles logo chegaram a uma casa a uns cinco quilômetros dali, onde havia mais uns dez soldados bem armados. Zeus aproximou-se o quanto pôde e percebeu que lá dentro havia mais algumas crianças. Mas tentar entrar ali sozinho de nada adiantaria e ele não sobreviveria a um ataque contra aqueles homens.

Deveria voltar e trazer ajuda muito rápido, pois eles poderiam levar as crianças embora a qualquer momento. Zeus correu o mais rápido que pôde. Ao chegar à olaria apontou o caminho para Luna, Súria, Petao e Cátio que obedeceram prontamente saindo em disparada. Eles se respeitavam e se obedeciam mutuamente. Todos demonstravam conhecer as táticas ensinadas por Bóris.

Percorriam muito rápido o caminho e não economizavam energia. Zeus tinha acabado de chegar e já fazia o caminho de volta, sem demonstrar cansaço, tamanha era a sua sede de justiça sobre aqueles soldados. Rodearam a casa e se posicionaram para atacar, avaliando qual seria o melhor momento. Gabriel, apesar de acostumado a correr pelas matas acompanhado os lobos, chegou por volta de dez minutos depois, sem fôlego.

Werner e outros dois soldados estavam cuidando dos seus ferimentos dentro da velha cabana, enquanto outros dois faziam a guarda na porta. Estavam nitidamente amedrontados com o cerco da alcateia, fumando e conversavam sobre o ataque dos animais, parecendo não acreditar no que estava acontecendo. Deveriam ficar muito atentos a qualquer aproximação animal ou humana da cabana.

Zeus apontou para uma pedra no chão e com o focinho apontou para o outro lado, pedindo para Gabriel jogá-la na direção contrária. Era a vez dos lobos armarem mais uma certeira emboscada dentro da mata. Assim foi feito. Quando Gabriel jogou algumas pedras ritmadas, parecendo um caminhar, os soldados soltaram os cigarros e foram na direção do barulho. Súria e Luna estavam lá, cuidando com facilidade dos dois soldados. Os dois morreram com mordidas no pescoço, o ataque preferido dos lobos dessa alcateia. Eram os donos da floresta.

Werner e os outros soldados ainda limpavam os ferimentos quando ouviram o barulho. Pegaram as armas e seguraram apontadas para algumas crianças que estavam presas em outro cômodo.

— Estamos com as crianças como reféns. Se vocês não se afastarem imediatamente elas morrem.

Gabriel estava com o arco mirando para a porta e, assim que um dos soldados a abriu segurando uma criança pequena, abaixo da altura do seu peito, à sua frente, foi acertado por uma flechada entre os olhos. O soldado caiu morto. Agora só restava Werner e mais um soldado do lado de dentro da casa. Werner era um oficial altamente treinado para a guerra, um dos escolhidos e homem de confiança do Führer, mas no fundo era um medroso, sempre afugentando-se atrás dos seus soldados.

Os lobos pareciam ter sido criados para o combate corpo a corpo, defendendo aqueles que sofriam as injustiças de uma guerra insana. Doavam a própria vida nas batalhas, colocando toda a família e as crianças em primeiro lugar. Eram os melhores estrategistas para as batalhas na floresta. Quanto a isso, não havia qualquer dúvida. Súria tentou arrombar a janela, saltando contra ela, mas não conseguiu, pois ela havia sido reforçada pelo lado de dentro. Werner armou-se até os dentes e saiu com uma das crianças, tendo a sua atitude copiada logo depois pelo soldado.

— Entreguem-se ou as crianças vão morrer e tirem esses lobos daqui. Peça para afastarem-se.

Gabriel saiu de trás da árvore, com o arco em punho, iniciando a tratativa de um acordo, abaixando o seu arco.

— Somos todos de honra desse lado. Inclusive os lobos.

Werner ficou estarrecido com a presença de um menino tão jovem comandando aqueles lobos. Era o menino da foto.

— Nós vamos levar as crianças como garantia.

— Não haverá garantia nenhuma se as crianças não forem soltas. Sigam seu caminho e nós teremos a piedade que nunca existiu em vocês. E jamais voltem para a floresta.

Os lobos já os cercavam, enquanto Gabriel colocava Werner sob sua mira novamente. O experiente capitão vencedor de tantas batalhas agora estava à mercê de um jovem e seus lobos. Sabia que não teriam nenhuma chance ante a flecha certeira e o ataque dos lobos selvagens.

— Nós vamos sair. Abaixe a sua arma.

Então, Werner e o soldado soltaram as crianças e apontando suas armas começaram a andar de costas olhando para aqueles lobos e o garoto. As crianças correram para o lado de Gabriel. Os lobos com saliva escorrendo pelas suas presas ameaçaram ir para cima dos soldados, mas foram contidos pelo assovio, quase inaudível aos ouvidos humanos de Gabriel.

— Fizemos um acordo e vamos cumpri-lo. Jamais perderemos a nossa honra em uma batalha. Eles voltarão.

Ao entrar na casa, para a surpresa de Gabriel, mais seis crianças estavam amarradas e amordaçadas. Algumas choravam baixo outras não olhavam para cima. Eram crianças que provavelmente serviriam como experiências para o "Anjo da Morte". Elas foram levadas em segurança até a chaminé na olaria. Porém, Gabriel sabia que aqueles soldados voltariam com mais reforços e se eles tivessem tempo deveriam deixar aquele lugar. Mas para onde ir? Não havia nenhuma alternativa que ele pudesse imaginar naquele momento. Talvez Haskel ou Antoni tivessem.

Já na chaminé, Gabriel contou para todos como ocorreu aquele confronto e contrariou aos demais quando eles diziam que não poderiam sair porque não havia outra casa segura. Apesar de tudo a casa ainda era disfarçada e possivelmente eles não os encontrariam ali. Além de tudo, os lobos que os protegiam eram daquela mata e eles não estariam reforçando a sua guarda.

Retornando, Werner perdeu a sua patente, como pedido direto do médico Mengele, por ter sido considerado incompetente em sua formulação estratégica e por ter perdido, além de quase toda a tropa, as crianças que lhe serviriam de cobaias em seus experimentos, principalmente as gêmeas univitelinas. Apesar de tudo, Werner ainda teria como última missão, retornar para a floresta com um grupo de soldados experientes nesse tipo de ambiente para trazer as crianças até Auschwitz. Era a sua última chance, ante a ameaça do "Anjo da Morte".

Na olaria, Kristofer recobrou a consciência saindo do estado febril, viu a sua amada cuidando do seu ferimento.

— Aganieszka! Onde nós estamos?

— Você está seguro agora. Estamos na olaria.

— Gabriel! Por que ele me trouxe pra cá? Os soldados que estavam atrás de mim virão à minha procura. Preciso sair daqui.

— Calma. Estará seguro aqui. Não pode sair. Está fraco.

— Eu preciso voltar para a mata e atraí-los para lá. Não posso colocar a vida de todos vocês em risco.

— Calma, meu amor. A bala não atingiu nenhum órgão. Você vai se recuperar rápido.

Werner pôde escolher dez soldados que estavam esperando por julgamento, no tribunal de guerra alemão, por desacatar ordens de seus superiores. Eram caçadores, recrutados para a guerra, mas que não queriam estar ali, por isso não obedeciam às ordens ou desertaram e provavelmente seriam condenados à pena de morte. Foram escolhidos por Werner justamente por terem muita experiência como caçadores. Ele e os caçadores partiram, levando apenas as suas armas e armadilhas específicas para caça de lobos, com a missão específica de exterminar a alcateia da região, além de capturar as crianças que fossem encontradas.

Com profundo conhecimento da floresta, deveriam estar sempre alertas para os ataques dos lobos. Logo estariam na cabana onde Werner e seus comandados sofreram o ataque derradeiro. Aquele jovem garoto que os guiava também deveria ser capturado. Poderia haver também outras pessoas, provavelmente abrigadas na floresta. Os caçadores deveriam atrair os lobos para uma emboscada e assim chegar até as pessoas que viviam ali.

Durante todo o caminho Werner pouco conversava com os caçadores, tratados como animais para a maioria da sociedade. Em certo momento, ouviu quando um deles zombava da sua derrota para um jovem garoto e seus lobos. Conteve-se.

— Se o menino estivesse comandando a tropa ao invés dele, nós não estaríamos aqui. E, agora, nós temos que caçar uma criança que abateu uma corja de soldados e seu capitão.

— Mas se eles não tivessem fracassado, não teríamos a chance de escapar da forca. Então vamos agradecê-lo.

— Guerra maldita! O que temos a ver com aquele louco?

Werner fingia não ouvir as conversas e à maneira como se referiam ao Führer, pois eram esses caçadores que também poderiam ajudá-lo a salvar a sua pele. Precisava suportar aquelas desavenças por pouco tempo, tendo a certeza de que os lobos seriam facilmente atraídos por aqueles homens e suas armadilhas. Demonstrando competência à frente dos caçadores e voltando com resultado vitorioso, acreditava que poderia retomar o seu posto no comando do batalhão, ou até conseguiria subir de patente, levando a moça que estava na foto.

Decidiram montar acampamento e armar as armadilhas para os lobos. Foram montadas várias formando um círculo em volta do aquartelamento, montado do lado de fora da cabana. Cada armadilha foi colocada a mais ou menos trinta metros de distância. Werner abrigou-se dentro da cabana, os caçadores dividiram-se em dois grupos para vigiar, sendo que cinco esconderam-se perto da fogueira, enquanto os outros montavam um círculo entre a cabana e as armadilhas, empunhando suas armas.

Werner quis dar a sua opinião estratégica, sem sucesso. Os experientes caçadores estavam acostumados aos sons da floresta e preferiam ficar separados para evitar que conversas atrapalhassem a caçada, funcionando como uma competição entre eles. Era como exibir troféus que pudessem ser trocados pela sua liberdade. Os pequenos sons de gravetos e folhas evidenciavam que pequenos animais estavam perto, nada que merecesse atenção especial.

Esperavam por ruídos mais fortes, de animais de grande porte. Capturar o menino que comandava aqueles lobos seria um grande trunfo e cada um deles desejava para si essa glória, pois todos imaginavam ser um garoto nascido na floresta, com algumas habilidades que o aproximava dos animais, tanto que eles já o chamavam de menino-lobo.

Mal sabiam eles que nesse momento, a metade da alcateia já preparava o ataque, mesmo sem o comando de Gabriel. Lucky, Logan, Zeus, Cátio e Súria já haviam passado entre as armadilhas e preparavam a ofensiva. Zeus, que os vigiava, havia marcado cada armadilha com urina. Súria encarregou-se de vigiar a porta esperando pela saída de Werner, enquanto os outros ficariam encarregados dos caçadores. Os caçadores tentavam aproximar-se do fogo, procurando focar naqueles animais praticamente invisíveis na escuridão.

O ataque dos lobos foi tão violento quanto a reação dos caçadores, que atiravam em direção aos barulhos feitos pelos animais nas folhas caídas ao chão. Os caçadores foram mortos um a um, mas não sem deixarem abatidos alguns daqueles lobos, bravos guerreiros que lutavam para defender as famílias polonesas. Apenas três dos dez caçadores não foram atingidos pelos ataques e conseguiram chegar até a cabana, onde Súria tentava arrombar a porta.

Werner abriu a porta, apenas quando os caçadores atiraram em direção à Súria sem êxito, apenas espantando a enorme loba para a floresta. Os caçadores estavam incrédulos quanto a organização tática da alcateia. Eles faziam ataques rápidos e cruzados, procurando confundir as ações defensivas dos caçadores. As arranhadas deixadas por Súria na porta davam uma boa ideia do tamanho daquelas feras.

— Nós acertamos dois ou três deles.

— Eles são invisíveis aos nossos olhos durante a noite.

— Precisamos voltar para buscar os outros homens. Ainda podem estar vivos e feridos.

— Se vocês saírem serão mortos. Se eles não estão aqui é porque estão fora de combate. Sairemos daqui apenas quando o sol nascer. Não teríamos êxito se vocês saírem agora.

— Teríamos mais chance se você estivesse lá fora lutando.

Werner ameaçou ir para cima do caçador com a sua arma em punho, mas foi contido pelo outro caçador que colocou-se entre os dois, deixando bem claro a importância que cada um deles tinha.

— Não seria nada inteligente diminuir ainda mais o número de combatentes. Amanhã precisaremos de toda a nossa força.

— O lobo que deixou essas marcas correu para a direção leste, da vila abandonada.

— E o que pensa em fazer?

— Esses lobos são muito inteligentes e tentam nos despistar. Vamos na direção contrária. Estão na olaria abandonada. O garoto também deve estar lá.

Pela manhã, assim que o dia clareou, Werner e os caçadores estavam prontos para adentrarem na mata em direção à olaria. Procuraram pelos lobos, mas não encontraram nenhum vestígio deles. Os caçadores estavam mortos espalhados em volta da cabana, os lobos os haviam arrastado até lá. Ao ouvir um disparo, todos aproximaram-se de Werner. Um dos caçadores ainda estava vivo, com a perna dilacerada por ferimentos de mordidas e foi sacrificado sem piedade, como um animal, por aquele soldado alemão. Foi deixado vivo propositalmente.

Werner armou-se de proteção, colocando dois dos caçadores à sua frente e outro cobrindo a sua retaguarda. Não queria ser pego de surpresa por aqueles animais. Em pouco menos de duas horas já estavam bem próximos da olaria.

— Vamos vigiar por um tempo antes de averiguar.

— Mas aqui podemos ser pegos de surpresa.

— Vocês dois vigiam a nossa retaguarda e eu vigio a olaria. Qualquer aproximação animal atirem sem piedade. Quanto às pessoas precisamos delas vivas. É assim que vamos agir de agora em diante. Se não for humano, atirem para matar.

A olaria estava abandonada há muitos anos, e nada ao seu redor lhe dava a impressão de estar habitada. Depois de algum tempo perceberam a aproximação de um dos lobos, na entrada da olaria. Logo Gabriel saiu de seu interior e abaixou-se abraçando aquele belo exemplar. Era Súria demonstrando toda a sua tristeza pelas perdas sofridas na noite anterior. Cátio estava ao lado com ferimento profundo em sua pata traseira.

Werner sinalizou com as mãos que deveriam esperar até que o menino voltasse para dentro da olaria para atacar. Agora o elemento surpresa havia mudado de lado. Gabriel entrou na mata, na parte de trás da olaria e voltou com um cesto cheio de frutas e legumes. A quantidade de alimentos deixava claro que ele não estava sozinho. As crianças, as gêmeas e certamente a moça deveriam estar ali, ao abrigo e proteção do menino e dos lobos.

Assim que a loba afastou-se, Werner deu o sinal de que era o momento de invadir. Aproximaram-se com um dos caçadores vigiando o tempo todo as suas costas. Helena pode ver pelo buraco na chaminé que o grupo aproximava-se e avisou a todos que deveriam fazer silêncio para não serem encontrados. Havia a chance de não serem descobertos. Não deveria haver nenhum barulho e nenhum movimento. As crianças estavam no terceiro piso, com Aganieszka e os mais velhos no segundo.

Na entrada da olaria dividiram-se para averiguar cada lado fazendo o seu contorno. Nada conseguiram encontrar e mesmo quando olharam para dentro da chaminé podiam ver a luz que a transpunha. Desconfiaram de alguma entrada subterrânea, mas depois de vasculharem por um bom tempo não conseguiram encontrar nada. Werner não entendia, pois ninguém havia saído dali. Foi quando ele entrou novamente na chaminé.

— Acenda o fogo aqui dentro. Tem que estar aqui dentro.

Depois de alguns minutos puderam perceber toda a engenhosidade daquele abrigo. Os caçadores sabiam que ali deveriam estar as crianças e o jovem garoto. Não queriam tornar-se assassinos, por isso também não obedeceram à convocação para a guerra. Tinham sangue frio para matar animais, mas nunca haviam matado pessoas e crianças, como os soldados alemães. Mas esse era o único caminho para livrarem-se da própria morte e conquistarem a sua liberdade.

Não havia nenhum barulho até que um dos caçadores entrou na base da olaria com uma tocha acesa. Uma das crianças desesperada começou a chorar baixinho. Werner empunhando sua arma, levantou a outra mão fazendo um sinal para que o caçador esperasse antes de atear fogo naquelas madeiras úmidas. Lembrou-os de que as crianças deveriam ser capturadas e levadas ao doutor Mengele todas em perfeitas condições de saúde.

— Desçam logo e eu permitirei que continuem todos vivos.

Sabendo que Werner havia voltado para capturar as crianças, Gabriel, empunhando seu arco, pediu que todos ficassem quietos, com um gesto simples, aproximando o dedo indicador à boca e que não se mexessem, sinalizando com a palma da mão. Ele os defenderia até a morte. Aganieszka estava ao lado das crianças e procurava mantê-las calmas, próximas a si no terceiro piso. No segundo piso estavam, Haskel, Gabriel, Antoni e Kristofer, que permanecia desacordado.

Ao tentar aproximar-se com o fogo um dos caçadores foi acertado por uma flechada certeira de Gabriel entre os olhos. Com ódio em seu olhar, o garoto nunca errava seus alvos. Quando se preparava para soltar mais uma flecha, foi atingido por um tiro no ombro direito. Um dos caçadores amarrou a sua armadilha a uma corda e aproximou-se para lançá-la na plataforma acoplada à talha. Tendo êxito logo em sua primeira tentativa, ele e o outro caçador a puxaram para baixo. Werner continuava atirando para mantê-los distantes. A plataforma logo chegou à sua base, e então eles poderiam subir para capturar o jovem garoto e as crianças.

Os caçadores estavam afoitos para subir rápido, pois a compaixão que ainda lhes restava foi deixada de lado, quando Gabriel acertou um dos caçadores. Werner alertou para que eles esperassem. Queria estudar um pouco mais a reação das pessoas que estavam acima. Apenas Haskel ainda fazia alguns disparos com sua espingarda para tentar mantê-los distantes, mas sabia que seria apenas questão de tempo, principalmente com o arqueiro ferido.

As crianças, no piso superior, tremiam e choravam de medo. Aganieszka pediu a elas que ficassem ali e desceu porque ela poderia defendê-los melhor do piso inferior. Tinha em si o sentimento de proteção de mãe por todas elas. Ouviu a talha subindo devagar, acompanhada de tiros. Haskel atirava, mas não conseguia acertar os invasores. Quando a plataforma se aproximava do segundo piso, os caçadores conseguiram atingir Haskel no peito e logo depois Antoni, quando tentava pegar a arma de Haskel caída ao chão.

Os dois senhores que projetaram aquele bunker para salvar a família, agora nada mais poderiam fazer para salvá-los. Ambos tiveram morte instantânea. Aganieszka sentia uma dor imensa, prendendo o choro. Internamente, rezava para que Deus tivesse piedade dos alemães. Precisariam de toda compaixão do mundo para o resto de suas vidas. Precisava chegar até as armas rápido.

Gabriel sabia que os lobos estavam na entrada da chaminé, desesperados, ouvindo todo aquele barulho provocado pelo ataque dos alemães. Ao chamado de Gabriel, pelo assovio, Frederico subiu na pequena talha de água e alimentos e preparou-se para a batalha. Mesmo ferido, Gabriel pendurou-se na roldana lateral, e desceu rapidamente, ao mesmo tempo em que ele descia, Frederico subia. Eles faziam essa brincadeira para que Frederico subisse para ficar ao lado de Aganieszka, enquanto ela tocava no alto da chaminé.

No escuro, Werner estremeceu ao perceber o que os esperaria lá em cima. Quando a talha deixou a plataforma no nível, Frederico estava parado à frente de Aganieszka. Agora, aquele pequeno bebê lobo, era o maior lobo da alcateia, e sempre estava naquela mesma posição, protegendo Aganieszka. Mantinha a cabeça abaixada e os grandes dentes à mostra.

O uivo de Luna na entrada da olaria fez com que os três olhassem para trás. Foi a deixa para que Frederico atacasse os dois caçadores que estavam à frente de Werner. Mais por medo que cautela, o capitão estava sempre um passo atrás de seus comandados. Frederico executava mais uma ação coordenada com os outros lobos da alcateia na entrada da chaminé.

Hanna e Helena estavam com as crianças no piso de madeira logo acima. Pelas frestas estreitas entre as tábuas de madeira podiam ver relances de tudo o que acontecia abaixo. Algumas crianças permaneciam com os olhos fechados, rezando para que tudo terminasse logo, enquanto outras tentavam acompanhar o que acontecia. Não foi possível acompanhar as ações de Frederico porque sua investida nos dois caçadores foi muito rápida e em poucos segundos ele já estava novamente à frente de Aganieszka para protegê-la de Werner. Os dois caçadores foram derrubados na chaminé e foram estraçalhados pelos outros lobos.

Frederico mostrava os dentes e estava diminuindo a distância até Werner, quando ele disparou várias vezes até que o grande lobo, que protegia a família da professora caísse. Aganieszka agachou-se ao lado de Frederico. Ao lado do bebê que que cresceu ouvindo os sons agudos do violino, ela chorando, colocou a mão em sua cabeça e implorou por piedade ao soldado.

— Por favor, não faça mal às crianças. Tenha piedade.

Werner atirou mais uma vez diretamente na cabeça do lobo.

— O Doutor Mengele quer as crianças para realizar as suas experiências. Se pudesse eu mesmo o mataria com as minhas próprias mãos. Mas ele me paga por cada criança que eu lhe entrego.

— Deixe-as em paz e Deus terá piedade de você.

— Vou satisfazer à vontade do doutor que me pagará uma boa quantia pelas crianças e quanto à você...

— Por favor! Tenha piedade das crianças.

Werner olhou à sua volta, viu o violino, os outros instrumentos, olhou para cima, onde estavam as crianças. Caminhou até a professora e a puxou com força pelos cabelos colocando-a de pé, rasgou a manga do seu vestido e pôde ver a marca em seu ombro. Raspou a marca com suas unhas sujas.

— Então você é mesmo a mulher que o Führer tanto procura. O que será que você tem de tão valioso? Qual será o significado dessa lenda? Ele é alucinado pelo oculto e pelos mistérios de Deus.

Nesse momento, ouviu uma voz quase inaudível vinda do lado oposto do primeiro piso de madeira.

— Solte-a.

O soldado então empurrou a moça de volta ao chão e empunhando a sua pistola Luger P08, encaminhou-se ao encontro daquele homem que estava caído. Chegando perto pôde perceber que era um dos rebeldes, com os quais havia se confrontado há pouco tempo e que ele mesmo o havia ferido em batalha.

— O rebelde que me feriu em combate. Certamente você não terá a mesma sorte dessa vez. Você matou vários dos meus comandados. Deve ter a mesma marca que ela tem em seu ombro. Vão me render uma grande promoção quando entregá-los direto ao Führer.

Kristofer, que havia perdido muito sangue, estava fraco e não tinha mais forças para defender a sua amada e as crianças. Sabia que Werner os usaria como reféns para sair da olaria e que depois disso o futuro deles seria a reclusão nos campos de concentração e a morte. Werner pegou o arco do violino e caminhou devagar até Kristofer.

O som daquelas botas pisando firme na madeira era ensurdecedor aos ouvidos das crianças que estavam logo acima. Empunhando a arma em sua mão direita, agora apontada para a cabeça do rebelde polonês, que havia exterminado metade do seu pelotão e com o arco do violino na mão esquerda, enfiava-o na ferida aberta do rebelde, fazendo-lhe urrar de dor.

— Não acredito nessa lenda ou no seu Deus. O que me fortalece não é esse poder, mas sim o sofrimento dos judeus.

Kristofer já não demonstrava nenhuma reação motora, estava quase totalmente entregue à morte, apenas emitia um gemido de dor quando Werner revirava o arco dentro da sua ferida.

Werner virou-se para Aganieszka e perguntou-lhe:

— Não lhe parece música aos seus ouvidos, o gemido de um judeu entregue ao sofrimento extremo antes da sua morte?

Quando Werner voltou-se para Kristofer, assustou-se ao vê-lo jogando seu corpo contra si, mesmo com o arco lhe penetrando ainda mais profundamente a ferida, acompanhado de um grito ensurdecedor, em um misto de dor, salvação, liberdade e entrega da própria vida pelo seu amor. Kristofer havia tirado o pino da granada de fragmentação MK 2 americana, confiscada de um dos seus companheiros rebeldes, que Werner carregava em sua cintura como um troféu. Ele as preferia por serem menores do que as alemãs Stielhandgranate. Werner tentava, em vão, soltar-se desesperadamente, não admitiria ser morto por um rebelde judeu.

— Gosta dessa música? Morra como os covardes alemães.

Kristofer era alto, forte e rebuscou as últimas forças que tinha para jogar o corpo sobre aquele soldado alemão para abafar a explosão. Olhou para Aganieszka e teve a certeza de que qualquer sacrifício feito em seu nome, não seria em vão. A explosão foi muito forte, destroçando os dois corpos. A atitude de jogar o corpo sobre o alemão impediu que a explosão alcançasse as crianças que estavam acima. Aganieszka, que estava do outro lado, teve seu olho esquerdo perfurado por um pequeno estilhaço de metal.

Ela, com o olho ferido, estava aos prantos por ter perdido ao mesmo tempo, o pai, o tio Antoni e Kristofer, o amor da sua vida, que se entregou para salvá-la e também as crianças. Frederico também estava morto. Um animal de uma nobreza admirável que lutava para salvar a família e as crianças das atrocidades dos alemães. Logo, Hanna e Helena desceram ainda devagar demonstrando precaução e medo, acompanhadas pelas crianças que foram consolá-la. Agora estavam todos abraçados naquele piso de madeira, enquanto Gabriel, com dificuldades, subia pela plataforma junto com Luna.

Uma guerra que exalava seus motivos abertamente medíocres, pelo imperialismo, escravidão, racismo e antissemitismo, não poderia se sobrepor perante a real necessidade de evolução humana. Aganieszka via flashs da sua família reunida, tocando e dançando feliz. Revia Kristofer entalhando a madeira na escola, com todo carinho e amando-a docemente. Tocaria as mais belas músicas, até seus últimos dias naquele violino, presente esculpido por Kristofer que a aproximava de Deus.

Aganieszka perdeu a sua visão esquerda devido ao estilhaço e uma grande parte da sua família durante a guerra, mas todas as perdas a fariam mais forte e essa força deveria reverberar nas crianças. A chaminé seria para sempre o seu santuário e refúgio.

Depois de longos meses de angústia, receberam a notícia de que a guerra estava terminando, após um contra-ataque da União Soviética sobre o exército alemão. Milhões de soldados do Exército Vermelho destruíram Berlim. A Itália já havia se rendido em 1943. Após o suicídio de Hitler em 30 de abril de 1945, a Alemanha se rendia em 8 de maio de 1945.

Após reformarem toda a base da olaria, Gabriel e as gêmeas voltaram a morar na cidade para continuarem seus estudos. Os três desejavam formar-se professores em diferentes áreas, para voltar e lecionar para as crianças que sobreviveram às atrocidades cometidas pelos nazistas. Tinham a professora como maior exemplo de suas vidas e a ela dedicariam a sua formação acadêmica.

Aganieszka recebeu a doação da olaria e das terras ao seu redor, onde deveria funcionar a Escola Igualdade e Fraternidade a qual trazia uma educação diferenciada, utilizando a música e os conceitos morais como base para a aprendizagem dos alunos.

Nos momentos em que não estava lecionando, Aganieszka cozinhava, pintava quadros e compunha músicas, todas elas marcadas pela tristeza, melancolia e sempre dizia que, em algum tempo, a sua música evoluiria e seria totalmente feliz, acompanhando o desenvolvimento dos seres humanos, atuando em total sinergia com os outros seres vivos, mas que infelizmente não seria nessa vida. Suas composições marcariam os estágios dessa evolução.

Ela recebeu vários convites e oportunidades para apresentar suas músicas e expor seus quadros por toda a Europa, porém ela se negava a sair da Polônia e dificilmente abandonava a escola e as suas crianças. Ali ela estava entre os seus familiares e o seu grande amor. Havia prometido, naquele dia na chaminé, que jamais as abandonaria e assim seria pelo resto de sua vida. Toda a renda advinda das suas obras era destinada à educação de crianças abandonadas e famílias que ainda sofriam pelas perdas da guerra. Foi convidada a receber vários prêmios, mas nunca compareceu.

Era difícil acreditar que Deus havia abandonado os judeus, deixando que milhões de seus filhos morressem nas mãos dos nazistas insanos. Mas, filosoficamente, ela preferia acreditar que a raça humana continuará sofrendo as consequências de seus próprios atos, contra todos os seres vivos, por toda a sua existência. Creditar os males da humanidade somente aos pobres nazistas seria minimalista demais, perante todas as maldades cometidas contra a própria mãe natureza. O mundo todo estava carente de amor.

A sua última composição referia-se justamente à contraposição entre abandono e acolhimento, em que pessoas se afastam dos conceitos morais e éticos, ao mesmo tempo em que se sentem no direito de cobrança pelo divino abrigo. A principal marca dessa obra é que ela permaneceu inacabada. Aganieszka decidiu que ela permaneceria no ponto onde parou durante a guerra e mesmo após o seu fim ela a tocava somente até ali, simbolizando a ruptura do sentido da vida, quando a ganância e o poder sobrepuseram-se à ética e à própria vida.

Ela tocava e compunha em seu antigo piano, recuperado dos alemães, com pedido de perdão eterno à professora musicista. Contava a história que nele havia uma marca de tiro de pistola Walther 38, quando um soldado alemão atirou desafiando a madeira polonesa a suportar o poderio bélico alemão. O soldado foi morto no mesmo momento pelo seu capitão, fã do compositor alemão Beethoven, dizendo que a música era mais forte que a madeira, o seu revólver e ele juntos.

Aganieszka nunca quis que a marca do tiro no piano fosse reparada. Não que não a incomodasse ver o buraco aberto por uma arma de fogo, pouco acima do teclado. A tristeza em vê-la não era maior do que as suas lembranças diárias do massacre, do extermínio do seu povo. Se os seus olhos, coração, mente e espírito estavam profundamente marcados pela presença constante da guerra, não deveria ser diferente com o seu piano. Nada diminuiria a tristeza espiritual.

Aganieszka morreu no dia 30 de setembro de 1969, após uma crise respiratória, enquanto tocava violino para as crianças embaixo de uma árvore ao lado da escola. Ficou conhecida em todo o mundo como a professora judia que abdicou da própria vida para cuidar das crianças e dos lobos poloneses, utilizando como arma, somente o arco do seu violino. Os seus quadros e suas partituras foram comprados por anônimos e desapareceram.

O Vaticano apressou-se em sequestrar todos os bens materiais da antiga escola em que Aganieszka lecionava. Levaram as peças de madeira, onde Kristofer havia entalhado, em letras quase imperceptíveis, uma oração pedindo proteção à professora, antes de aderir ao grupo da resistência polonesa. Em frente à antiga escola, ao lado de sua casa, foi colocada uma estátua, com a professora, empunhando seu violino com o arco apontando para o céu.

A oração do marceneiro minimalista, Kristofer

Deus, permita que ela em vida seja luz
e possa, através da música
ensinar, educar, encantar e
transformar as crianças e jovens
em pessoas mais justas, solidárias e felizes.
Que os seus sonhos sejam eternamente realizados
porque são nobres, sinceros
e com o espírito repleto de amor.
reconheço-a pelos olhos, pelo cheiro e pelo toque.
Nesse reencontro, através dos tempos,
no momento de angústia e dor,
ofereço-lhe Deus,
em Suas mãos a minha vida.
Permita ao meu espírito acompanhá-la e protegê-la
nessa e em todas as vidas.

Capítulo 3

Oeste selvagem

O frio estava muito intenso naquele inverno na região de Lakota, mais precisamente no sul do Estado de Montana, nos Estados Unidos. Lakota era o nome dado pelos indígenas, nativos para aquela região, uma grande área que abrangia os estados de Dakota do Norte, Dakota do Sul, Nebraska, Wyoming e Montana.

O respeito às dimensões e às condições especificadas no Tratado de Fort Laramie, de 1851, nunca existiu, sendo que as terras destinadas às tribos indígenas eram constantemente invadidas pelos homens brancos, para extração da madeira, caça e principalmente para a colonização. Porém, a terra era defendida pelas grandes nações indígenas da região até a morte.

Era início de janeiro do ano de 1854 e, mesmo adaptados ao frio congelante, os Sioux pareciam sofrer mais naquele ano. A neve, muitas vezes a maior aliada da tribo, a qual impedia que caçadores e colonizadores invadissem a Floresta Nacional Shoshone, naquele ano chegou com uma intensidade muito maior do que em anos anteriores. As nações indígenas de Lakota sofriam, além do frio congelante, pela escassez de alimentos.

Como a grande maioria das tribos indígenas ao redor do mundo, eles também respeitavam a natureza e dela retiravam somente o necessário ao seu sustento. Havia muito respeito pela caça, pois, dos animais mortos, tudo se aproveitava. Alimentavam da carne de caça, na maioria das vezes, os bisões e os búfalos eram os mais procurados, existentes em grande quantidade naquela vasta região. Eram esses animais que atraíam os caçadores, além da carne, sua pele que era revendida nas capitais. Há algum tempo haviam iniciado a agricultura do milho, plantado nas épocas mais quentes, estocado e racionado para os períodos mais frios.

Era comum o enfrentamento entre os índios nativos e esses caçadores, uma vez que, além de defenderem a sua terra, não admitiam que os animais fossem mortos, exclusivamente, para extração da sua pele para comércio. Os animais jamais poderiam ser tratados como produtos e esse respeito a eles e à floresta não fazia deles menos hostis. Muito pelo contrário, a mãe natureza parecia fortalecê-los, colocando-os como grandes guerreiros na sua própria defesa, contra aqueles invasores.

Os índios jamais ofereciam melhor sorte aos homens brancos, colonizadores ingleses, espanhóis e franceses, que rapidamente se espalhavam por todos os estados americanos, trazendo desenvolvimento. A cada dia mais, os Estados Unidos consolidavam-se como proeminente potência mundial, atraindo pela imensidão de áreas praticamente inabitadas. Porém, era esse mesmo desenvolvimento que promovia a degradação das áreas indígenas. Lakota e outras nações opunham-se ao crescimento invasivo e desordenado.

Os colonizadores, tanto pelo número quanto pelas suas motivações, tornaram-se a maior entre todas as ameaças às tribos indígenas, pois, além da posse da terra, traziam seus hábitos, costumes e doenças, para as quais os índios ainda não possuíam imunidade, fazendo com que muitas vidas fossem perdidas pela sua simples transmissão. Os indígenas tinham todos os motivos para utilizar toda a sua força para repelir a invasão.

Os bravos guerreiros tinham, no arco e flecha, as suas principais armas para defesa e desde muito pequenos já se tornavam exímios arqueiros. O arco e flecha, muito utilizados para a caça, transformavam-se em arma perfeita, aliada às habilidades indígenas na montaria, sem o uso das mãos. As crianças logo saíam para a caça, junto aos grandes caçadores, aprendendo a manusear as armas.

Além dos invasores, até mesmo os soldados americanos temiam a agilidade daqueles nobres guerreiros e defensores da natureza. Eram capazes de atingir seus alvos à distâncias consideráveis, montados em seus selvagens e velozes cavalos. Os bravos guerreiros eram tidos como grandes deuses das guerras pela tribo. A machadinha e a faca também eram muito temidas, por tirarem o escalpo dos seus adversários de batalhas, o qual era tido como troféu de batalha.

Essa prática também passou a ser realizada pelos colonizadores, que comercializavam os escalpos de índias e índios para a Europa, para que fossem confeccionadas perucas. Os cabelos dos índios Sioux eram compridos e muito bem cuidados, motivo pelo qual tornavam-se ainda mais valorizados do que os das próprias índias.

Aquele inverno havia chegado de forma muito rigorosa, parecendo anunciar a catástrofe que estava por vir para as nações indígenas. O exército americano precisava garantir que os colonizadores pudessem ter acesso às terras, dando continuidade ao desenvolvimento de seus estados. Segundo o governo, aquela região e todas as outras do oeste deveriam ter as suas riquezas exploradas, trazendo divisas diversificadas ao americanos. Afinal, do que valeriam as tribos selvagens se não exploravam a região e não geravam nenhuma riqueza para o país?

A garantia da lei e da ordem deveria ser respeitada. Mas a qual lei se referia? Qual a garantia daqueles povos nativos de Lakota, verdadeiros americanos? As matas, os animais, as águas dos rios e lagos, os próprios índios, que garantia eles teriam? O enfrentamento entre um exército fortemente armado e as nações indígenas seria certamente uma catástrofe sem precedentes para uma nação considerada ainda muito jovem.

Apesar de preferirem as flechas, pelo silêncio oferecido em seus ataques, logo as nações indígenas tornaram-se também grandes atiradores, assim que tiveram contato com as armas de fogo. Guerreiros natos, os Sioux pareciam ter nascido para as grandes batalhas.

Vinte e um anos antes da chegada daquele inverno de 1874, havia nascido uma linda indiazinha, filha do grande líder da união de todas as tribos Sioux. Urso Faminto havia herdado a inteligência dos grandes líderes somada à selvageria indomada de um verdadeiro urso na defesa de suas terras e seu povo. A sua filha trazia em seu ombro uma marca de nascença, assemelhando-se a três círculos sobrepostos que, para as índias mais velhas da tribo, simbolizava uma forma de divindade. Diziam que a pequena indiazinha era a representação da união de todas as tribos indígenas da região de Lakota.

Pin Qituf, ainda pequenina, adorava fugir para a mata, sempre sozinha, acompanhando borboletas, insetos e pequenos animais que se refugiavam no meio da floresta. Às vezes acompanhava o pai na caçada de animais maiores, sempre interferindo a favor dos animais. Certa vez, aos cinco anos, quando o pai se preparava para soltar o último dedo da corda do arco, ela passou caminhando entre o pai e o bisão, desafiando-o.

— O que está fazendo? Eu poderia acertar você.

— Qual o problema se acertasse outro animal?

— Você não é um animal qualquer. É a minha filha.

— Mas aquele também deve ser filho de algum outro animal.

O nome Pin Qituf teve a sua origem e a sua tradução sempre controversa. O nome algumas vezes esteve relacionado a dentes avermelhados, referindo-se ao sangue que escorria na boca de um urso e outras vezes referia-se aos pés arredondados do mesmo urso, visto por Urso Faminto, logo após o seu nascimento. Aquela menina tinha mesmo os pés gordinhos, o que provocava risos dos outros indiozinhos. Nunca se importava, muito pelo contrário, ela sempre ironizava imitando o grande urso, arrancando risos de todos os demais indiozinhos à sua volta.

A menina estava sempre alegre e cantarolante, com os cabelos mais compridos entre as mulheres. Desde pequenina organizava o canto das índias, praticando todos os dias, longe dos índios, como ensaio para se apresentar quando os guerreiros partiam para as batalhas e também quando retornavam. Sempre entoavam músicas alegres, motivando os índios para a caça ou para as batalhas. As músicas representavam a bravura e a honra para dar ainda mais força e vontade na defesa da sua tribo.

Recusava-se a comer carne das caças trazidas para a tribo, pois imaginava que o animal poderia ser um dos quais ela acompanhava durante as suas expedições pela floresta. Refletia sobre as suas vestimentas que, no inverno, tinham a pele dos bisões como sua proteção maior. A sua alimentação era baseada no milho e seus derivados produzidos pelas mãos hábeis de várias índias que se responsabilizavam por preparar os alimentos, além dos vegetais e frutas, colhidos perto da tribo.

Pin Qituf, desde muito pequena, ajudava a cozinhar todos os ingredientes, menos as carnes, que a faziam passar mal, mesmo trabalhando apenas no seu preparo. Sua mãe por vezes perdia a paciência, quando ela tentava induzir as outras índias e crianças a não comerem carne, fazendo as suas ponderações envolvendo os animais, que insistiam em ficar ao seu lado. Mas como uma criança poderia ir contra uma cultura tão disseminada ao longo dos séculos, dentro da tribo? Os índios sempre caçaram e se alimentaram de animais selvagens. Desenvolveram suas armas e estratégias para que isso fosse possível. A tribo dependia da caça.

A pequena e revolucionária índia acreditava que a sua tribo poderia dar um grande passo para a sua evolução, transformando a sua própria natureza, aproximando-se mais dos deuses, respeitando todos os animais e a floresta. Essas e tantas outras questões sempre estiveram em sua mente. Os índios, que sempre defenderam os animais, as florestas, não poderiam ter essa atitude somente por defenderem seu lar e a sua própria alimentação. Os deuses não poderiam permitir tamanha injustiça.

Todas as vidas deveriam ser tratadas com o mesmo respeito. Era uma menina decidida e muito astuta para a sua idade, dividia o seu tempo entre estar com os adultos, questionando as suas atitudes, colocando o seu ponto de vista e, quando estava em meio às outras crianças, além de brincar, gostava de cantar, ensinando-as cânticos sobre a natureza e os animais.

Algumas índias mais velhas estavam sempre por perto, protegendo e aprendendo com ela as belas músicas que ela mesmo compunha. Enquanto cozinhavam, conversando com ela, diziam que um dia ela seria a primeira chefe índia da tribo. Pin Qituf ria dizendo que gostaria muito de ser uma chefe indígena, liderando a sua tribo, não para uma guerra, mas para uma evolução proeminente que os fariam melhores em tudo. A tribo deveria gradualmente deixar de comer carne e se alimentar do que a terra pudesse lhes prover.

Algumas índias já seguiam as ideias daquela pequena indiazinha, mas, dentro da tribo, havia hierarquias, credos e cultura muito bem-definidas e as leis não eram brandas para quem ousasse desrespeitá-las. Mesmo sendo filha do grande chefe, poderia sofrer as consequências e colocar até mesmo o poder do pai em jogo. Ele constantemente a avisava sobre esse respeito às leis da tribo.

Às mulheres da tribo não era permitido reunir-se para questionar atitudes referentes à organização e muito menos referente a alterar questões culturais. Nunca participaram de nenhuma deliberação que era realizada na grande tenda. Ali eram referendados os tratados de paz, de guerra, crenças, costumes e todas as decisões mais importantes da tribo e da união com outras tribos. Assim acontecia desde os seus antepassados.

Pin Qituf, aos quatro anos, tentou interferir em uma situação que a deixava muito triste. Os pequenos índios que nasciam com qualquer problema físico ou mental eram abandonados ao próprio destino, no frio intenso no meio da mata e o mesmo destino era dado àqueles pequenos índios que não se davam bem na caça ou nos jogos de luta. Dessa maneira, eles imaginavam manter a raça sempre forte para suportar aos desígnios dos deuses e da própria natureza.

Era uma injustiça muito grande abandonar justamente os mais necessitados. Ela crescia colocando essas e tantas outras questões em debate, deixando o pai e a mãe muitas vezes em situações desagradáveis, pois eram eles quem coordenavam a organização da união da tribo, escolhiam quem iria para a caça, para as batalhas, para as expedições, para a agricultura, para as danças e todas as outras funções dentro da comunidade daquela tribo.

Pin Qituf, um dia ao acordar, questionou o grande chefe, dizendo que, quando ela crescesse, queria participar de uma das reuniões, expor as suas ideias e que ela era contra as guerras e contra matar animais. Dizia que o grande deus estava muito acima deles e que as suas criações não deveriam servir de caça, muito menos àquele que havia sido criado mais próximo de sua semelhança deveria morrer em meio às batalhas.

O grande chefe sabia que a liberdade era a grande culpada por ela ser revolucionária. Quando sumia, no meio da mata, estava brincando com os amigos animais, muitos deles selvagens que jamais se aproximariam dos índios normais. Mas com ela era diferente. As índias anciãs alertavam aos pais para que ela fosse ouvida porque era a escolhida, a mensageira dos deuses.

Urso Faminto sabia que a cultura do seu povo era sagrada e imutável, sempre resistiram ao máximo à evolução porque eram parte da natureza e, como os outros animais, não se colocavam no topo de uma hierarquia. Mesmo sabendo que o conselho tentaria derrubá-lo, ainda protegia a filha. Mas agora havia chegado a um ponto crucial de cobrança e ele não tinha como discordar. Então deveria decidir o que fazer com a menina, já que ela era irredutível em seus pensamentos. Não conseguia ser tão duro com ela na mesma proporção que era nas decisões da tribo, com qualquer outro índio.

Ela tinha conhecimento para defender os seus ideais com convicção e fazia isso olhando nos olhos do pai, com aqueles seus lindos olhos negros, da mesma cor dos seus cabelos. O grande chefe precisava tomar a decisão mais difícil de sua vida. Acostumado à grandes batalhas, sentia o peso da responsabilidade cortando a própria carne. Era reconhecido pela sua rigidez, força e sabedoria em suas decisões e por manter a hegemonia da tribo perante todas as nações indígenas. Não poderia ser acusado de utilizar-se de dois pesos e duas medidas a favor de sua filha.

Era a pequena indiazinha, não lembrada somente por ser a filha do chefe, mas por estar sempre feliz, cantando e encantando, pelo sorriso que vinha da alma, pela alegria dos animais que a rodeavam, mas, principalmente, pelos ideais que contrariavam as leis da tribo e as leis dos homens, muito além de suas fronteiras. Era assim que os grandes sábios indígenas a viam em suas revoltas de ideais da contracultura indígena. Suas ideias começavam a frequentar os pensamentos de outras crianças e mesmo de algumas outras índias adultas, fluindo em direção totalmente contrária a tudo o que a cultura Sioux proferia.

Algumas daquelas índias mais velhas a protegeriam de tudo,

estando sempre por perto, ensinando e encaminhando a menina. Era como se elas conhecessem toda a sua vida, desde o seu nascimento, até os dias atuais. Os conhecimentos iam muito além, pois elas falavam sobre o seu futuro e diziam que ela era a portadora da marca no ombro, predestinada a um futuro marcado por muitas tristezas, mas com um final muito feliz, trazendo a evolução da tribo.

Certamente elas já deveriam prever que seu destino também passaria pela aprovação do conselho da tribo, pois seus pensamentos sobre a cultura Sioux lhes trariam grandes desafetos. Diziam que ela ainda seria aclamada por todas as gerações futuras, o que, naquele momento, não se encaixava muito bem. Defendê-la acima de tudo e de todos não era empecilho para duas índias.

Pin Qituf era tão diferente de todas as pessoas que já haviam conhecido, uma mistura de sabedoria e bravura, conectando em um pequeno ser as características da mãe e do pai. A pequena índia representava o fruto do amor do grande guerreiro com aquela índia pela qual se apaixonou à primeira vista, quando ainda nem aspirava ser o grande chefe. Ao participar de uma conferência em uma tribo Sioux menor, situada mais ao leste. Na época, eles enfrentavam os primeiros colonizadores que chegavam à região e ele era visto como o mais bravo guerreiro da união das tribos.

Urso Faminto pediu ao chefe daquela tribo para levá-la consigo em casamento. O chefe disse que seria uma honra e que a união dos dois traria ainda mais harmonia para as tribos, que somente a união deles poderia trazer a paz frente às invasões de terras que estariam por vir. Todos sabiam que tempos difíceis viriam e que a chegada dos colonizadores não tardaria, colocando em risco todas as nações indígenas de Lakota.

Os dois se amaram muito desde o início. Tão logo Urso Faminto foi declarado o grande chefe das tribos Sioux, tiveram Pin Qituf. A menina nasceu às margens de um lago. Urso Faminto conversou com a sua esposa, Pequeno Esquilo, para decidirem sobre o que fazer com a menina, pois não poderia colocar em jogo o direito de liderar as tribos Sioux. Sabia que a decisão dele era soberana e sua esposa acataria sempre. Porém, a menina era fruto do amor que eles sentiram desde a primeira vez que se viram. Ele também acataria se ela lhe desse um motivo que mudasse toda a sua angústia e pudesse revertê-la em paz espiritual. Não desejava nada mais, além de um alívio imediato para o maior sofrimento de sua vida, a expulsão da própria filha.

Então a mãe, com toda a sua serenidade, não deixava de ser dura com filha, aconselhando o grande chefe.

— Ela deve obedecer à nossa cultura. São milhares de vidas envolvidas e não podemos abalar a união de todas as tribos. Se você fraquejar tudo estará arruinado. Você foi o escolhido e deve ser a linha de frente na maior de nossas batalhas que ainda está por vir. A referência da união das tribos não é ela, mas o grande urso que todos conhecem e seguem com a própria vida.

Muitas decisões sobre os problemas da tribo e até da união das tribos Sioux foram tomadas ali naquela tenda, no diálogo entre eles. A mãe jamais poderia entrar na grande tenda para as conferências entre as tribos, mas as suas ideias eram colocadas em pauta, na voz do grande Urso. Era respeitada perante todos e ela se portava como uma grande líder também. Não era só a esposa do grande chefe porque era linda. Pequeno Esquilo exercia liderança, mesmo sem ter palavra, porque era sábia.

O pai, chefe de todos os índios, não conseguia conter as lágrimas. A mãe estava certa. Ela era a sua melhor conselheira. Ela sabia que talvez a menina tivesse nascido com a sabedoria dela aliada à coragem e bravura do pai, e mesmo assim ela decidiu pela ternura de lutar pela natureza e pela vida dos mais fracos. A somatória dos genes do pai e da mãe não poderiam ter um resultado diferente do que significava a vida da pequena Pin Qituf. A mãe já havia ouvido, de uma das anciãs, que ela era a Messias esperada em toda a história das tribos e não o pai.

E então ele decidiu.

— Ela vai viver nas cavernas da montanha. Nada lhe faltará, porque nós haveremos de prover alimentos e vestimentas. Cuidará das crianças que enfraqueceriam a nação indígena e elas não mais morrerão porque ela sempre teve razão sobre isso. Vai poder conviver com os animais e com a floresta. Saberá cuidar-se e a sua defesa deverá ser feita por aqueles que ela sempre defendeu. Os animais e a floresta serão a sua defesa. Os nossos deuses são os dela também e ela os defendeu muito mais do que qualquer um de nós. Talvez seja maior que todos nós juntos. — As lágrimas escorriam pelo seu rosto enquanto ele tentava se conter para terminar de expor a sentença. — Meu coração pulsará em cada batalha como se fosse a última na defesa de meu povo. Mas a minha alma não mais estará aqui, estará com a minha filha onde ela estiver, sempre.

O grande guerreiro, talvez o maior entre todos de todas as tribos, não conseguia se recompor e chorava no ombro da mãe.

— Eu sei o que sente e não será diferente comigo. Nós estaremos com ela.

Na manhã seguinte, o grande chefe reuniu o clã, informando a sua decisão. A menina já havia sido citada em outras reuniões como uma ameaça à cultura Sioux pelas suas ideias e as suas lutas, antes solitárias, que se alastravam. A repercussão do exílio da menina expedido pelo próprio pai em prol dos costumes e da cultura indígena com certeza aumentaria o seu status de grande líder, colocando a sua tribo acima de tudo, derrubando por terra os desejos dos seus oponentes na luta pelo poder. Logo no início da conferência, alguns índios entreolharam-se denunciando quem seriam seus prováveis traidores. A ganância pelo poder sempre destruiu comunidades inteiras e a vida de uma menina precisou ser usada para manter o status quo, como se a vida para aquele povo precisasse ser afastada da evolução.

— Pin Qituf, a minha filha será exilada a viver nas montanhas. Nunca gostamos de abandonar as crianças que nasceram imperfeitas, mas a nossa cultura sempre os afastou das tribos, desde nossos ancestrais. Ela lutou para que eles não fossem mais abandonados e agora ela deverá cuidar deles. A sua defesa deverá ser recíproca daqueles que ela sempre defendeu. Os animais, a floresta, enfim os deuses da natureza a protegerão, assim como as crianças de que ela cuidar. Se faltar alimento e vestimenta nós deveremos prover. Ela faz parte do nosso povo. Lutou pelo que nós jamais conheceremos e está muito acima de nós, mas os seus ideais ferem os nossos princípios, a nossa lei e nossa cultura. Não aceitaremos atitudes contrárias aos verdadeiros ideais Sioux.

Pin Qituf ouviu as palavras do próprio pai que indicava o seu exílio e o seu destino, não mais pertencente a qualquer uma das tribos Sioux, mas agora à floresta. Nada lhe causou espanto, apenas tristeza pelo não cabimento dos seus ideais de uma vida em perfeita simbiose entre as tribos nativas e todas as formas de vida existentes na floresta. Não era o que eles próprios pregavam? A jovem parecia esperar por tal decisão e sabia que a sociedade indígena, mesmo considerando-se parte da natureza, jamais a toleraria. Os deuses jamais a abandonariam.

— Não julgarei nenhum de vocês. Eu sigo para cumprir o meu destino, não sozinha, mas acompanhada de muitas vidas. É uma pena que a tradição esteja acima do respeito às vidas... às vidas. Somente a evolução do espírito pode diminuir a distância entre as nossas tribos e os nossos deuses. Somente a evolução.

Ela era muito inteligente e repetia parte das frases para que elas ficassem gravadas na memória daqueles que tiveram a oportunidade de ouvi-la. A jovem levantou a cabeça, respirou fundo porque não era fácil juntar tudo o que estava acontecendo, mesmo sendo previsível. Não se aproximou dos pais que postavam-se na frente da grande tenda na sua partida. Olhou para eles e olhou para cima em direção ao céu, mostrando que a natureza era a grande mãe e não a abandonaria, assim como ela em seu momento mais difícil, não a negou.

Seguiu para as montanhas caminhando em passos largos, porque queria achar um bom lugar para se instalar. Se assim tivesse que ser, que fosse então da melhor maneira possível. Era assim que ela pensava sempre. Em nenhum momento voltou-se para trás. Se o seu caminho estava à frente, então deveria seguir e viver a sua vida conforme as suas próprias leis. Em busca da evolução. E seria bom. As lágrimas escorriam até seu pescoço, onde sentia o coração pulsar. Era o ritmo da liberdade, do seu pensar e do seu agir em razão do seu acreditar.

No caminho foi cantando as suas canções, falando sobre a natureza e percebeu que aqueles animais que ela sempre via nas suas expedições pareciam aproximar-se mais, já a acolhendo. Especialmente naquele dia parecia que os pássaros assoviavam a sua música e os pequenos animais a acompanhavam como se quisessem indicar o melhor lugar para ela ficar.

Já tinha em mente o local seguro no qual se instalaria. Conhecia a arte de fazer fogo, extremamente necessário para mantê-la viva, sobretudo nos períodos de frio mais rigoroso. Não se arrependeria pelas perdas que poderiam vir. Se o seu destino era defender a natureza, assim seria. Deveria atracar-se aos seus desejos contra tudo e todos e ela daria o melhor de si. Seria por todos ao seu redor. Grata, sorriu.

Acompanhando o rio durante o tempo em que caminhava, percebeu que era seguida. Certamente seu pai havia mandado algum índio para segui-la e saber onde ela ficaria. Pin Qituf queria agora ser independente e não queria esse tipo de defesa ou solidariedade pós exílio. Se tinha que ser, então seria de vez e, decidida como sempre foi, resolveu despistar aquele caçador. Conhecia os meios que ele utilizava para seguir as pegadas e as marcas deixadas nas folhagens. O pai mandaria um índio dos mais experientes e ela testaria as suas habilidades de fuga.

Seguiu por mais algum tempo, como se não tivesse percebido. Mudou a sua direção, para onde havia outra gruta. Não ficaria longe e logo eles descobririam onde ela havia se alojado, mas por ora ela enganaria aquele caçador. Seria mais um simples teste. Assim, foi até perto da gruta e de repente o caçador a perdeu. Olhou para as folhagens, procurou pelas marcas deixadas no chão e elas simplesmente desapareceram. Ele foi até a gruta, mas não havia marcas, nada que atestasse a sua entrada. Olhou para as árvores, mas nada encontrou. Sabia que o grande chefe não aceitaria se ele dissesse que a perdeu no meio da mata. Era o mais experiente caçador de toda a tribo e o encarregado de encontrar a caça nas habituais caçadas, incluindo aos invasores daquela região.

Quando ele se abaixou para procurar os rastros, embaixo de uma grande árvore, a pequena índia desceu da árvore com astúcia bem atrás do índio, que se levantou, olhou para esquerda, para direita e coçou a cabeça, quando se virou para trás levou o maior susto de sua vida. Aquele caçador experiente havia sido enganado pela pequena índia que segurava em suas mãos uma cobra verde. Ela não era venenosa e muito difícil de ser vista em meio às folhagens.

— Diga ao meu pai que ficarei bem. Eu entendo a decisão dele e eu sabia que um dia isso iria acontecer. Ficarei na segunda gruta depois da grande pedra redonda. Conforme decisão, que não contesto, não sou mais uma de vocês. Assim peço que ele me deixe viver conforme o que eu acredito. Sobre o local de minha permanência, tenho tanto direito quanto qualquer outro índio, mesmo não pertencendo mais à tribo. Pertenço a Lakota, assim como ela pertence a mim.

O caçador, tentando se desfazer da vergonha em ter sido enganado pela índia, retornou para a tribo. Ele falava pouco. Era simples e direto, mas diria ao grande chefe para acalmá-lo que sua filha ficaria bem e falaria sobre as suas habilidades para se desvencilhar facilmente dos seus problemas. Ele próprio havia sido vítima da demonstração dessas habilidades, como se o próprio pai não a conhecesse.

Enquanto se encaminhava para a gruta escolhida, ela projetava como seria a sua vida, como faria para se acomodar bem. Deveria fazer da sua nova moradia, mais um exemplo do que aqueles índios deveriam aprender. Não precisariam ser nômades nos invernos mais rígidos e poderiam aproveitar-se das moradias prontas nas grutas das montanhas que se ofereciam de presente. Proveria que a aquecesse e deveria estocar os alimentos para o inverno.

Em certos momentos projetava-se voltando para a tribo e ensinando técnicas e manuseios de alimentos. Pin Qituf já conhecia a riqueza que os alimentos da floresta poderiam oferecer ao seu povo e porque não ser dividida com os homens brancos que ali se instalassem. A terra era muito vasta e a guerra não era necessária se o alimento fosse produzido a partir dela. Os animais não precisariam perder suas vidas em favor da alimentação das tribos indígenas nativas e dos colonizadores.

Chegando à gruta, ela empunhava uma lasca de rocha que deveria ser utilizada como faca. Havia sido produzida após uma dezena de pedras quebradas. Era alongada e com as suas lascas bem afiadas. Pin Qituf já havia estado na gruta e sabia que ali habitavam alguns morcegos, mas que não lhe causariam problemas, pois não eram hematófagos. Eles se alimentavam de pequenas frutas avermelhadas e, certamente, ainda lhe indicariam o sentido da procura das frutas.

O próximo passo seria pegar os galhos mais secos e fazer com que a fogueira fosse acessa e assim permanecesse. As noites ainda não estavam tão frias, como aquelas onde a neve passava fácil dos três pés. Os galhos deveriam ser sempre estocados e serem repostos próximos à fogueira, para permanecerem secos e pegarem fogo facilmente, fazendo menos fumaça. A fumaça deveria ser levada para fora da gruta, então ela, lembrando-se do artesanato da tribo, produziu com fibras entrelaçadas o que ela chamou de esvaziador de fumaça, que encanava a fumaça até uma abertura na gruta. Dessa forma, também não espantaria os, agora amigos, morcegos.

Plantaria vegetais e também as folhas que pudesse comer. Elas eram bem sazonais e a sua dieta deveria prover vários nutrientes específicos. Os índios conheciam a necessidade de comer carne para recompor as necessidades e por isso alimentavam-se com muita carne provinda dos búfalos e bisões. Isso ela deveria conseguir em outras fontes nutricionais. Alimentava-se dos grãos e não sentia nenhuma perda nas suas habilidades, como a força, a velocidade, a resistência, o que era um forte indicador de que nada lhe faltaria se esses nutrientes estivessem presentes na sua dieta.

Os índios tinham habilidades que os tornavam produtores de milho e poderiam produzir outros grãos com alto teor de proteína. Esses eram os produtos que ela queria que seu pai e os outros índios pudessem produzir, diminuindo a necessidade da caça. A diminuição da quantidade de animais mortos já era encarada por ela como um grande avanço. Mas, infelizmente, ela não conseguiu fazer com que aqueles guerreiros e caçadores entendessem a necessidade de preservação da vida animal para o seu próprio bem.

Na sua independência total, a oportunidade de colocar em prática as suas teorias e ideais forneceria os dados necessários para que ela pudesse voltar e provar o seu valor e a possibilidade real de evoluírem juntos, preservando animais e natureza. Afinal, os seres humanos deveriam demonstrar a sua proximidade com os deuses da natureza, tornando-se guardadores da vida e não ser aquele que determina o momento da morte, de tornar-se alimento e vestimenta. Colocava os seus instintos e a razão a favor da vida.

Os pequenos índios, que fossem enviados para os seus cuidados, deveriam fazer disso a sua maior prova. Seria dada a ela a oportunidade de recuperar os fracos e abandonados. Já sabia que receberia duas crianças, filhas de um guerreiro que morreu em batalha e de uma índia que havia morrido há pouco tempo. As crianças deprimidas quase não comiam e estavam muito fracas.

A entrada daquela gruta tinha uma grande rocha na sua parte frontal que dificultaria a entrada de animais de grande porte e, ao mesmo tempo, permitiria encaminhar a fumaça para fora. O fogo deveria ser forte e aquecer bem. Não era uma caverna profunda, mas ofereceria uma excelente proteção e a sua entrada era um pouco mais elevada, fazendo com que qualquer um que desejasse chegar até ela precisasse escalar algumas dezenas de rochas de tamanho médio. A grande rocha na entrada seria como uma marca de que deveriam tomar cuidado, ou até mesmo que visitas não seriam muito bem-vindas.

Pin Qituf deveria pegar os galhos, folhas e até mesmo o couro de animais que encontrasse mortos, utilizando-o para fazer a sua cama e tornar o seu novo lar mais quente. Deveria aproveitar os períodos mais quentes para providenciar tudo o que seria necessário. O espaço para plantar deveria ser providenciado atrás da gruta, onde havia um bom pedaço de chão plano, perto de onde passava um pequeno riacho de águas cristalinas e geladas e nele sempre havia muitos peixes que se aproximavam buscando restos de frutas e sementes caídas na margem.

No caminho, à procura de galhos, ela lembrava que jamais teria coragem de matar qualquer animal e faria disso a sua primeira lei, mesmo em sua defesa. Porém, aqueles que já estivessem mortos, a vida lhe ensinou que poderiam ser utilizados, e isso ainda daria um sentido e uma valorização para o que foi a vida desse animal. Cantava pedindo aos animais para mostrarem os caminhos e que se aproximassem para dar-lhe as boas-vindas. Tinha uma voz muito bonita, suave e num tom que despertava a curiosidade dos animais da floresta. As letras de suas músicas eram criadas de acordo com cada situação momentânea, mas algumas a acompanhavam por mais tempo.

Pássaros e outros pequenos animais mostravam-se propositalmente, aparecendo de surpresa, mostrando a cara, literalmente apresentando-se à nova moradora. Isso fazia com que ela retribuísse com um largo sorriso, enquanto a sua voz encantava todos aqueles que habitavam a floresta. Não tentou chegar mais próxima a eles, pois acreditava que as amizades deveriam surgir de forma espontânea e não seria ela a forçar algo direcionado. Os seus primeiros dias em sua nova moradia deveriam ser a prova de que suas ideias estavam corretas.

Juntava os gravetos caídos ao chão, quando percebeu alguns movimentos rápidos nas folhas secas, levantou-se devagar assim que alguns animais que a acompanhavam saíram em disparada. Sabia que a imobilidade naquele momento seria a sua melhor defesa. Correr, subir em árvores estaria descartado, pois quase todos os animais ali teriam muito mais habilidades do que ela, para qualquer uma das respostas que ela tivesse. Movimentando apenas os olhos conseguiu ver entre as folhagens um imenso lobo prateado, com olhos parados e os grandes e afiados dentes à mostra, então ela se lembrou do filhote que apareceu na tribo, num dia de lua cheia.

O pequeno lobo se acarinhava a ela em meio às brincadeiras com a menina. O filhote mostrava-lhe os dentes afiados, por isso recebeu o nome de Dentes Violentos, pela indiazinha. O animal esteve com ela na tribo por pouco tempo, até o dia em que ouviu o uivo dos lobos em uma alcateia que poderia ser a sua família. Ele desapareceu e nunca mais foi visto perto da tribo. Pin Qituf se lembraria dele sempre, assim como ele se lembraria dela.

A índia, que a acompanhava desde pequena e aconselhava a sua mãe, apareceu ao lado do grande lobo, colocando a mão sobre sua cabeça, ela o acalmava. Era a índia de pele vermelha, com os olhos da cor do céu, que foi acolhida por Urso Faminto quando a encontrou próxima à tribo. Eram os olhos azuis que acalmavam o choro dela enquanto bebê e lhe trazia paz. Agora levava até ela o grande lobo protetor.

— Dentes Violentos! — Aquele grande lobo fechou a boca e fez um pequeno movimento com a cabeça, inclinando-a para o lado. — É você?

Então, a índia soltou os gravetos no chão e ajoelhou-se enquanto abria os braços, esperando um abraço daquele animal selvagem. Sentia saudade dos animais que faziam parte do seu convívio, mas aquele lobo tinha sido uma criatura especial que passou pela sua vida e reencontrá--lo, principalmente naquela situação, era inacreditável. A índia de olhos azuis se afastou e desapareceu, da mesma forma como ela havia surgido.

O lobo hesitou, mas foi só a índia soltar a voz que ele saltou nos braços de Pin Qituf, exatamente como em sua época de filhote. A música que ela fez para ele falava do brilho e da maciez dos seus pelos reluzindo sob a lua cheia. A voz da menina e o cheiro da sua pele estavam marcados na memória do lobo. O grande animal selvagem ficou em pé e abraçava a pequena índia, quase encobrindo-a por inteiro. Depois encostou a cabeça no ombro dela revivendo os bons momentos que passou na tribo, mesmo estando separado da sua alcateia.

A pequena índia havia nascido com uma marca de nascença no ombro, que se assemelhava à uma cicatriz. Dentes Violentos sempre se recostava sobre essa marca, acalmando-se. Ali sentia-se acolhido e protegido, quando ainda era filhote. Mas, por que agora aquele grande lobo ainda demonstrava a mesma necessidade em ser acolhido? Nesse momento, ele deveria passar segurança e acolher aquela pequena índia. Pin Qituf pensava sobre isso, pois deveria voltar e preparar a gruta para quando a noite e o frio chegassem.

— Meu bebê! Que bom encontrá-lo novamente. Você cresceu e se tornou o maior lobo que eu já vi em toda a minha vida. A minha tribo me abandonou e não virá atrás de mim quando a noite chegar. A vida dependerá de mim agora e de você se quiser me proteger e ser o meu guardador.

Pin Qituf chorou abraçada a Dentes Violentos, pedindo abrigo e proteção ao amigo. Não foi difícil entender que o lobo respondeu positivamente àquele pedido. Ela estava muito feliz com a presença do amigo, mesmo sabendo que os lobos são vorazes caçadores. Lembrou-se de que ele adorava as frutas que ela lhe dava na boca, dizendo que ele seria o primeiro lobo a alimentar-se de frutas e vegetais.

Não queria de forma alguma adulterar de forma perigosa a natureza e brincar com os instintos selvagens do animal. Ela só queria vê-lo divertindo-se e feliz na interação entre duas espécies tão distintas. Na verdade, apenas previa uma ordem em que os seres humanos deveriam ter consciência da importância da vida e esses sim deveriam optar por outras formas de se alimentar, já que faziam uso frequente de variados tipos de alimentos.

— Tenho que ir. Você vem? — a índia perguntou, apertando a bochecha do lobo e como ele adorava aquele carinho quando filhote, não seria diferente agora, reafirmando o amor verdadeiro.

Um animal nobre jamais abandonaria a pequena índia, como a própria família havia feito. Compreendendo a resposta do lobo, agradeceu-lhe, interpretando que a natureza era realmente a mais sábia entre todos os deuses. Dentes Violentos faria por ela o que nem mesmo seu pai e sua mãe fizeram. Além dele, agradecia também às índias que sempre a protegeram e tentavam alertar os seus pais da sua missão perante Lakota.

Tentaram impedir o seu exílio, conversando diretamente com a sua mãe, sabendo da sua influência sobre as decisões do pai. A menina era valente e desejava assumir sua própria batalha pela sobrevivência, pela sua emancipação e evolução própria, depois o tempo se encarregaria de espalhar as suas sementes. Aquela era a sua escolha e assim seria.

Estava ali por escolha, e não pela imposição, lado a lado à vida selvagem e consciente de que ela tanto a defendia com a vida e a alma. Precisava provar que a sua teoria não era uma birra infantil, mas sim uma lição de vida.

A inquietação era própria dos índios Sioux, pois eles eram acostumados desde muito pequenos a exercerem muitas funções dentro da tribo. As crianças até poderiam ter o seu tempo para as brincadeiras, jogos de luta e outras atividades. No entanto, era primordial que cada uma delas realizasse as suas tarefas dentro da tribo. Para Pin Qituf era um pouco diferente. Seu pai era o grande chefe da união das tribos Sioux e isso fazia com que ele e a própria mãe cobrassem muito mais dela. A pequena índia cresceu com esse peso sobre os ombros.

Algumas índias sempre iam visitá-la e levavam presentes, o que deixava o pai e a mãe contrariados, já que eles não admitiam que a filha do chefe fosse tratada de maneira diferente das outras crianças da tribo. Aquela proteção exacerbada feria os princípios da isonomia que o grande chefe impunha a todos os pertencentes àquelas tribos, unidas sob o seu comando. Entretanto, nem ele, nem a mãe sabiam que ela era diferenciada e protegida por uma sociedade de mulheres indígenas.

Pin Qituf já havia montado o seu lar na gruta e construído uma cama para o seu fiel guardador. Sob os olhos de Dentes Violentos, ela ajeitou as madeiras e algumas peças de couro que recolheu para fazer as duas camas. Era difícil imaginar que um lobo selvagem iria dormir numa cama montada na entrada daquela gruta. Em outras épocas, Pin Qituf teria toda a tribo para protegê-la e o pequeno lobo já conhecia essa garantia de segurança que a pequena índia teria. Mas, naquele momento, apesar de todas as habilidades comprovadamente presentes pelas suas vivências, ela praticamente invocava a presença daquele amigo que um dia se alojou em seu ombro.

A primeira noite foi muito tranquila e ela pode descansar totalmente despreocupada com aquele guarda-costas que impunha respeito. Ele, propositalmente, havia saído da cama e fora se deitar na entrada da gruta, sobre a grande rocha da entrada, tendo a lua como vista. Portou-se como um verdadeiro protetor. Talvez não seria assim nos dias em que o inverno colocaria uma grande camada de neve sobre aquela rocha.

Lobos gostam de andar à noite. Esse parece ser o período em que eles preferem para passear, caçar procriar. Mas aquele lobo, mesmo acordado, não deixou por um segundo sequer a entrada daquela gruta. Ali ele faria a sua moradia e a sua vida passaria por uma transformação muito grande. Ela acordou ouvindo uivos ao longe, à noite, mas a sombra daquele grande lobo deixada por aquele reluzente luar a deixou tranquila para voltar a dormir. Tinha a certeza de que assim nenhum animal ousaria enfrentá-lo e entrar naquela moradia. Pin Qituf, todos os dias ao acordar, tomava o cuidado de agradecê-lo antes de qualquer coisa, afagando a suas bochechas.

— Eu sabia que você ia ficar aqui a noite toda. Você é minha proteção e eu serei, da mesma forma, para todos aqueles que tiverem vida aqui na floresta.

A sua fala se transformava quase em uma oração ao acordar. Aqueles grandes e assustadores dentes também tinham o poder de sorrir e ele se alegrava ao ouvir a índia. Não se tratava somente de retribuição pelos momentos em que ela o segurava enquanto tremia de medo. Parecia já se conhecerem de outras vidas e ele encarregado de protegê-la por todas as suas vidas e em todos os lugares. Aquela sinergia transpunha tempo e espaço. O ato de cheirar com os grandes olhos fechados, toda vez que chegava perto daquela índia, era um exercício, um reconhecimento, deitando-se em seu ombro. Ela se alegrava com o carinho e cheirava a pata dele como um enorme filhote.

— Meu cheirinho de bebê.

Assim ela o cheirava e o apertava. Se alguém pudesse ver aquelas cenas certamente não acreditaria que uma índia franzina pudesse apertar aquele grande lobo sem que ele tivesse qualquer reação. Era uma simbiose perfeita entre duas espécies completamente distintas. Um lobo selvagem e uma índia, também selvagem. Os lobos não eram domesticados facilmente e notadamente eles eram uma das criaturas que mais amedrontavam as pessoas daquela região, inclusive os nativos de sua tribo.

— Vamos procurar alimentos? — ela o convidou, mesmo sabendo que as suas refeições seriam completamente diferentes e não queria vê-lo caçando para o seu sustento.

A cor, o sabor e as lembranças das carnes faziam mal a Pin Qituf e o lobo, quando pequenino, comia algumas frutas e legumes que ela lhe oferecia. Não era somente saciar a fome momentânea, sentia o verdadeiro sabor daqueles alimentos de origem vegetal e ele se sentia bem quando os comia, desde que viessem das mãos da índia.

Naquele dia, ela saiu para procurar os alimentos, buscava por frutas ou qualquer outro tipo de comida que saciasse a sua fome, podendo até mesmo ser folhas. Quando olhou para trás não viu o lobo por perto. Então ela pensou que ele deveria ter ido caçar o seu alimento, o que seria muito normal. Talvez ela o visse com uma caça entre seus dentes e isso não lhe faria mal porque era o seu instinto.

Passados alguns minutos ela percebeu que ele estava atrás dela com algo vermelho escorrendo em sua boca. Ao ver o sangue afastou-se. Sentiu-o aproximando-se e tocando com a pata em suas costas. Ela virou-se devagar e reparando melhor percebeu que não era sangue. Tinha restos de frutas vermelhas em sua boca e ele só queria mostrar-lhe o caminho para encontrar aquelas frutas avermelhadas. O licor daquelas frutas lhes traziam um sabor que somente a natureza em sua plenitude poderia lhe oferecer. Juntos eles as apreciavam. Ele ainda se lambuzava nas frutas.

Depois de alguns meses, desde o seu primeiro dia em meio à vida selvagem verdadeira sem a cobertura da tribo, ela já estava muito bem acostumada e como ela já previa Dentes Violentos não a deixaria sozinha sob quaisquer circunstâncias. Ele estaria sempre ali, ao lado de Pin Qituf e certamente daria a sua vida pela indiazinha. O frio estava por chegar e ela já conseguia cultivar milho e outros grãos que pudessem ser estocados para os períodos de inverno. Conseguia fazer com que algumas frutas pudessem ser guardadas por meio da desidratação, como eram feitas também com as folhas para chás. Assim ela teria suprimentos para os períodos em que o frio fosse mais intenso.

Conforme o tempo passava, ela percebia que aquelas terras eram muito promissoras em vários aspectos e não tardaria para que as invasões se aproximassem cada vez mais da região, onde encontravam-se as tribos unidas e até mesmo daquela gruta. Isso se daria uma vez que havia abundância em terras férteis e muita água limpa, além dos búfalos e bisões que sempre atraíam muitos colonizadores pela carne farta e pela sua pele, muito valorizada.

As invasões tornavam-se mais frequentes a cada dia. Os colonizadores se aproximavam de maneira desordenada e mesmo assim o governo incentivava as invasões, pois a colonização poderia trazer muito mais divisas do que as terras nas mãos dos índios nativos, sem valorizar os verdadeiros americanos. Os soldados representavam o governo e esse sempre prezou mais pela cor da pele do que pelo local de origem.

Pin Qituf plantava, colhia e estocava. Ela comia pouco e a maior parte de tudo o que plantava era guardado. A técnica por ela desenvolvida poderia ajudar em muito a sua tribo e todas as outras adjacentes, porém ela seguia com cautela e esperava. Se os seus pais, ou alguém das outras tribos, precisassem de ajuda, ou quisessem vê-la, eles deveriam ir até ela. Algumas índias que a visitavam diziam que ela deveria cumprir o seu destino e que logo ela encontraria o seu caminho.

O seu futuro já estava previsto há muito tempo e diziam que logo apareceria alguém com outra origem que ela não deveria temer, pois era o propósito de sua vida e tudo estava se encaminhando conforme estava escrito. Ela nunca conseguiu compreender o que aquelas índias queriam dizer e pensava apenas no caminho que a sua comunidade toda havia escolhido para ela. Desejava entender sua identidade na natureza. Assim, passaram-se alguns anos longe das tribos.

Chegando o inverno, percebeu que um soldado solitário aproximava-se do local onde ficava a entrada da gruta. Não parecia demonstrar muita afinidade com a região. Estava lá embaixo com dois cavalos e uma carroça quebrada. Talvez ele tivesse sofrido um acidente em meio àquelas pedras, fugindo dos índios Sioux, ou qualquer outra tribo ali das proximidades, antes que a carroça virasse. O que importava no momento é que ele tinha muitas dificuldades para alinhar-se com a carroça e até mesmo para controlar aqueles animais que queriam desvencilhar-se daquela situação incômoda, pois estavam presos a uma carroça virada e isso os fazia tentar soltar-se a qualquer custo.

A pequena índia atrás de uma rocha olhava bastante assustada. Por vezes ela achava engraçada a maneira como o soldado tentava desvirar a carroça e segurar os animais ao mesmo tempo. Dentes Violentos estava ao seu lado, olhava para o soldado e para ela, não entendendo o porquê ela estava achando graça naquela situação envolvendo um soldado do exército americano. Se fosse algum índio tendo problemas com a sua montaria, ou qualquer outro tipo de problema ela certamente ajudaria. Mas, ali se tratava de um soldado vestindo a farda azul, contrário a todos os pensamentos e ideais por ela desenvolvidos e com certeza seria mais um inimigo da sua tribo.

Toda aquela situação dos cavalos saltando e se remexendo com a carroça ainda presa, fez com que a carroça se desfizesse em duas partes. Uma parte com duas rodas na frente e a parte traseira, também com duas rodas. O soldado então tratou de segurar os cavalos e prendê-los. Feito isso ele se sentou e tomou um bom gole de água de um cantil. Depois de respirar fundo por alguns minutos, ele se levantou e logo tratou de acertar aquele problema.

Era um desertor. Algumas desavenças com seus superiores o levaram a fugir para não ser morto pelo seu próprio exército em nome do progresso. Era contrário ao massacre imposto pelo exército americano contra os índios nativos. Ele havia sido um dos recrutados para dar andamento ao tratado de pacificação da região, entre índios nativos e brancos. Tratado esse que, depois de várias batalhas, havia sido esquecido, pois os povos nativos não aceitavam aquela demarcação de terra.

Compreendia um pouco a língua Sioux e por isso foi convocado para intervir na região, como soldado tradutor. Pela comunicação, deveria promover a paz entre as tribos indígenas e os homens brancos. Era um dos responsáveis por levar até os índios o projeto de criar uma área indígena livre das invasões de colonizadores europeus. Mas os índios não aceitavam essa demarcação das terras, pois mesmo assim não era respeitada pelos colonizadores, promovendo várias invasões e batalhas em sequência. As nações indígenas declararam estado de guerra e atacavam qualquer homem branco dentro de Lakota.

O soldado ainda lutava com uma das metades da carroça, tentando colocar sobre ela rochas que ele queria juntar para servirem de abrigo. Jogava as rochas sobre uma das metades da carroça tentando fazer com que ela servisse como uma carriola para carregar as pedras. Pretendia transportá-las por apenas uns cinquenta metros. Era um local um pouco mais alto e protegido. Certamente se ele conhecesse a gruta, era para lá que ele iria se dirigir.

Pin Qituf acompanhava as trapalhadas do soldado, com o riso contido por uma de suas mãos. Ele encontrava muitas dificuldades para colocar e transportar aquelas rochas. Então, ela pensou entre risos e disse para seu o lobo.

— Dança com vento.

Assim ela se referiu ao soldado que tentava equilibrar as rochas sobre uma carroça cortada ao meio, totalmente desequilibrada e caindo. Vendo aquela situação ela se divertia muito. Até mesmo Dentes Violentos parecia divertir-se com aquela situação. O soldado tentava colocar as rochas por uma lado da carroça, mas elas rolavam e faziam com que ela levantasse e derrubasse também as outras que já havia colocado. Depois tentava empurrar aquela metade de carroça com muita dificuldade para deslocar-se. Durante o trajeto, ele sentava, respirava e lamentava a dificuldade, falando alto sozinho, algo incompreensível para uma Sioux.

Pin Qituf e Dentes Violentos divertiam-se assistindo àquelas trapalhadas. O lobo deitado ao lado da índia cobria os olhos com as patas.

Entretanto, ela sabia que aquela proximidade com um soldado poderia lhe causar problemas. Por que aquele soldado estaria ali sozinho, se ele sabia que era uma terra situada entre várias tribos de índios selvagens? Estaria ele perdido dos demais ou preparando alguma estratégia para a chegada de outros?

Ela deveria continuar investigando as possibilidades e descobrir o verdadeiro motivo daquela presença. Mas já sabia que o soldado estava muito bem armado. Talvez a carga contida naquelas caixas de madeira fossem armamentos e munições para suprir as necessidades do exército americano. Deveria acompanhar todos os seus movimentos e cuidar para que ele e, possivelmente, outros não causassem problemas a ela ou às tribos Sioux. Tinha o grande lobo ao seu lado, mas o que poderia ela fazer contra um soldado ou vários deles bem armados?

Um dos cavalos agora havia escapado, com o arreio e um pedaço de madeira enroscado. Isso poderia significar um problema grave, pois se os índios avistassem o cavalo caçariam o dono do restante da carroça. Dentre as muitas possibilidades que ela imaginou, decidiu esperar. Não queria recorrer à sua tribo e ao grande chefe logo ao enfrentar o seu primeiro problema. Sem entender a própria reação decidiu ir atrás do cavalo. Não queria ver o soldado sendo massacrado pela ira dos bravos guerreiros Sioux. Não teriam piedade, mesmo estando sozinho.

Acarinhou o lobo e pediu para que ficasse afastado. Ao chegar perto do cavalo, assoviou um som agudo que atraiu a atenção do animal. Ele olhou para a índia e começou a cutucar as pedras com o casco, como um aviso que não queria a proximidade. Insistindo no som e na aproximação, devagar, ela conquistou a confiança do animal. Com a proximidade de Dentes Violentos, ele empinou várias vezes, mas foi se acalmando com a conversa da índia mesmo com a aproximação do lobo, olhando fixamente em seus olhos. Pin Qituf o acalmava.

Nos outros dias que se sucederam, Pin Qituf e o lobo cuidaram para que o soldado fosse bem vigiado. Contornavam a montanha, abaixo do pico nevado, mas ainda bem acima do ponto onde o soldado estava se instalando. A própria montanha colaborava para que a fumaça não pudesse ser vista do outro lado.

Ele habitualmente saía bem cedo, tratava o cavalo, andava bastante, procurando alimento e por vezes voltava com uma pequena caça em suas mãos. Alimento que ele preparava ali mesmo na frente de onde estava instalado. A chegada do inverno provavelmente o afastaria dali. Aquela pequena gruta de rochas não daria a ele proteção para os dias mais frios daqueles terríveis invernos. A sua estadia não deveria durar muito tempo.

Assim sucederam-se vários dias, e aquele soldado portava-se de maneira bastante previsível em seus hábitos. Sempre se levantava, deixava o fogo aceso e então saía muito bem armado com um rifle e um revólver. Depois de algumas horas voltava com água. Nunca procurava por outros alimentos que não fosse a carne de caça. Pin Qituf torcia para que ele encontrasse algumas das variedades oferecidas, sem sucesso.

Ela também estava adotando diariamente os mesmos hábitos. Acordava, comia, saía com Dentes Violentos e ia vigiar o soldado. Todos os dias ela se sentava na mesma rocha e observava os seus passos. Temia que aquela presença pudesse significar alguma ameaça para ela, para os animais e, principalmente, para as nações indígenas. Ficou impressionada quando percebeu que ele tinha em sua companhia um lobo negro. Deveria ser ainda filhote ou uma fêmea, pois o seu porte era menor.

Dentes Violentos, ao avistar aquela imagem, ficou muito agitado, mostrando seus dentes e emitindo um rosnado, demonstrando interesse no belo animal que estava junto ao soldado. Era uma linda loba negra que devia estar muito machucada, pois mancava aparentando dor. Pin Qituf tentava acalmá-lo, sem sucesso. Aquietou-se quando o soldado começou a alimentar a loba com um pedaço de carne e cuidar dos seus ferimentos, carregando-a em seu colo, fazendo-o lembrar-se de quando era um filhote carregado pela indiazinha. O lobo acalmou-se e a índia instantaneamente mudou a sua maneira de olhar para o soldado.

— Calma! Ele está cuidando dela porque ela deve estar muito ferida.

O lobo ouviu e se deitou olhando para aquele soldado cuidando da loba. Acalmava-se facilmente com a voz da pequena índia, que o acarinhava com as pontas dos dedos acima dos olhos. Logo ela e o lobo saíram para trabalhar no seu projeto de agricultura de alimentos saudáveis. Ali já se evidenciava um projeto sustentável que poderia servir como exemplo para as tribos. Verificava o desvio do rio, o qual havia sido transformado em um curso de água que corria por entre os seus canteiros promovendo a irrigação de todas as plantas.

Adorava assistir aos rituais dos animais, a maneira como eles vivam e se relacionavam. Os rituais de acasalamento era o que mais a intrigava, principalmente dos pássaros, que se exibiam em danças maravilhosas. Também acompanhava admirada as mudanças de cada planta durante as estações do ano. Dominava o plantio de vegetais e alguns grãos. Deveria prever a sazonalidade de cada um deles, bem como os seus potenciais para que pudessem render outros tipos de alimentos, como as farinhas por exemplo.

Algumas plantações foram projetadas para receber sol durante o dia e proteção da alta copa das árvores durante a noite. Outras, mais sensíveis ao frio, recebiam uma cobertura de couro de animais mortos, apoiadas em galhos. Fazia projetos de irrigação com as águas do riacho que eram desenhados nas rochas próximas à sua plantação. Havia projetado canteiros próximos à entrada da gruta, para ficar exatamente ao lado do local onde ela preparava os alimentos. Ali, ela tinha plantas que lhe ofereciam folhas com cheiros e sabores diversificados que davam vida aos alimentos que ela preparava.

Desenvolvia novas formas de cozinhar, misturando plantas que ofereciam sabores picantes e aromatizantes diversos. Pin Qituf estudava o tempo de cozimento de cada alimento, adicionando-os em tempos diferentes ao fogo. A diversidade de rochas proporcionava que ela tivesse algumas panelas de pedra e de argila retirada da beira do riacho, que ela mesma confeccionava.

Por várias vezes, ela percebia as índias da sua tribo vigiando a área que ela chamava de "meu lar". Dificilmente se aproximaram, apenas vigiavam as coisas que ela projetava e produzia. Pin Qituf, de longe, olhava-as e sentia-se feliz porque ainda sonhava com as suas ideias chegando às tribos, mesmo que de forma indireta, e poderiam incentivar formas diferenciadas de produção. Ela desejava também poder ensiná-los a preparar os alimentos colocando mais sabor em suas refeições. A pequena índia cheia de habilidades era ingênua em acreditar que ainda poderia mudar a cultura do seu povo, mesmo exilada.

Jamais havia visto uma luneta, que pudesse aproximar as imagens e fazer com que olhos normais se transformassem em olhos de águia. Assim, ela achava impossível que aquele soldado pudesse perceber que estava sendo vigiado por uma linda índia.

Certo dia, o soldado que sempre utilizava a luneta para avistar as suas caças, presenças indesejadas de grandes animais, índios nativos ou mesmo soldados americanos, observava a montanha à sua frente. A visão de águia promovida pela ajuda daquele equipamento lhe permitiu avistar a índia sentada em uma rocha com aquele lobo ao seu lado. Ficou encantado pela beleza daquela jovem e não queria que ela percebesse que era observada. Ela tinha aquele grande lobo ao seu lado e ele era um grande admirador daqueles belos animais e não os temia.

A liberdade, tão desejada por ambos, poderia estar ameaçada pela proximidade de cada um. Aquela pequena índia talvez não oferecesse perigo por hora, mas ele temia o que poderia vir junto. Os índios Sioux não admitiriam a presença de um soldado do exército americano. Era um desertor porque não compactuava com a maneira com que os índios eram tratados e fugiu com todas aquelas armas, passando a ser um fugitivo procurado pelo governo americano. Nos dois dias que se seguiram, ele percebeu a índia com aquele grande lobo sentada na mesma rocha e decidiu que no dia seguinte deveria surpreendê-la. Passou todo o resto do dia ansioso por ver de perto aquela índia e saber porque ela ia vigiá-lo todos os dias.

No dia seguinte, ele se levantou antes que o sol aparecesse, como era de costume. Porém, tratou a loba e a deixou deitada confortavelmente.

Partiu em direção àquele pico situado à frente de sua nova moradia. Tinha que chegar a um ponto mais alto ao que a índia se postava diariamente para que, dessa vez ele, pudesse observá-la de cima.

Postou-se atrás de uma rocha e esperou por quase uma hora. Era mais um dia bastante ensolarado e sem nuvens. Avistou uma águia que rodeava à procura de alimento. Deveria estar com filhotes e logo acharia uma presa. Ali havia muito roedores pequenos, esquilos e outros que sempre viravam presas fáceis, já que sempre eram surpreendidos por certeiros ataques aéreos. Observava tudo o que se passava ao redor, mas não se esquecia de que logo deveria chegar por ali uma índia. Seria ela uma espiã de alguma das tribos mais próximas? Mas por que eles enviariam uma índia para segui-lo e não um bravo guerreiro que pudesse surpreendê-lo?

Essa situação tirava o sono daquele soldado, o que o havia levado a armar aquela situação para reverter a ideia de ser vigiado, e então passar a vigiar aquela que todos dos dias acompanhava os seus passos. Era uma necessidade claustrofóbica que lhe tirava o ar durante as noites, desde que ele havia percebido. Mas era uma necessidade muito maior do que se ele estivesse sendo vigiado por um índio guerreiro.

Aquela índia já era para ele surpreendentemente uma atração fatal. A sua vontade em conseguir vê-la de perto era maior do que tudo naquele momento e ele não deixaria escapar aquela oportunidade. Seria apenas uma visita e ela não deveria saber que ele se aproximaria dela. Imaginava-se tocando em sua pele avermelhada e sentindo o seu cheiro. Era a mais linda mulher que ele havia visto.

Subiu a montanha pelo seu lado oeste e nunca deveria ir de frente, mesmo conhecendo os seus hábitos e horários. Não poderia ser visto e jamais assustaria a índia. Além do mais, ela tinha o lobo ao seu lado. Não tinha problemas com animais, fazia amizade com eles facilmente, mas sabia que aquele lobo defenderia a índia, da mesma forma que Luna, a loba negra de que ele cuidava, o defenderia.

Lobos são como os cães para defender aqueles que os recebem como filhos em seus corações, só que de uma maneira um tanto mais violenta. São animais selvagens que compreendem perfeitamente o conceito de amizade. Dentro da alcateia, um alfa determina quais as ações de todos. Quando fora da alcateia, um lobo é capaz de agir para defender aquilo e aqueles que ele acredita serem a sua alcateia. Se ele estiver grato a um humano, ele o defenderá com a própria vida.

Dizia uma lenda Sioux, que um lobo seria o maior presente da mãe natureza àqueles que mais necessitassem de ajuda dentro da floresta e que a merecessem. Os lobos representavam a segurança a todos aqueles que lutassem pelos seus filhos, fossem eles plantas, animais e até mesmo os próprios índios. E ali, naquela situação, os dois já haviam sido presenteados com os seus lobos. Pin Qituf por toda a sua luta pela floresta, pelos animais e, de certa forma, pelos seus pares. O soldado havia desertado do exército americano, fugindo com o carregamento de armas que deveria ser utilizado em uma eventual guerra contra a coalisão dos índios nativos, além de ser contrário à destruição de Lakota pela invasão e devastação indiscriminada dos povos colonizadores.

George tinha o mesmo nome do Capitão George Armstrong Custer, que havia comandado a cavalaria do exército durante Guerra Civil americana. Custer era o designado para combater os índios que, segundo os homens brancos, impediam o desenvolvimento da região e, consequentemente, de todos os Estados Unidos. George, o soldado, era o encarregado de fazer o primeiro contato com os Sioux, levando até eles um novo tratado que delimitava as terras indígenas, o qual não foi aceito pelos indígenas. Era um bravo soldado e teve uma nova missão para liderar.

Custer, na missão, deveria liderar os soldados do exército para que matassem e diminuíssem a população Sioux para trinta por cento do seu número atual. Deveriam morrer não somente os bravos guerreiros, mas também uma grande parte de suas mulheres, diminuindo a capacidade de reprodução das nações indígenas. As crianças deveriam crescer seguindo uma educação que envolvesse os conceitos e leis da nova supremacia da sociedade branca. A Constituição deveria ser seguida também pelas nações indígenas que não aceitavam estar acima das suas próprias leis.

O soldado George quis rebelar os seus seguidores, mas foi impedido pelos generais que vieram a saber que ele estava induzindo sua tropa para não lutarem contra os índios nativos do oeste. Antes de ser preso, ele conseguiu afundar em um rio grande parte do armamento que deveria ser utilizado na guerra contra os índios. Depois fugiu com uma outra carroça que carregava grande parte dos armamentos que também seriam utilizados contra índios nativos da região.

O extermínio dos índios não saía da sua mente e fazia com que ele pudesse ser perseguido pelos dois lados na guerra. Tanto soldados quanto índios teriam motivos para o quererem morto. Os índios jamais o veriam como aliado nesse momento do conflito, ao mesmo passo em que era tratado como um traidor da nação americana. A sua vida estava destinada a ser uma fuga contínua. Talvez ele preferisse a morte a ser o responsável por dizimar os índios.

Enquanto esperava a chegada da índia, esses eram os seus pensamentos. Tudo isso voltava à sua memória a qualquer momento do dia. O seu sono não era interrompido pelos uivos dos lobos ou a ideia de virar caça de algum animal, mas sim de morrer enforcado como traidor de sua pátria ou ter o seu escalpo retirado por um índio Sioux. Na verdade, ele só queria que os povos fossem respeitados e tivessem o direito de permanecer onde sempre estiveram. Do alto da montanha, olhava para Lakota e compreendia que ela não pertencia a ninguém, mas que todos os seres vivos pertenciam a ela, selvagens, como ela também era.

Passadas mais de duas horas de espera, percebeu a aproximação do lobo que vinha à frente e logo depois a índia. Aquele lobo era bem maior do que todos que ele já havia visto ali. Estava bem armado, mas ficaria imóvel para que ele não percebesse a sua presença. Não tinha a intenção de ferir aquele belo exemplar. Logo depois chegou a índia, cantarolando uma música na língua Sioux.

Era uma música na qual ela exaltava a beleza da montanha. Compunha as letras referentes ao momento que vivia e guardava as suas letras em sua mente. Às vezes ela desenhava a letra da música nas rochas perto da gruta em que ela habitava. Ali ela registrava tudo o que deveria ser guardado. Letras das músicas, receitas de temperos, seus projetos de irrigação e outras coisas que achava pertinente serem mantidas.

Estava de costas para o soldado e de frente para o lobo, parecendo ajeitar-se para vigiar aquele soldado e as suas ações, das quais tinha certeza que trariam tragédias para a sua tribo e as demais. Ainda não conseguia entender o porquê de não ter avisado seu pai. Ela era bem pequenina e, antes de sentar-se em uma rocha acarinhou aquele lobo, que agora mais parecia uma criança. Olhou para uma pequena flor cor-de-rosa, passou os dedos sobre ela e olhou-a com ternura, agradecendo pela beleza que ela oferecia àquele local. Sabia que aquele enfeite da natureza só duraria mais alguns dias, pois a cada dia a neve estava um pouco mais abaixo na montanha, indicando a chegada do rigoroso inverno. Encantou-se e cantou para a bela flor colorida que estampava as rochas. Dentes Violentos aproximou-se e cheirou-a.

George estava ansioso para ver de perto o rosto daquela índia e tinha a certeza de que ela não era uma espiã da tribo e vivia sozinha. O lobo era seu fiel escudeiro e defenderia aquela pequena com a própria vida. Então ela se virou para trás e ele, num momento de deslumbre, sentiu-se acolhido naquele local que, até então, oferecia-se totalmente desconhecido. A luz do sol estava às suas costas e reluzia sobre a cabeça da índia, o que o fez abaixar um pouco para ter uma melhor visão da pequena índia. Aquela visão lhe representava um anjo que irradiava toda aquela luz.

Ela não podia estar ali para denunciá-lo ao seu povo, afinal ele era quem mais os defendia naquele período conturbado da história americana. Havia arriscado a própria vida por um ideal e por um povo que ele não permitiria ser dizimado de Lakota.

Pin Qituf estava sentada esperando para averiguar as ações daquele soldado e jamais imaginaria que ele estivesse revertendo a situação. Mas ambos não queriam que o outro soubesse da sua existência. Esperou ali por mais de uma hora, sendo agora ela a vigiada. George mal se mexia para que o lobo não identificasse a sua presença. Deveria estar a mais ou menos uns quinze metros acima do ponto onde ela estava sentada. Ela sempre se sentava na mesma rocha e ele agora havia encontrado a sua rocha.

Depois de mais de duas horas de espera, Pin Qituf preparava-se para voltar para a sua gruta e cumprir com os seus afazeres quando ouviu um barulho. Parecia uma pequena avalanche, com algumas rochas, neve e, surpreendentemente, um soldado descendo rolando em meio àquela neve. Ela ficou muito assustada e pensou em descer rapidamente para que ele não a visse. Mas, para seu desespero, aquele soldado desceu rolando rapidamente e parou bem aos seus pés.

George escorregou em uma pedra e em sua queda tratou de segurar o chapéu, o qual tirava somente para dormir. Ao perceber que estava aos pés da índia pensou em colocar o chapéu, mas o usou para cobrir o sol que atrapalhava momentaneamente aquela bela visão. Ele ficou estarrecido com a sua beleza.

Colocou o chapéu, raspou a neve que estava por toda a sua roupa. Pensou em levantar-se, mas não conseguia fazer com que seu corpo realizasse qualquer movimento. Estava literalmente paralisado pela visão daquela índia. Era como se ele já a conhecesse de algum lugar. Mas ele a reconheceria se já a houvesse visto em alguma das tribos pela qual havia passado. Ela também estava inerte, assustada por toda aquela situação. Uma pequena avalanche e um soldado que ameaçava a sua segurança estava ali caído aos seus pés. Mas eles se olhavam nos olhos e o sentimento não poderia ser diferente.

Ela tinha o lobo e ele tinha uma arma, e nenhum ruído foi ouvido. O lobo postou-se diante do soldado e apenas um sinal da índia faria com que ele atacasse. Mas ela não teve reação e então o lobo que encarava aquele soldado com dentes à mostra deu um passo atrás e logo desarmou os dentes. Era como se toda a cena fosse uma revisão de outras vidas e todos os três já tivessem passado por aquela situação.

— Não inimigo.

Assim George tentou acalmar a situação em poucas palavras,

das que ele conhecia da língua Sioux. A índia ouviu e estendeu o braço esquerdo na frente de Dentes Violentos mostrando que não seria necessário atacar o soldado. A índia continuava quieta, apenas com a mão à frente do lobo. Apenas um sinal e seria o fim daquele soldado frente a um lobo protetor. Pin Qituf estava no comando da situação e tudo dependeria da sua vontade. Deveria estar segura de que aquele soldado não lhe ofereceria perigo. Dentes Violentos esperava pela sua decisão.

— Eu a via da gruta.

— Por que veio?

— Eu sou um desertor do exército americano.

— Você está sozinho há muitos dias e tem uma carroça com muitas armas. O que fará com elas?

— Deixei o exército, porque eles queriam matar os índios Sioux e Apaches e eu não poderia concordar. Então, fugi com as armas.

— Por que fez isso?

— Lakota é selvagem e pertence aos índios e não aos homens brancos. Os colonizadores a destruiriam em muito pouco tempo.

— Mas você é um homem branco, como todos os outros que matam as árvores e os animais. Homens brancos matam os Sioux.

— Não sou como os outros. Não mato índios, não vendo peles e jamais derrubaria árvores para vender.

Os dois se entreolharam por um longo tempo. O lobo parecia entender que aquilo significava algo muito além do que um olhar, lembrando daquele soldado daquele soldado cuidando dos ferimentos da loba negra e compreendia que a sua luta não era contra a natureza local. Então ele se deitou naquelas migalhas de neve como tentando refrescar-se. Aquela tranquilidade de Dentes Violentos também deixou Pin Qituf mais segura, pois aquele enorme lobo jamais estaria tranquilo se aquele soldado oferecesse perigo. Eles não pararam de olhar-se por um longo tempo, e então George tomou a iniciativa.

— Me acompanha até um pouco mais alto.

Pin Qituf nada perguntou. Olhou para o lobo que imediatamente se levantou para acompanhá-la. Era sábio e extremamente companheiro. A subida ficava mais íngreme a cada passo. Mas a dificuldade era compensada pela vista que parecia agigantar-se na mesma proporção. Dali eles poderiam ver a imensidão daquela área aos pés da montanha. O verde ainda predominava antes da chegada do inverno. Logo o branco tomaria conta de grande parte de toda a região de Lakota. George sentou-se em uma rocha e então postou-se a admirar aquela vista. Ficaram calados olhando para aquela linda paisagem. Ela ficou em pé, olhando ao longe, como se estivesse vendo toda aquela paisagem pela primeira vez.

— É assim que você enxerga o seu Deus? — perguntou George àquela índia que, apesar de nativa, encantava-se como a primeira vez.

— Sim. A cada dia eu fico mais admirada com a beleza de tudo isso.

— Eu não entendo porque as pessoas julgam-se superiores, com poderes para dizer quem tem ou não direito sobre as terras. Essas terras são de vocês e ninguém mais. O progresso fará com que tudo isso seja perdido.

— Somos iguais perante Deus. Mas o homem branco criou as diferenças.

George estava encantado por tanta beleza que o contornava naquele momento. A visão daquela índia vista com a luneta já havia lhe tirado o sono. Agora ela estava ali parada ao seu lado e tinha a sua imagem emoldurada na paisagem. Era a mulher mais linda que ele já havia visto. Tinha os cabelos compridos e negros, assim como os olhos, realçados com aquele tom de pele. Não conseguia disfarçar o seu sentimento porque a paisagem a ser contemplada não era a região de Lakota, mas a bela índia. Se a índia não percebia, o lobo ao contrário já havia percebido o olhar do soldado.

— Você chegou aqui há quanto tempo?

— A minha família veio da Inglaterra há pouco mais de cinquenta anos. Residiram primeiro em Boston e depois em Chicago. Quando entrei para o exército não tinha mais local fixo. Acho que esse era pra ser o meu lugar.

Não se estendeu muito em sua resposta. George queria escutar a voz doce e pausada daquela índia. Já havia percebido que deveria falar devagar para que ela pudesse compreendê-lo melhor.

— E você o que faz sozinha?

— Eu tenho os meus ideais muito diferentes da cultura do meu povo e por isso meu próprio pai me exilou.

— Seu próprio pai a exilou? Você quer dizer que seu pai é...

— Sim, ele é o grande chefe da união das tribos Sioux e precisava manter a ordem a qualquer custo.

— Você é filha do grande chefe Urso Faminto?

— Sim.

— Agora sim estarei encrencado. Um homem branco que se aproximou da filha do grande chefe Sioux.

— Você estaria de qualquer forma. Mas o que faz as pessoas serem boas ou ruins são as suas atitudes e não a cor da pele ou o poder que ela exerce sobre os outros.

— E como eu poderia explicar isso ao seu pai?

— Não poderia. Ele toma as suas atitude conforme o Conselho quer. Jamais iria contra a cultura que ele jurou defender.

Ela demonstrava uma inteligência que não poderia ser ensinada nas escolas das grandes metrópoles ou de qualquer escola americana. Ele era da linha de frente, tentando amenizar os conflitos, sendo sempre incumbido de fazer os primeiros contatos, conhecia a sabedoria dos índios. Foi um dos responsáveis por apresentar o tratado, logo rejeitado por eles.

— Eu já vi homens brancos e índios Sioux mortos em conflitos. Os seus corpos estavam lado a lado após lutarem. O sangue que escorria de seus corpos misturava-se na terra de Lakota. A terra parecia dar-lhes a lição de que ali todos são iguais. Mas homens, independente da sua cor, não aprendem facilmente as lições que a vida ensina.

George a olhava admirado. Era filha do mais bravo guerreiro Sioux que aquela terra já havia conhecido e falava de paz, sem recriminar os homens brancos, invasores das terras que eram deles por direito. Ela estava ali naquela montanha olhando para aquela linda paisagem com alguém que ela deveria temer ou ao menos repelir como faria qualquer outro índio de sua tribo.

O tempo passava rápido e o frio já começava a chegar. George não queria sair dali. Estava tudo perfeito, mas ela não deveria ficar tão exposta ao frio. Ele foi gentil.

— Está esfriando. Você quer descer?

— Daqui a pouco a grande águia vai descansar e então será hora de descer. Eu gosto de vê-la em seu voo ao entardecer.

Com certeza ela também estava feliz ao seu lado e demonstrava com um belo sorriso que nem o frio conseguiria diminuir aquele encanto. George quis tirar o casaco pesado para que a índia pudesse ficar mais aquecida. O ato de gentileza naquele momento estava tanto no oferecer quanto no aceitar.

— Obrigada.

A águia passou por eles por mais três vezes até que não mais. Então ela quis retornar para a gruta. Desceram juntos até uma encruzilhada logo ao pé da montanha, onde se despediram. O lobo a acompanhava, como sempre fazia, bem de perto. George quis acompanhá-la até a gruta da grande pedra redonda, mas atendeu ao pedido da índia que disse conhecer bem aquele caminho e que já estava muito bem acompanhada, olhando para Dentes Violentos.

No caminho, lembrou-se de que os dias tinham algumas horas dispensadas para vigiar os passos daquele soldado. Mas e agora, como ficaria? Ela já sabia que ele não ofereceria perigo para a sua tribo. Acreditava e confiava naquele homem que havia acabado de conhecer.

A noite chegou rápido e ambos tinham o fogo acesso e poucos motivos para dormirem. Os dois tiveram a mesma ideia e fizeram uma fogueira próxima à entrada da gruta em que habitavam. Ali eles ficaram por horas, olhando para uma linda lua cheia que iluminava aquela noite, ambos acompanhados pelos seus lobos.

Pin Qituf cantava uma bela canção que falava de amor e daquele brilho que a lua lhe oferecia, como fonte inspiradora. Enquanto cantava, afagava Dentes Violentos que lhe dava proteção. Ao fundo podia ouvir alguns uivos, sabendo que vinham da alcateia à qual ele pertenceu um dia. Não conseguia parar de pensar naquele soldado.

Do outro lado, a situação não era diferente. O fogo, a luz do luar, ele afagando a loba e pensando naquela índia. A diferença é que não havia música daquele lado. Ele não se atreveria a cantar. Ali a poesia vinha na forma de confissões daquele soldado à loba, referindo-se à pequena índia como a pessoa mais bela que ele já havia visto nessa vida. Luna ouvia aquelas palavras olhando para o soldado, como se entendesse os seus sentimentos.

O soldado olhava para a lua enquanto falava da índia. A sua vontade era de ir até a gruta em que ela estava. A imagem daquele rosto não mais saía da sua cabeça e ela não era somente linda, mas suas palavras, os seus gestos, o olhar, tudo nela o atraía. Quando colocou o casaco sobre seus ombros pôde sentir o seu cheiro. Era como se ele já a conhecesse, talvez de outras vidas. Ela não havia se assustado com a sua presença e também ficou com aquele olhar parado. Ambos ficaram. Restava esperar o dia amanhecer para entender o que tudo aquilo significaria para a sua vida.

Toda aquela situação poderia mudar a sua vida. Ele, que antes pensava em voltar para Chicago, de onde havia saído há alguns anos, agora tinha um motivo que poderia valer a pena. Teria que enfrentar um grande conflito, com os brancos e com os índios. Mas a sua vontade nesse momento era de enfrentar tudo e todos por aquela que invadia seus pensamentos, como a chegada de uma tempestade. Ela era linda, doce e com uma força que o surpreendia, justamente pelas suas propostas de evolução, que tardavam a chegar mesmo aos mais estudiosos doutores.

A sabedoria era perseverante naqueles índios de Lakota, os Sioux geralmente eram assim, falavam devagar e pensavam muito. Ela não era diferente. O soldado havia conhecido o seu pai, sabia que ele era um grande pensador na tribo, assim como a sua mãe também era, grande influenciadora de suas decisões, mesmo sendo essas ações veladas sob a tenda do casal. Como ele pôde exilar a própria filha.

Por outro lado, Pin Qituf também estava ansiosa por saber como seria a sua vida com todos os fatos que aconteciam à sua volta. O seu exílio, a chegada daquele soldado. Lembrava-se das previsões das índias. Pensava enquanto cantava, e então mesmo sem perceber o soldado entrou na sua canção. Falava sobre uma visita inesperada de Bicicleta Dançante, que chegava para dar um pouco de felicidade àquele período em que ela sofria muitas perdas. Quando terminou de cantar, ela sorriu lembrando-se das dificuldades daquele soldado quando tentava equilibrar a carroça e segurar os cavalos. Depois ele caiu aos seus pés rolando junto com a neve. Ela ria muito enquanto apertava o pescoço do lobo.

Mesmo sem sono, ambos resolveram deitar para descansar. Os dois tiveram a mesma ideia de ficarem mais próximos dos lobos para dormir e a eles confidenciaram a alegria em poder conhecer alguém tão diferente de tudo o que já haviam conhecido. Era a prova de que os preconceitos podem ser ignorados completamente. Uma vida é muito breve para que oportunidades sejam desperdiçadas, dizia a sua música.

Ambos eram ativos e críticos de toda a realidade que os cercava, o que deveria significar uma qualidade referente à formação de cada um, agora também colaborava para aumentar a admiração mútua. Toda a situação, tanta diferença cultural emoldurada nos mesmos princípios éticos, era de certa forma surreal para os dois. Um soldado do exército americano apaixonado por uma índia, ainda mais sendo a filha do grande chefe de todas as tribos Sioux, e ela retribuía esse amor com a mesma intensidade. Era a maior prova de que preconceitos são nada mais do que arrogâncias e prejulgamentos totalmente incabíveis.

Atração fatal é aquela que aproxima, não somente as pessoas que cruzaram o caminho uma da outra, mas principalmente aquelas que foram atraídas porque as suas almas já se conheciam e o tempo incumbiu-se de reaproximá-las. É como se esse reencontro estivesse agendado. É a atração que tira o fôlego, provoca arrepios e, quase sempre, é acompanhada de problemas em uma escala equivalente.

Para George, pensar nela era o alívio imediato da sua sentença, certeza de um enforcamento em uma praça pública, pela sua alta traição ao exército americano. Para ela, era o alívio da solidão que aquele exílio lhe provocava e de toda a tristeza que a distância da sua tribo lhe trazia. Defender os seus ideais, por mais nobres que fossem, tanto os dela, quanto os dele, traria muita mágoa, tristeza e sofrimento. Agora tinham ao menos um ao outro e naquele momento lhes trazia muita felicidade a urgência em ter algo bom em seus pensamentos.

A noite foi longa e de muita luz para os dois. O fogo, a lua, além das lembranças daquele dia traziam-lhes a paz de que eles precisavam há muito tempo. Passavam pelo momento mais difícil de suas vidas e ter apoio e compreensão, mesmo que fosse de alguém, até então totalmente desconhecido, seria de muita valia. As suas necessidades agora completavam-se, da mesma maneira que as dificuldades impostas à vida de cada um.

Pin Qituf adormeceu com a mão segurando a pata do lobo, que permanecia acordado, porém inerte, dando a segurança de que a índia necessitava. George não dormiu naquela noite. Tinha dias de insônia cada vez mais frequentes, pensando nos seus problemas e hoje perdia o sono por um bom motivo.

Quando o sol nasceu, George já se aproximava do ponto onde ele levou Pin Qituf para ver a paisagem. Estava certo de que ela voltaria ali. Não sabia qual razão ela teria, mas desejava que fossem as mesmas que as suas. Lembrava-se da maneira como ele literalmente caiu aos pés dela. Hoje estava acompanhado da loba que insistiu em subir a montanha mesmo mancando em consequência de dores em seus ferimentos.

Sentou-se em uma pedra, tirou o chapéu e procurou a luneta em uma bolsa de couro que carregava transpassada pelo pescoço. Passou a procurar pela índia com a sua velha luneta, esperando que ela retornasse ao local onde sempre se postava para vigiá-lo. A loba negra tinha os pelos que brilhavam ao sol. Aproximou-se e sentou-se olhando para o soldado. Ela tinha um olhar de quem demonstrava, acima de tudo, muita gratidão por estar ali e por amor recíproco, sempre com a cabeça abaixada. Então

George olhou para ela acarinhou-a com um movimento longo que passou por toda a extensão de suas costas. Colocou a mão sob sua mandíbula e disse para ela.

— Levante a cabeça. Mantenha-a sempre erguida.

Estava solitário há um bom tempo, fora o recente contato com a índia, eram as conversas com Luna que lhe acalmava o coração. A loba era uma excelente companhia e parecia responder com o olhar, sempre retribuindo o carinho e amor. Às vezes treinava a língua Sioux com a loba. Talvez ela entendesse melhor, pelo menos era o que ele sempre lhe dizia em tom de brincadeira. Já estava ali sentado apreciando Lakota há um bom tempo. O dia estava lindo, com muitas nuvens em um cinza-claro que encobriam momentaneamente o sol, permitindo-lhe uma visão panorâmica mais apurada, mas George ainda precisava prover seus alimentos porque a fome já estava chegando.

— Luna, precisamos ir. Hoje ela não vem. Talvez nem volte mais aqui.

Olhou para o ferimento da loba, passou-lhe a mão na cabeça e preparou-se para descer. Pensou na fidelidade daquele incrível animal, frequentemente encarado por todos como animal selvagem. Ela estava ali acompanhando um soldado docilmente e, mesmo ferida e mancando, não desistiu de acompanhá-lo naquela subida íngreme. Logo nos primeiros passos pôde ver a doce índia chegando ao local onde ela sempre vigiava o soldado. Quando ela chegou, antes de olhar para baixo, olhou para cima, exatamente para o ponto onde eles se sentaram para que ele lhe mostrasse a terra de Lakota.

Ela sabia que ele estava ali, exatamente naquele local para esperá-la. Tinha bons olhos e mesmo de muito longe percebeu que ele tinha a companhia da loba. Dentes Violentos olhou extasiado e então ele uivou, como nunca havia feito durante o dia. Pin Qituf sorriu olhando para o lobo. O lobo parecia nem ouvi-la. Estava hipnotizado pela visão daquela loba negra e então, a índia mais uma vez sorriu. Luna, ouvindo o seu uivo, acompanhou-o do outro lado.

— Esse deve ser um lugar sagrado para o amor.

George postou-se com as mãos na cintura, enquanto Pin Qituf iniciava mais uma subida procurando chegar ao local daquela linda vista. Demorou uns quinze minutos naquela subida. Dentes Violentos ia à sua frente, sempre parando, olhando e esperando a índia, tentando apressá-la.

— Tuq Tuq.

Foram as primeiras palavras de Pin Qituf, antes de se dirigir para George, que acompanhava cada passo dela naquela subida em que a musculatura era bastante exigida. Ela disse essas palavras referindo-se à loba, imitando os seus passos mancando, o que ajudou George a entender o que aquilo significava.

Ele sorriu e respondeu aos sinais da índia.

— Sim, ela Tuq Tuq. Machucada.

— Você cuida muito bem dela.

— Ela era a minha única companhia até então.

— A solidão faz bem quando o nosso povo não mais acolhe nossos pensamentos.

Ficaram algum tempo em silêncio, enquanto George pensava na profundidade daquelas sábias palavras que a jovem índia dizia. Era a única filha do grande chefe de todas as tribos Sioux, mesmo assim ele lhe impunha o exílio e ela certamente referia-se a essa rigidez imposta pelo próprio pai e pela comunidade indígena que não permitia desvios ao culturalmente perpetuado.

— Talvez eu volte aqui por todos os dias de minha vida e a cada dia eu terei uma vista ainda mais linda.

Os pensamentos de George se perdiam, sobrepondo a índia na bela vista da região de Lakota. A visão era estonteante para baixo. As montanhas, a floresta, os rios e tudo ali era lindo. Mas naquele exato momento ele se referia apenas a ela, sem impressionar-se com Lakota ao fundo. Ela sorriu, abaixando os olhos, pois certamente havia entendido o que ele quis dizer. Ele olhava no fundo de seus olhos e sentia como se aquele prazer fosse repetido de outros lugares e outros tempos.

Ela também podia ver passagens de outras vidas enquanto olhavam-se. Pin Qituf também sentia da mesma forma, porém ela podia ver o espírito de George. Então, em sua concepção, ela acreditava poder reencarnar e voltar para qualquer outro lugar levando as suas aprendizagens. Conversaram sobre o que ambos podiam ver no outro. Estava claro que aquela atração física e espiritual não poderia e nem deveria mais ser repelida por nenhum deles.

George aproximou-se ainda mais da índia e tocou-a no rosto, depois puxando-a carinhosamente contra o peito, abraçou-a, com amor e ternura. Pôde sentir o cheiro de sua pele e seus cabelos. Era mais uma prova de que eles já se conheciam e num abraço demorado e leve, atraídos pelos corpos e espíritos, experimentavam sensações jamais sentidas por ambos. Assim permaneceram até que aconteceu o primeiro beijo. Ela nunca havia visto pessoas se beijarem daquela forma. Os índios eram muito reservados na sua forma de amar. Não existia o toque, qualquer sensação de pele, perante os outros índios da tribo, fora da tenda. Mais uma privação culturalmente preestabelecida.

O comportamento dela e a maneira como iria encarar os relacionamentos humanos seria mais um motivo pelo qual aquela índia se fazia diferente dos outros membros de sua tribo. Ele a amava desde o primeiro instante e lhe retribuir amor que sentia profundamente, com Lakota ao fundo, era um privilégio inesquecível. Se quisesse andar segurando a sua mão e ser a sua proteção, assim seria. Depois daquele beijo ele voltou a colocá-la encostada em seu peito. Assim ficaram por mais um longo tempo.

Pin Qituf era diferente de tudo o que ele conhecia ou poderia imaginar. Recobrando os seus pensamentos, lembrou-se de que ali ele não teria vida longa, acuado por todos os lados. Estava literalmente entre a flecha Sioux e a forca do governo americano. Antes de conhecê-la, o soldado já havia decidido que fugiria, depois de desfazer-se das armas, descendo pela costa oeste até cruzar a fronteira com o México. Nada mais, até aquele momento o fazia pensar em ficar em solo americano. Iria procurar um local onde pudesse trabalhar na terra e quem sabe um dia criar uma família. Ela poderia seguir o mesmo caminho com ele e teriam uma família. Imaginava como seria a miscigenação entre eles, a cor dos olhos, cabelos e o caráter. Seriam perfeitos se nascessem com as características da mãe. Seriam lindos.

Ela, nesse momento, se lembrava das índias que sempre a protegeram dizendo que ela não deveria temer o que lhe trouxesse paz e se referiram diretamente a conhecer outra pessoa que lhe fizesse bem. Como elas sabiam que alguém apareceria naquele período tão difícil de sua vida pelo qual ela passava? O soldado, supostamente diferente em seus hábitos e costumes, era mais próximo da cultura que ela desejava do que todos de sua tribo. Ele também lutava contra uma suposta supremacia branca.

Queria mostrar-lhe os seus projetos, as suas descobertas e as suas plantações que deveriam prover os alimentos, sem que qualquer animal precisasse ser morto. Desde o primeiro instante, ela entendeu que não precisava temê-lo porque não ofereceria perigo algum. Dentes Violentos era seu principal indicativo de que tudo estava bem. Ele também aproximou-se do soldado como alguém se aproxima de um amigo.

Conversavam sobre as suas vidas após o exílio e a deserção. Ambos estavam a viver fora de suas comunidades, o que, de certa forma, deveria proporcionar que eles tivessem a oportunidade de rever práticas e converter as suas ideias em ações que trouxessem não somente meios para sobrevivência, mas principalmente a paz de que ambos necessitavam naquele momento de ansiedade.

— Venha comigo. — Pin Qituf tomou a iniciativa e disse isso estendendo a mão para que George a acompanhasse.

Índios Sioux não tinham o hábito de pegar na mão. Mas todo aquele arrepio e sensações que ela havia sentido no primeiro dia, agora davam lugar ao prazer de segurar nas mãos de quem a acompanharia por muito tempo. Ela sentia tanto prazer naquela companhia, com aquele calor, aquele cheiro e aquela luz branco-prateado que refletia um espírito altamente evoluído. Então, ela compreendeu o significado do amor verdadeiro. Compreendia agora o que era o amor.

George estendeu a mão, da mesma maneira que alguém se entrega de corpo e alma a uma nova vida. Ele a seguiria por onde ela fosse, e sempre juntos com aqueles lobos para a sua proteção. Seus corações estavam disparados, pulsando no mesmo ritmo, pela estranha sensação de serem correspondidos. Começaram a descer e ela só largou a sua mão quando sentiu a necessidade de segurar em uma pedra, mas logo ela se virou e segurou na mão de George de novo. Aquilo não era novo somente para ela. Ele também tinha sensações que nunca havia sentido antes. O soldado era conduzido por uma índia, após desertar do exército justamente por não concordar com o destino que o governo traçava para as tribos.

Demoraram alguns minutos para chegarem até a gruta da pedra grande. Ela começou a mostrar as suas plantações e o curso da água que havia mudado para chegar até elas, todas divididas por canteiros. Ela arquitetava e colocava em prática conhecimentos que extrapolavam as habilidades de sua tribo, conhecida por ser nômade.

A pequena índia mudava a história do local a seu favor, mas apesar de mudar algumas características, não "machucava" a natureza. Ao contrário, a natureza respondia com alegria pelas novas cores que lhe apresentava. Os animais aproximavam-se curiosos e tudo ali acontecia de forma espontânea, como se eles quisessem saudar a nova moradora daquele pedaço encantado de floresta.

George se apaixonava mais a cada momento e o sentimento do primeiro dia, que já havia se apresentado como uma paixão inexplicável, tomava ares de um amor que atravessava todas as fronteiras culturais, de tempo e espaço. Eles desejavam muito mais de tudo aquilo e então eles se amaram.

O ex integrante do exército que estava com planos de destruir aquelas armas e descer em direção ao México, agora olhava para a floresta e pensava que aquelas madeiras ali caídas poderiam lhe servir de abrigo. Tinha plenas condições de construir uma casa de madeira, que oferecesse a ele e a Pin Qituf um abrigo mais quente para os meses de frio ou então ele a levaria consigo em direção ao sul. Só queria mesmo estar ao lado dela, contra tudo e todos.

Para eles o tempo era um dos mais preciosos de todos os seus bens e tratá-lo com sabedoria era reconhecer os privilégios que Lakota e uma vida plenamente livre poderia lhes oferecer. Pin Qituf ainda temia ser vigiada pelo caçador designado pelo pai. Ele jamais permitiria que a filha vivesse ao lado de um homem branco, ainda mais sendo ele um soldado.

George começava a contemplar e sentir a necessidade de compartilhar da filosofia que aquela índia lhe ensinava, nunca por imposição ou exposição pura de suas ideias, mas pela sinceridade e pela ternura com que ela tratava cada situação desferida à mãe natureza. A retribuição era clara em relação aos riquezas naturais que se refugiavam próximos à sua nova moradia. Ela atraía as coisas boas da natureza e, porque não, o próprio George com as suas boas intenções sobre Lakota?

— Casa comigo? — George desferiu esse pedido num ato impetuoso, olhando-a no fundo dos olhos e segurando em seus dois braços, próximo aos cotovelos, que se alinhavam para frente em um ângulo de noventa graus.

— Casar? Somos muito diferentes de vocês.

Esboçou um sorriso tímido que afastava qualquer negativa ao pedido. Mas, também não foi um sim.

— Vamos fugir para o México. Nós desceremos pela costa e logo estaremos longe de todos os problemas que nos impediriam aqui.

— Estaremos longe desses problemas e mais perto de outros que não estaríamos preparados para enfrentar também. As nossas diferenças seriam problemas em qualquer lugar.

— Mas e o que sentimos?

— Tantas perguntas e uma resposta. Eu sinto. Sentia quando o via de longe, abaixo na montanha e sinto ainda mais forte agora que o tenho perto. Tanto que não quero mais ficar longe. Não posso e não consigo mais.

— O que devemos fazer?

— Ficaremos aqui. Lakota é uma área grande demais para que pessoas precisem morrer por espaço. Somos mais parecidos do que muitos índios de uma mesma tribo. Jamais teremos o respeito de nossos povos, porque não admitem que nossas culturas possam estar juntas. — Aquelas palavras inundavam não somente os ouvidos, mas a mente, o coração e alma de George. Aquele rude ex-tenente de exército americano estava com os olhos lacrimejando e avermelhados, com uma alma vibrante ao fundo. Pin Qituf podia ver aquela alma esvaindo-se da solidão. — Meu povo deve respeitar a minha decisão, assim como eu respeitei a de todo meu povo. Nesse momento deixo de ser uma Sioux para ser uma Lakota.

Não existia nenhuma tribo chamada Lakota, mas ela se referia a fazer parte da exuberante Lakota. Ela pertencia àquela região e assim sempre foi desde pequenina, quando começou a compreender os chamados da mãe natureza porque ela fazia parte dali. Completando o pensamento, ela decidiu ficar e George encararia os seus problemas, que não eram pequenos. Não seria fácil contornar a situação de ambos.

— Os Sioux precisam saber o que os espera.

George estava disposto a entregar as armas para os índios. Eram quase duzentos rifles e muita munição que daria para armar os índios para a eventual batalha. Ele estava decidido e não era somente por Pin Qituf, pois tudo já havia se iniciado antes de conhecê-la. Agora iria além. Se preciso fosse, lutaria ao lado dos índios, com certeza se fosse abraçado pela união das tribos. Ele ainda usava aquele sobretudo de lã pesada do exército, que havia sido projetado para suportar o frio de Montana. Havia mais alguns deles na carroça, junto com os armamentos, porém, já com as patentes retiradas.

— O que realmente devemos temer?

— O exército quer garantir as vidas dos colonizadores que tentam chegar à Lakota para explorar as suas riquezas. Se os índios não estiverem preparados, as tribos serão dizimadas.

— Você teme aproximar-se dos Sioux e Apaches? Precisam estar preparados para o combate e é melhor que saibam por nós.

Entre a pergunta e a resposta houve uma breve pausa. George tentou entender se ela se referia somente ao conflito ou se estava implícito a união entre eles.

— Sim. Eles saberão sobre o ataque e sobre nós também. — respondeu George para ambas as situações, reafirmando a sua coragem em defender e encarar o grande Urso Faminto. Como o grande chefe receberia sua filha, que havia sido exilada, acompanhada de um soldado do exército americano?

— Devo falar com meu pai antes. Preciso prepará-lo, porque ele sabe que eu nunca escondi nada dele e jamais esconderia de ninguém o que sinto. Precisa saber que você luta por Lakota e pelos índios.

— Não. Eu irei com você e falamos juntos. Preciso explicar os detalhes sobre como eles devem agir. As ações do exército são previsíveis.

George abaixou a cabeça e não era para menos. Ele estaria entregando a estratégia americana sobre o ataque aos Sioux para permitir que Lakota fosse invadida por forasteiros. Mas era o momento do basta e de lutar também pelo que acreditava ser o correto. Quando fez os primeiros contatos para levar o tratado às tribos, George já havia se encantado pelas nações indígenas que defendiam seus ideais sobre a terra de maneira muito segura e consciente, totalmente contrária aos propósitos dos colonizadores.

Ele era a mais pura decepção com seu próprio governo e exército representado pela apresentação de um tratado totalmente favorável à invasão e destruição de Lakota. Lakota era vida pura, tão linda de ser vista e de ser vivida que não valeria a pena rasgá-la em pequenos acres de terra, onde cada um pudesse levar suas vacas, porcos e galinhas para criarem. A vida animal ali era totalmente diferente, era livre e selvagem.

Pin Qituf ouvia e demonstrava profunda tristeza aos dizeres de George. Mas esse era o sentido de tudo. O destino os havia colocado lado a lado pela batalha de Lakota. Essa era a briga particular deles nesse momento, além de defender aquele amor incontrolável que os invadia a cada instante de suas vidas.

Mais de uma semana havia se passado até que decidiram ir até a tribo do grande chefe Sioux. Ambos chegariam juntos e resolveriam de vez aquela situação que tanto os afligia. Deveriam partir cedo, ao nascer do sol. A presença dos lobos ao seu lado confirmaria que ambos estavam intimamente ligados à Lakota.

Naquele dia eles se amaram ao lado do fogo. Pin Qituf percebeu uma cicatriz no ombro direito de George, revelando três marcas sobrepostas. George tinha a cicatriz, desde pequeno, resultado de uma tentativa de ajudar a mãe, quando o próprio pai, bêbado, a espancava em casa. Então, ela mostrou a sua marca de nascença no ombro esquerdo que era praticamente igual à dele. Ela contou que as índias que a protegiam sempre disseram que a marca representava que ela era predestinada a ajudar todas as tribos indígenas contra as ações de um demônio.

Logo na manhã seguinte, levantaram antes que o sol nascesse. O amanhecer em Lakota era extremamente lindo. O sol brilhava sobre as gotas de orvalho, quase totalmente descongeladas, anunciando que a primavera estava por chegar. Deveriam partir cedo. Nem mesmo Pin Qituf podia imaginar qual seria a reação de seu pai. Muitas probabilidades passaram pela sua cabeça, mas nada era certo. Não arriscava dizer os seus pensamentos a George.

Passaram por uma cobra no meio do caminho.

— Odeio cobras. — George arriscou dizer que as cobras poderiam ser um mal presságio do que estaria para acontecer, porém a Pin Qituf coube contê-lo. Nenhum animal selvagem os atacaria.

— Elas nos antecedem por todo o caminho. Não é por mal. Elas estão limpando o nosso trajeto até a tribo.

Demoraram mais de uma hora e meia até que chegassem à tribo. Logo na chegada Pin Qituf, segurando a mão de George, pôde ver a sua mãe, a poucos metros dali com algumas índias preparando a dança para a saída dos caçadores. O olhar da mãe quando a viu acompanhada daquele soldado jamais sairia de suas lembranças. Pequeno Esquilo aproximou-se rápido para defender a cria. Sua filha estava acompanhada de um soldado americano e de dois lobos. Logo foi contida em sua investida pela própria filha, que tomou a frente de George.

— Ele está comigo. Queremos falar com Urso Faminto.

Pin Qituf demonstrava uma maturidade que nem mesmo a sua mãe poderia acreditar ao encará-la defendendo George. Ele já não mais usava a farda, mas as roupas de couro de animais mortos, confeccionadas por Pin Qituf. O agravante é que George já era conhecido da tribo, desde quando havia levado o tratado que praticamente dividia Lakota entre os Sioux e os colonizadores. Não seria bem-vindo na tenda do grande chefe, mas agora ele tinha a sua filha ao seu lado e ela não largaria a sua mão.

— Grande chefe! Pai! Assim sempre o chamei e a não ser que me peça, continuarei lhe chamando. Foi George quem lhe apresentou o tratado, como soldado americano, mas agora é um desertor e precisa lhe falar.

— Como ousa usar a minha filha para distribuir nossas terras aos colonizadores. Não haverá tratado com homens brancos. Lakota jamais será dividida entre os estranhos a ela.

Urso Faminto ameaçou partir para cima de George, mas também foi contido pela filha.

— Ouça o que ele tem a lhe dizer.

— Sempre fui contra o tratado. Por isso estou aqui agora. Não existe nenhum progresso com a chegada dos colonizadores. Toda a natureza ao redor de Lakota, floresta, animais, índios, tudo será devastado e morto com a presença deles, assim como aconteceu em outras regiões.

— E o que faz aqui, segurando a mão de minha filha?

Nesse momento um membro do Conselho interferiu.

— Não podemos permitir que uma índia Sioux esteja unida a um soldado americano. Ele deve ser executado exemplarmente.

— Falamos de guerra agora. Pin Qituf continua sendo minha filha, mas deixou a tribo Sioux e a nossa cultura por imposição desse Conselho. Ela não responde como Sioux. Nós vamos ouvir o que ele, que abandonou o exército, tem a nos dizer.

Urso Faminto deixava claro que assumia a decisão.

— As terras serão divididas em lotes por forasteiros para que sejam exploradas. Mineração, madeireiras, plantações, criação de porcos, vacas e galinhas. Lakota não será mais um refúgio da vida selvagem como é hoje. Os índios serão praticamente exterminados. Logo depois que estive aqui, eu fugi com o carregamento de armas.

— E minha filha? Como chegou até ela.

— Eu...

Pin Qituf quis falar, porém foi interrompida pelo seu pai.

— Ele fala.

Urso Faminto. Valorizava a coragem de George, mas não estava feliz pela aproximação do homem branco da sua filha.

— Não, meu pai. Se quiser saber sobre mim, eu mesma falarei. Quando me abandonou, nós nos encontramos e esse era o nosso destino. George desertou e desviou as armas que seriam utilizadas para massacrar o nosso povo e agora elas poderão ser usadas para nos defender contra eles próprios. De qualquer forma o carregamento de armas virá para suas mãos, independente do que os índios irão pensar sobre a união de homem branco e índia.

— O que quer dizer com união de homem branco e índia?

— Estaremos juntos por toda a eternidade, assim como você e Pequeno Esquilo. O amor respeita o cheiro e o toque da pele, não somente a sua cor. Nós nos amamos e estaremos juntos.

O grande Urso Faminto olhava firme para sua filha apertando os olhos, com eles esmagando as palavras da filha. Ele amava e conhecia muito bem a força de um amor avassalador, mas ainda não estava evoluído o bastante para compreender o amor que extrapolava o culturalmente definido.

— Faremos acordo. Não entre armas e minha filha. Será entre eu e você. A minha filha tem suas ideias, que sempre foram contrárias à nossa cultura. A vontade dela será respeitada. Defenda-a como o lobo que a acompanha sempre.

— Eu lhe entrego as armas e luto ao lado de vocês até que a minha morte chegue. Vocês são os verdadeiros americanos e lutam por Lakota. Quero ter a honra de lutar como um de vocês.

George referia-se a lutar contra o próprio exército americano que esquecia de defender os seus índios contra a invasão de colonizadores, ou pior, defendia a parte contrária. Não era o único a pensar dessa forma dentro da instituição, mas foi o único a enfrentar a situação, unindo emoção e razão. Nesse momento, Urso Faminto chamou alguns índios que estavam presentes próximos à grande tenda.

— Existe aqui um tratado entre homens de honra, independe de sua cor, lutando por Lakota e pelas vidas que nela habitam e a defendem. Aceitamos as armas e a sua presença.

— Entre homens e mulheres de honra. Não quero afrontar o grande chefe, mas estou presente nessa decisão. As mulheres estão sempre presentes e não podem ficar de fora nas decisões. Representarei as mulheres de Lakota.

Pin Qituf assumiu o seu papel de intermediadora e participante nas decisões de Lakota. Desejava que as mulheres fossem representadas nas assembleias e isso também configurava um novo marco na tribo. Sabia que sua mãe atuava nas decisões de maneira velada em conversas com seu pai, entretanto, sempre envolta por uma tenda. Já havia presenciado várias decisões acontecerem onde sua mãe induzia seu pai, porém ela nunca estava presente na grande tenda.

Agora era chegada a hora e o momento de uma mulher ser ouvida na tribo, e ela tinha não somente a voz, mas as ideias prontas para serem colocadas em prática. Sua mãe também era uma mulher extremamente sábia, ativa, crítica e decidira muitas guerras e conflitos junto ao grande chefe e mesmo assim não concordava com a filha na evolução que ela sempre propôs para a comunidade. Mas, aceitava e enaltecia a perpetuação da cultura. Defendia o Conselho formado pelos índios e rechaçava a degradação cultural.

Ao contrário do que Pequeno Esquilo julgava ser, na cultura dos homens brancos as mulheres também não tinham palavra e não opinavam nas principais decisões de seus povos. Ouvindo Pin Qituf requisitar os direitos, era como ouvir as mulheres do mundo clamando para serem ouvidas.

O amor à floresta, aos animais e à Lakota, vindo de Pin Qituf era muito superior comparado ao respeito que os demais índios demonstravam. Nem mesmo o pai, o grande chefe via com bons olhos a sua ascensão, ainda mais naquele momento tão delicado, onde seria inevitável o confronto entre os homens brancos e os índios nativos, mas o acordo era essencial.

— Não teremos discussão sobre nossa cultura agora. Nós buscaremos as armas e vamos nos preparar. Não iniciaremos nenhuma batalha, mas estaremos prontos para quando eles chegarem a Lakota.

— A chegada de tantas mortes só trará tristeza para ambos os povos e os Estados Unidos ficarão marcados com a mancha do sangue de seus nativos. Isso vai nos envergonhar perante o mundo por séculos. Não podemos permitir que o povo nativo seja dizimado pela invasão de colonizadores.

George estava mesmo muito imbuído pela luta contra a chegada dos homens brancos e aquela batalha seria sua também. Agora ele defenderia com todas as suas forças a tribo e os ideais da sua amada.

— A guerra sempre chega pela ganância dos povos. Todas as tribos Sioux lutarão lado a lado. Não permitiremos que os homens brancos queimem as florestas, matem os animais somente pela pele, que a estrada de ferro corte essas terras e que eles finquem as suas cidades nelas.

— Eu posso treiná-los com as armas e posso garantir que jamais triunfarão numa batalha contra o exército se não tiverem a ajuda de todas as tribos Sioux e dos Cheyennes.

— Concordo que deveremos reunir os Sioux o mais breve e enviar mensageiro até a nação Cheyenne.

Outros grandes chefes certamente se juntariam a Urso Faminto. Touro Sentado e Cavalo Louco eram totalmente contrários à chegada do homem branco nas terras do oeste e não se oporiam a essa coalisão. Os "peles vermelhas" formariam uma frente de batalha jamais vista antes. Os homens brancos deveriam curvar-se ante a força da coalisão liderada pelos maiores chefes indígenas da história americana.

— A disposição das tribos indígenas permitirá que uma coalisão bem coordenada das tribos indígenas possa encurralar o exército americano bem aqui. — Pin Qituf pegou algumas pedras e um galho. Desenhou um meio círculo de forma rápida, mas com muito capricho. Pegou algumas pedras, sendo que cada uma representava uma tribo indígena. Colocou as pedras explicando qual tribo Sioux cada uma delas representava. Eram as seis tribos as quais eles tinham certeza que se juntariam, pois as tribos indígenas Sioux eram muito unidas em torno dos mesmos objetivos. — Aqui e aqui serão os pontos em que os Cheyennes deverão concentrar as suas forças. Quando o exército adentrar o círculo eles o fecharão, colocando o exército americano em situação desfavorável, pois serão atacados por todos os lados, não em linhas.

Todos os índios e mesmo George, que nada sabia sobre a estratégia preparada pela índia, ficaram admirados. O índio mais velho da tribo olhou para Urso Faminto e lhe disse.

— Essa é a sua filha.

— Ainda temos um tempo para decidir qual a melhor estratégia, mas acredito que essa que acabamos de ver, provavelmente, seria uma grande surpresa para o exército americano que sempre espera duas linhas de batalhas indígenas, como vocês sempre fizeram. Eles também não esperam tantas armas de fogo nas mãos indígenas. A estratégia será a maior força dessa coalisão.

Terminada a reunião, os índios saíram da grande tenda, alguns desconfiados da estratégia, simplesmente porque ela havia saído da boca de uma jovem índia. Outros felizes porque estavam confiantes justamente pela estratégia e pelo acordo com o homem branco, que havia chegado de mãos dadas com a filha do grande chefe. Urso Faminto reafirmava a sua compreensão sobre a extraordinária força emocional que a filha exercia, compreendia também que o exílio havia permitido que ela conhecesse o soldado e as suas ideias eram fundamentais para a vida em Lakota.

— Orgulho-me de você. Me lembra a sua mãe. Tenho a força e a habilidade de guerrear, mas sempre fui surpreendido pela sua mãe, pela sua astúcia, perspicácia e inteligência. Sempre foi a minha maior conselheira, de todas as guerras. Você é a somatória de todas as nossas habilidades.

— Você sempre foi justo. Tomou a decisão certa. Eu jamais teria conhecido George se não tivesse me afastado da tribo.

— Sua mãe me disse que as índias que te acompanharam por toda sua infância, sempre disseram que um dia você teria que ir e você era a escolhida dos deuses para defender Lakota. Sempre encarei tudo isso como mais uma lenda. Hoje eu acredito cegamente.

— Nunca me falaram sobre essa lenda.

— Disseram quando viram a marca em seu ombro. Nunca desejamos a sua ida, mas a sua mãe lembrou-se de nossa decisão pelo seu afastamento. Você confirmou pelos seus ideais.

— Então você precisa ver mais uma coisa.

George mostrou-lhe a sua cicatriz que tinha o mesmo formato, deixando o pai incrédulo. Era a comprovação de que ela era a escolhida e ele seria o seu protetor, conforme previa a lenda.

— Agora precisamos ir, meu pai. Nós voltaremos em breve.

— Você é um homem de honra. Cuide bem da minha filha.

— Eu entreguei a minha vida pelo que eu achei ser o certo.

— Você os deixou pela imoralidade dos atos do governo que decidiu exterminar o povo que habita essa terra muito antes deles. Você é digno de Lakota.

George ouviu aquelas palavras como se elas simbolizassem a sua luta interna e desse a ela uma trégua, era a paz de que ele precisava. Abaixou a cabeça e ganhou um afago da índia, que não se negava a demonstrar o amor por um homem branco diante do grande chefe, seu pai. Ela era a mais pura liberdade dos seus atos e seus pensamentos.

Retiraram-se sob olhares admirados de alguns, desconfiados de outros e também odiados. Partiram para a gruta da grande pedra. Naquele dia eles estavam mais unidos do que nunca. A índia Sioux e o ex-soldado do exército de mãos dadas e acompanhados por dois lobos, o que poderia ser algo difícil de ser explicado, simbolizava os mais fortes aliados das nações indígenas e de toda Lakota.

Sabiam que toda aquela guerra custaria muitas vidas para todos os envolvidos. Mas o que mais preocupava Pin Qituf é que a guerra perto das tribos poderia também significar mortes para as crianças e as mulheres. Precisavam organizar com urgência um refúgio em um local seguro. Deveriam partir para o norte de Lakota. O orgulho que eles sentiam um pelo outro só era comparável ao tamanho do amor que compartilhavam. E então, eles se amavam a cada instante mais intensamente.

A estratégia deveria prever todos os possíveis pontos de ataque da cavalaria americana. A morte dos soldados não era encarada como um objetivo, mas era o refúgio da liberdade e da permanência das terras em favor dos nativos americanos. Não havia outra possibilidade, por mais vidas que a luta poderia custar, cada índio precisava doar-se por uma causa nobre.

Passaram-se sete dias, até que Cavalo Louco e Touro Sentado atendessem ao pedido para se reunir com Urso Faminto, que já pensava não ter mais apoio desses grandes chefes. Quando os três se reuniram, o grande chefe Urso Faminto expôs o plano de ataque, buscando surpreender o exército. Para tal, ele usou a mesma forma de apresentar que a sua filha havia demonstrado. Havia guardado as mesmas pedras que ela utilizou porque desejava de alguma forma representar que a ideia era dela. Era uma pena ela mesma não poder demonstrar a estratégia com suas linhas caprichadas, sabedoria e, acima de tudo, o amor a Lakota.

Touro Sentado e Cavalo Louco concordaram com os termos de Urso Faminto. Lamentaram não poder olhar nos olhos de George e dele ouvir a verdade, mas confiaram nas palavras dele, transmitidas por Urso Faminto. Suas tribos e a coalisão indígena deveriam lutar pelos seus direitos, liderados pelos seus grandes chefes, representados pelos três animais.

Pin Qituf deveria ser a encarregada de agrupar em local seguro as crianças, os idosos e as mulheres. Isso era primordial e deveria ser executado rapidamente. Alguns índios foram designados para encontrar o local ideal para receber as mulheres e as crianças. Imediatamente partiram e começaram a agrupar as famílias dos índios para esclarecer os fatos e a iminente chegada de uma batalha que seria catastrófica para os índios.

As tribos Cheyennes certamente não compartilhariam dessa ideia, pois todos acreditavam que o exército iria direto para a armadilha, concentrando a sua força para atacar os Sioux e não se desgarrariam para até as suas tribos mais ao norte. Até então a guerra estava travada entre exército e a tribo Sioux.

Informados por George, já sabiam que as tropas marchariam tão logo estivessem prontas e novamente armadas. Os soldados do exército viriam sob comando de Custer e que seu ataque seria devastador, sem piedade. O ataque havia sido planejado estrategicamente para depois de trinta dias, contados de quando George levou as armas, e desses mais de uma semana já havia se passado.

Os vigias deveriam atentar-se às principais rotas de acesso a Lakota, esperando para a chegada da cavalaria em grande número. George estava preocupado, pois mesmo sabendo da bravura e das habilidades de guerra que aqueles índios possuíam, não conseguia vê-los superando o volume de soldados que o exército americano deveria levar até lá.

No decorrer dos dias que se seguiram Pin Qituf seguia preparando o refúgio para os não combatentes. A distância deveria ser capaz de manter a guerra longe do abrigo. As grutas nas montanhas seriam os melhores locais, assim estariam a salvo não somente da guerra, mas dos animais selvagens e do frio. Deveriam levar parte dos mantimentos que estavam estocados.

Pin Qituf e George se amavam loucamente, como se procurassem sobrepor seus sentimentos ao tempo que se tornava mais escasso a cada dia, com a expectativa de chegada dos soldados. Entregavam-se de corpo e alma. Ela se encantava pela beleza da alma daquele homem branco que decidiu entregar a sua vida em favor da defesa dos peles vermelhas que não eram a sua tribo, a sua terra e o seu Deus. Era uma escolha que também contrariava a sua cultura, mas não a sua honra e seus sentimentos.

George também se encantava mais a cada instante de sua vida. Em suas orações, ele agradecia porque, mesmo que a sua vida terminasse naquela guerra, já havia valido a pena. Lutar ao lado daqueles índios defendendo Lakota e uma nação que agora era a sua de coração. Ele jamais sentiu-se um invasor, mesmo sendo descendente de colonizadores ingleses. Sua beleza interior revelava o seu caráter, compreendendo a defesa da jovem índia escolhida para salvar Lakota, como uma missão divina, ele também era um enviado, conforme preconizavam as índias.

Os índios passavam os seus dias debatendo sobre a guerra, acertando a coalisão e planejando as estratégias de combate, familiarizando-se e praticando com as armas de fogo. As crianças, idosos e mulheres já estavam de partida para as montanhas. Os Cheyennes, atacando pela retaguarda, seriam a grande surpresa na batalha. A ansiedade tomava conta de todas as tribos. Muitos rezavam aos seus deuses para que aquele dia não chegasse e os guerreiros, ao contrário, pediam proteção na batalha e que aquele dia chegasse logo. Pediam êxito para que seus filhos e descendentes pudessem crescer e defender para sempre Lakota.

Durante todo o tempo, havia pelo menos dez índios vigiando, sendo que quatro deles eram Cheyennes. Três dias antes do esperado avistaram a cavalaria. Ela marchava em ritmo lento. Deveria haver ali pouco mais de trezentos soldados bem armados. Era uma tropa muito inferior do que os nativos esperavam. Teria Custer menosprezado as forças indígenas? Os mensageiros saíram em retirada. Aqueles cavalos eram os mais velozes e levariam as notícias até as tribos Sioux e Cheyennes.

Os Sioux seriam a frente de batalha que encararia o exército americano, utilizando seus arcos e flechas, além do armamento desviado do próprio exército. Os Cheyennes seriam a surpresa, atacando os soldados pela retaguarda, também com algumas armas de fogo, divididas entre os três grandes chefes. Quando aquele belo cavalo malhado e o mensageiro adentraram na tribo, todos já previam o que ele revelaria.

— Estão chegando. Todos os mensageiros estão a caminho, cruzando o grande rio. Eles estavam levantando acampamento e certamente estarão aqui para a batalha com sol alto.

— Eles estarão aqui pela manhã. Querem o sol à nossa frente e a seu favor. Precisamos enviar mensageiros porque a batalha se iniciará antes. Custer não sabe que estou com vocês e eu serei a surpresa. Devemos estar prontos antes. Quantos soldados e quantas carroças?

— Mais de trezentos soldados e seis carroças.

— Custer não traria tão poucos homens. Ele pode estar vindo com outra tropa pelo sul.

— Eu contornei o rio. Não há mais tropas.

— Então ele é mais pretencioso do que eu imaginava.

George conhecia as estratégias militares do exército e sabia que eles chegariam antes do que aquele mensageiro dizia ser, mas não entendia porque Custer aventurava-se com tão poucos soldados, mesmo sem ter ideias da coalisão entre as tribos.

— Estaremos prontos. Avisem a todos que faremos a refeição juntos essa noite e falaremos sobre nossos ancestrais e a guerra que nos espera. Que os deuses de Lakota estejam conosco.

Urso Faminto reunia a todos os guerreiros antes das batalhas para que as conversas em torno do fogo servissem de motivação, principalmente aos mais novos.

No outro dia, logo ao amanhecer, estavam todos prontos para formar a linha de batalha. Era maravilhoso para George poder olhar Lakota e saber que ela tinha uma defesa à altura do seu merecimento. Nesse momento ele se lembrava do cheiro, da voz, da pele e da sua visão de Pin Qituf emoldurada naquela vista das montanhas. Colocou a mão sobre os desenhos que estavam logo abaixo daquela roupa indígena.

George poderia usar a farda, que lhe daria uma vantagem para atacar os soldados, mas ele quis se vestir como os índios, era um deles agora. Para ele seria uma honra utilizar as pinturas de guerra Sioux. Pin Qituf fez as pinturas em sua pele branca, simbolizando a vida, desenhou um coração maior e um menor. Não era um símbolo de guerra e tirou um sorriso de George naquele momento, onde a tensão tomava conta de todo o seu corpo. Colocou a mão dele sobre o seu coração, respirou profundamente e o beijou com paixão.

— Essa é uma pintura de guerra?

— Essa é a pintura que mostra o quanto eu o amo e desejo que volte e tenha muitos filhos comigo.

George e Pin Qituf não contiveram as lágrimas e se abraçaram. Ele a defenderia e todos os índios com a sua vida.

— Eu tive um sonho lindo. Nós três estávamos juntos na gruta. Eu tinha um bebê com a pele rosada em meus braços.

— Tenho certeza de que será a mais linda mãe e nossos filhos serão como você é... em corpo, sabedoria e alma.

— Agora você precisa ir para o abrigo. Lá estará segura.

Depois de um longo beijo. George saiu e foi se encontrar com os índios que preparavam a linha de frente. Pin Qituf estava toda borrada pelas tintas, com as quais acabava de pintá-lo.

Ela estava na tenda menor, ao lado da grande tenda, onde o Pequeno Esquilo também pintava o Grande Chefe Urso Faminto. Ele certamente viraria uma lenda depois daquela guerra. Era o mais bravo guerreiro entre todos. A filha chegou até o pai.

— Você será para sempre o meu maior exemplo de vida.

Urso Faminto colocou a mão na cabeça de sua filha e suas lágrimas não eram pela guerra. Sentia um misto de remorso, confortado pela lenda, colocando o exílio como parte da missão que a filha precisava cumprir perante Lakota e a nação indígena.

— Espero que um dia você possa me perdoar.

Essas foram as últimas palavras dele antes de partir para a guerra.

George abaixou-se logo na entrada da tenda maior, onde os lobos estavam deitados, aguardando pela jovem índia e com uma mão em cada um deles despediu-se.

— Vocês dois têm uma missão muito importante. Acompanhem Pin Qituf e a protejam por onde estiver, sempre.

Urso Faminto tomava o lugar ao centro da fileira de guerreiros, depois de passar com seu cavalo branco olhando nos olhos de cada um daqueles índios. Era um olhar muito intenso que poderia entrar na alma de cada um deles e trazer à tona o grande guerreiro que existia em todos os Sioux. Quando passou por George, que estava logo ao lado dos maiores cavalos, isso seria a cinco cavalos do grande chefe. Urso Faminto nada disse, apenas tocou na cabeça do cavalo que o seguiu contra os comandos de George. O cavalo encaixou-se ao lado de Urso Faminto.

Para George seria a maior honra lutar lado a lado com o maior entre todos os guerreiros das nações indígenas. Olhou para os lados e viu que os índios ao lado olhavam enciumados. Porém, todos os outros sabiam que o maior guerreiro o colocava ao seu lado para protegê-lo durante a batalha.

Como George havia previsto, eles chegaram cedo e colocavam os índios com o sol em seus olhos. Isso seria teoricamente uma desvantagem, pelo menos até que eles precisassem se virar para combater os Cheyennes que chegariam às suas costas. A postura daqueles bravos guerreiros era alinhada, totalmente eretos sobre seus cavalos e impecavelmente vestidos com suas roupas de batalhas.

À noite, enquanto faziam as suas refeições, os diálogos eram sobre a terra que eles defenderiam, suas famílias, estratégias e sobre antigos guerreiros, caráter, dignidade e amor. Aquelas palavras em nada lembrava as conversas do exército regadas a whisky. Eles eram bravos como guerreiros e também como seres humanos. George extraía muitas lições que aprendia a cada dia de convívio com os Sioux. Ele não mais conseguia se ver do outro lado. A única coisa que o diferenciava era a cor da sua pele porque, debaixo daquelas roupas, era um Sioux.

Um mensageiro do exército aproximou-se da linha indígena. Ao centro encontrou-se com Urso Faminto.

— Trago o tratado em nome do Estados Unidos e seus governantes para que você assine.

— Não foi para assinar um tratado que formamos a linha de batalha. Lakota permanecerá livre da destruição do homem branco.

Se estivesse do outro lado, talvez George estivesse trazendo a mensagem para Urso Faminto e certamente estaria voltando com a mesma cara que aquele mensageiro que olhou no fundo dos olhos de George na linha indígena.

Urso Faminto confiava em seus guerreiros, acreditando na vitória, mesmo sem ter a proteção dos Cheyennes na retaguarda do exército. Sabia que cada um deles lutaria por dez soldados, colocando a sua alma à frente da própria vida.

Quando o mensageiro chegou até Custer disse duas frases revelando o resultado de sua tratativa de acordo.

— Ele quer a guerra e não assinará o tratado. Sanders está ao lado direito de Urso Faminto. Eles empunham as nossas armas.

— Avise a todos que eu o quero vivo para ser enforcado e não deixaremos nenhum índio de pé. Depois as mulheres e crianças alinhadas devem ser reduzidas a menos da metade. Mas lembrem-se de que só depois de capturarmos a filha de Urso Faminto. Ela sob qualquer hipótese deverá ser capturada viva.

Custer passou à frente de seus soldados. George lembrou-se de que sempre o viu como um grande motivador pelas suas palavras. Mas nada rebuscava ao olhar e a sede de defender a terra, a família e a honra do que aquele olhar do grande chefe.

Custer, que havia minimizado as forças indígenas, não acreditando em uma coalisão indígena poderia ser formada, agora era surpreendido pelos guerreiros Cheyennes que formavam uma linha atrás do exército. Os soldados giravam seus cavalos sem acreditar que estavam sendo cercados pelos índios.

Urso Faminto enfim podia ver Lakota acima de suas particularidades tribais. Touro Sentado e Cavalo Louco eram grandes guerreiros e confirmavam a sua honra contra a destruição da região, pelo desbravamento dos colonizadores.

Em pouco tempo, aqueles cavalos em disparada faziam tanto barulho que George imaginou que até Pin Qituf na gruta poderia ouvir. Uma disparada de cavalos que durou algo em torno de dez segundos. Depois disso o barulho de tiros e espadas, só eram superados pela somatória dos zunidos das flechas. Índios e soldados caíam lado a lado. Então, George lembrou-se do sangue misturado de homens brancos e vermelhos, ao que Pin Qituf se referia. O sangue vermelho vivo era exatamente da mesma cor.

Em apenas alguns minutos os corpos já estavam se amontoando. Eram centenas de mortos e feridos por tiros, flechas e espadas. Agora a batalha era campal, misturando os tiros e flechas aos barulhos de espadas e machados. Difícil acreditar que homens lutavam pelos direitos que não eram deles. Como alguém poderia impor que aqueles índios nativos permitissem a invasão de Lakota, convivendo com a sua gradativa destruição? George lembrava-se de como uma pequena índia lutava pelos direitos. Ela não saía dos seus pensamentos, mesmo em meio à batalha.

Assim que as linhas avançaram e a batalha campal começou, os Cheyennes se aproximaram e investiram contra o exército fechando o cerco. Os soldados americanos não acreditavam que eles haviam conseguido unir todas as tribos indígenas nativas contra o exército. Custer havia subestimado o poderio das forças nativas de Lakota, que não poderia cair diante da opressão dos homens brancos, sem a doação indígena.

O grande Urso Faminto lutava ao lado de George e tinha um machado em cada uma das mãos, fazendo com que os soldados caíssem um a um à sua frente. Claramente tentava chegar até Custer que lutava com uma espada. Surpreendia-se com as habilidades de George que o seguia derrubando vários soldados que vinham atrás dele, tentando capturá-lo ainda vivo.

George, mesmo vestido como índio nativo, lutava com espada. Lembrou-se da moldura que envolvia Pin Qituf e o quanto aquela imagem era perfeita. Era como se toda a sua vida passasse pela sua cabeça em questão de segundos. Então, George colocou a mão sobre o coração, e sobre os desenhos em seu peito feitos pela índia amada. Era chamado de traidor a cada combate. Agora, os soldados, lutando pela própria vida, esqueciam-se de que ele deveria ser capturado vivo, conforme as ordens de Custer.

Mesmo ferido na barriga, George continuava lutando. Presenciar o os índios sioux lutando com tamanha bravura, aliviava as suas dores.

No momento em que foi ferido viu Luna e Dentes Violentos, investindo contra os soldados e ao lado deles um índio pequeno. Aquele índio tinha muita habilidade com o arco e tinha a proteção dos lobos. Era Pin Qituf. George soltou um grito.

— Não!!!!

Aquele grito ecoou profundamente no campo de batalha, colocando em segundo plano os sons das armas, atraindo a atenção de Urso Faminto.

— É a Pin Qituf.

— Tire-a daqui.

George ainda travou lutas com dois outros soldados até chegar em Pin Qituf. Mais uma vez foi atingido por uma espada, dessa vez no braço.

Ao tocar George, em seu ferimento, Pin Qituf olhou em seus olhos e para as marcas de tinta em sua pele branca. Lembrou-se de todas as fases de sua vida, o encanto desde criança pela natureza, o exílio da tribo e ele caindo aos seus pés, junto com a neve. Era o momento de mostrar a todos a sua verdadeira força. Lutaria ao lado de George e do pai. Não era uma luta somente de homens. Ela era a única índia Lakota, que ela mesmo havia criado, quando chegou à gruta com Dentes Violentos. Ela marcava presença, representando a sua tribo na coalisão contra a invasão.

Urso Faminto parecia inatingível e à sua frente homens continuavam caindo, mas não conseguia encontrar Custer. Ele batia com aqueles machados sem qualquer piedade, agora com ainda mais raiva, por ver a sua filha envolvida nessa guerra.

— Fique atrás de mim.

George postava-se à frente de Pin Qituf, que aproveitava aquela proteção para disparar mais algumas flechadas certeiras.

A estratégia de Custer havia menosprezado as forças indígenas e negado o auxílio de outras tropas, custando a vida dos soldados e impondo uma derrota que ficaria marcada para o exército americano como a sua maior derrota em todos os tempos.

Os Cheyennes lutavam como irmãos, como jamais havia sido

contado na história. Touro Sentado e Cavalo Louco lutando com Urso Faminto. A união daqueles três era algo inexplicável e os outros jovens índios empolgavam-se vendo-os lutar. Pin Qituf estava agora sem flechas, empunhava uma machadinha. George tentava de todas as formas protegê-la, impedindo que os soldados conseguissem aproximar-se dela, ainda mais depois de ouvir um dos soldados dizendo que ela deveria ser capturada viva, por ser filha de Urso Faminto.

Custer aproximou-se para a luta com George, que ainda lutava como os mais bravos Sioux, mesmo gravemente ferido no abdômen e braço esquerdo. Custer ainda tinha uma arma no cinturão. Pin Qituf, agora era quem tentava impedir que ele chegasse até George, enfraquecido. Quando ele tentou acertá-la com um tiro, Luna pulou em sua frente. O tiro acertou a loba que imediatamente caiu ofegante. Aquela bala seria fatal para ela.

George já estava muito enfraquecido pelos ferimentos. Havia perdido muito sangue, mas lutaria até que a última gota se esvaísse de seu corpo, para defender o grande amor de sua vida e aquelas tribos. Olhou para os seus braços, com sangue escorrendo. Tinha as pinturas de guerra e o coração indígena. A sua pele estava vermelha, tanto quanto a de qualquer índio.

Dentes Violentos estava entretido com outros dois soldados. Ele também estava machucado, porém não demonstrava sentir, tamanha a sua vontade em acabar logo com aqueles homens. Viu Luna caindo morta ao seu lado com um brilho melancólico em seus olhos. Aquele lobo selvagem estava chorando, enquanto esmagava alguns ossos. Era apenas mais um, entre tantos, querendo acabar com a vida de Custer.

Agora, eram poucos os soldados restantes e os índios não teriam piedade. Restaram vivos uns vinte soldados que entregaram-se e foram cruelmente escalpelados ainda vivos. Havia mais uns cinquenta mortalmente feridos, deixados a morrerem lentamente. Valeria a pena morrer para defender um tratado imposto por alguém que governa de dentro de uma sala? Urso Faminto, Cavalo Louco e Touro Sentado eram verdadeiros governantes. Tinham o próprio sangue derramado nas linhas de frente em suas batalhas, diferente de presidentes e signatários covardes atrás de suas mesas.

Custer ainda insistia na luta e pegou Pin Qituf como refém. O ferimento no tórax, provavelmente tinha atingido algum órgão importante de George. Agora, mesmo caído, tentava fazer com que Custer soltasse Pin Qituf.

— Você nos trouxe até ela. Sabíamos que viria até Spalla.

— As mulheres não são parte de nossas lutas. Solte-a e me enfrente como um homem honrado.

Nesse momento George pôde ver nos olhos de Pin Qituf que ela desaprovava as suas palavras. Ela era sim parte daquela guerra. Sua estratégia, seu arco, sua flecha, sua pintura de guerra e seus ideais. Até há poucos instantes, ela empunhava o arco.

— Ela é a nossa busca. Sabíamos que precisávamos rumar para o oeste para encontrar a lenda. Desde quando vi a cicatriz em seu ombro, sabia que logo chegaríamos até o "Toque de Deus". Quando você foi o escolhido para trazer o tratado a Lakota, eu lhe dei a patente para prendê-lo a nós. Mas jamais poderia imaginar que seria um desertor, traidor de sua pátria e que ela seria uma pele vermelha, com deuses tão diferentes aos nossos.

— Acabou, Custer, todos os seus homens já caíram ou renderam-se. Solte-a e garanto que continuará vivo.

Urso Faminto assoviou chamando seu cavalo. Montou-o e aproximou-se o mais rápido possível deles.

— Essa é minha filha. Se você não soltá-la eu vou tirar o seu escalpo vivo e deixá-lo aos corvos.

— Nós queremos a paz com os povos indígenas. Mas para que a paz aconteça eu preciso levá-la até o Presidente Grant. Garanto que ele oferecerá um tratado em melhores condições se permitirem que ela e George retornem comigo.

— Ela não vai sair daqui. Agora somos só eu e você.

Urso Faminto metia medo até mesmo no intocável Custer. Em seu cavalo malhado, rodeava Custer e olhava ao redor, estudando possibilidades, enquanto esse segurava a sua filha com uma espada em seu pescoço, movimentando-se para ficar de frente para o grande chefe Sioux. Estava claramente tentando tirar a sua atenção de Custer. Pensou que o lobo, sempre preparado e mais veloz, pudesse atacá-lo. Quando conseguiu colocá-lo de costas para George, esse levantou-se e conseguiu livrar Pin Qituf. George, então pegou a espada disse que ali terminariam as suas diferenças. Agora era entre os dois.

— Se eu não levá-la agora o presidente enviará todas as suas tropas para acabar com as nações indígenas. Você e ela virão comigo. Ela não é uma Sioux. Tem a marca em seu ombro e não serve aos deuses indígenas.

— Você é um louco.

Por alguns minutos eles lutaram. Aquele barulho de espadas podia ecoar longe, enquanto os índios ajudavam os feridos e acompanhavam a morte lenta dos soldados. George foi ferido mais duas vezes, na barriga e no ombro e mesmo assim acertou um golpe mortal no coração de Custer, que caiu para frente, sobre a sua própria espada, que atravessou-lhe o corpo, ainda com os olhos abertos. George, gravemente ferido, ajoelhou-se e deixou que a espada caísse ao seu lado, olhando para a jovem índia.

Pin Qituf abaixou-se para abraçar George.

— Meu amor!

— Você é a minha maior parte!

George recostou a sua cabeça sobre a marca no ombro da índia e fechou os olhos. Era ali que ele queria morrer, no ombro da mulher amada. Em tão pouco tempo ele pôde viver a felicidade que nunca tivera, reencontrando o amor eterno.

A batalha de Little Big Horn tirou muitas vidas indígenas. Sioux e Cheyennes entregariam a sua própria alma por Lakota e pela honra da vida selvagem. George foi enterrado com todas as honrarias a que os mais nobres guerreiros nativos tinham direito. O seu nome seria lembrado por toda a eternidade entre todas as nações indígenas do oeste selvagem.

— Ele era um de nós.

Essas foram as palavras de Urso Faminto antes que seu corpo fosse cremado. Não exaltaria George, mais do que todos os índios Sioux e Cheyennes. Mas ele tinha em seu coração a total devoção àquele que se entregou, como o mais bravo guerreiro por Lakota, pelos índios e para salvar a sua filha.

Pouco tempo depois, Pin Qituf descobriu que estava grávida de George e teve uma linda indiazinha. A mistura das peles vermelha e branca deram um tom que lhe trazia a certeza de que todos os povos são iguais, se não pela cor da pele, em seus direitos à liberdade, ao respeito, à felicidade e à vida. Seu pai, o grande chefe das nações Sioux, aprendeu uma grande lição, quando entendeu que George havia doado a própria vida em defesa de um povo que não era o seu. Chamou a filha de volta para a tribo, mas a índia iria defender os seus ideais na gruta, agora ela pertencia à floresta de Lakota. Levou consigo as crianças Sioux e Cheyennes que estavam no refúgio, mas seriam abandonadas. Não havia mais diferenças entre elas. Seriam índios Lakota.

A música estava sempre presente na vida de Pin Qituf e daquelas crianças, por todas as noites eles cantavam e tocavam os instrumentos que eles próprios confeccionavam. Algumas letras de suas músicas que ela compunha foram representadas por desenhos gravados nas rochas, ao lado de outro desenho que representava as marcas que eles traziam nos ombros, simbolizando o "Toque de Deus", o seu verdadeiro Deus. As marcas por ela deixadas representavam a certeza de que ainda se encontrariam em outras vidas.

As suas músicas sempre falavam de amor aos seres vivos, da família e do seu amor por Bicicleta Dançante. Era assim que ela sempre o chamava enquanto estavam juntos e todas as noites ao lado daquele enorme lobo cinza, Pin Qituf olhava para a primeira estrela a brilhar no céu e repetia com um uivo do lobo ao fundo.

— Bicicleta Dançante, meu amor.

Capítulo 4

Scarborough Fair

Maris era a mais animada e linda vendedora da Scarborough Fair, vendendo as mais belas flores que cresciam naturalmente nos campos da fazenda e eram elas que encobriam os problemas, as tristezas, as decepções e os encargos que aquela, antes promissora, fazenda agora lhes oferecia. A situação começou a piorar depois que o pai adoeceu.

Scarborough Fair era realizada anualmente, durando por volta de quarenta e cinco dias, atraindo muitas pessoas de toda a região que lá comercializavam seus produtos. Geralmente eram trocados por outros produtos, dependendo da necessidade de cada um. A compra com moedas não era tão frequente. Ao lado da feira estava a Taberna Yorkshire, do velho Alfred. Como ele mesmo sempre dizia, preferia muitos amigos gastando pouco, do que poucos nobres desconhecidos gastando muito em seu comércio. Era muito simpático e fazia essa referência pelos muitos amigos que a feira trazia anualmente.

Maris adorava cozinhar para a família e da feira ela trazia alguns alimentos para fazer as comidas de que todos da sua casa tanto gostavam. Na cozinha, transformava o pouco que tinha em saborosas comidas e seu segredo estava no amor pela arte de cozinhar. Somado à alquimia de temperos que ela preparava, cultivando os seus aparatos culinários, logo na saída da cozinha, em grandes vasos e canteiros. Servir batatas em dias seguidos não era problema quando acompanhada de uma enorme variedade de sabores.

Aprendeu a fazer massas saborosas com Belmira e Catarina ainda pequena, mas de longe havia superado a sua aprendizagem, pela sua curiosidade em experimentar combinações variadas que poderiam trazer a perfeição, mesmo ao que já era saboroso. Vivia experimentando as sementes e as folhas que a terra lhe oferecia. Na feira, todas lhe ofereciam as suas comidas, esperando que ela lhes desse os seus conselhos.

Além de linda, Maris era muito simpática e por isso conquistava a atenção de todos por onde ela passava, cantando, encantando e sempre colocando um ramalhete de flores em suas bancas. A própria letra da música, composta por ela mesmo, já dizia, que se não a quisesse seria recolhida depois. Porém, a grande maioria dos feirantes aceitava a oferta, trocando alimentos variados pelas flores que ela vendia, pois sabiam que a situação da família não era boa.

Sem dinheiro para o plantio, as terras estavam paradas, porém sua família jamais as venderia pelo preço que a nobreza queria pagar-lhes. Tinham a esperança de que toda aquela situação ainda seria revertida. Os períodos de inverno castigavam ano após ano as plantações e suas dívidas cresciam, sem qualquer previsão de pagamento ou perdão. De tempos em tempos, os cobradores de impostos levavam da família o pouco que ainda lhes restava.

O pai envergonhava-se por não mais conseguir trabalhar, pois uma doença ainda não conhecida na época o havia deixado entrevado, porém ainda consciente. Havia trabalhado duro durante toda a sua vida, acompanhado da mãe e do irmão mais velho, que sempre brigava com os coletores de impostos que apareciam em sua porta. Estava marcada em seu semblante a vergonha por não pagar pequenas dívidas contraídas junto aos seus vizinhos e amigos que, frequentemente, colaboravam também para quitar os pesados impostos da fazenda. Essa dependência o deprimia mais.

A propriedade era muito grande e há tempos fora reconhecida na Inglaterra e Europa como uma das mais promissoras produtoras de cevada, aveia e batata do país. Hoje em dia, apenas uma pequena produção de batatas conseguia sobreviver, saldando algumas pequenas dívidas. Uma tentativa frustrada de produzir cerveja, tentando melhorar os negócios da família acabou reduzindo ainda mais as expectativas de se reerguer e fazer proliferar os negócios.

Os vizinhos eram verdadeiros amigos, negavam-se a trocar as dívidas por parte das suas terras e sempre que possível colaboravam para que a família não sofresse ainda mais com as dificuldades. Eram seus anjos, como dizia Maris.

O irmão, Edward, ainda se dedicava muito ao campo, porém vivia embriagado e lamentava-se por não conseguir, por meio de seu trabalho, mudar aquela situação. Somando-se aos problemas da fazenda, ele havia perdido a esposa há quase dois anos, deixando os três filhos pequenos, um menino e duas meninas que eram muito bem cuidados pela tia. Ele plantava batatas e as expunha na feira ao lado de Maris, que vendia as flores da fazenda nos famosos buquês de flores de lavanda e edelweiss, que ela mesma colhia, quase que diariamente, nos morros e campos verdes da fazenda.

Todos conheciam a moça que cantava belas músicas, muitas das quais ela mesmo compunha, e assim ajudava a divulgar e alegrar a feira, uma das maiores referências comerciais de toda a Inglaterra. Era ruiva, com cabelos longos, cacheados e olhos castanho-escuros. Tinha uma marca no ombro esquerdo, que se assemelhava a três círculos sobrepostos, o que fazia com que algumas vizinhas sempre pedissem para que aquela linda criança, escondesse aquela marca.

As mulheres sempre a visitavam e a protegiam. Até mesmo a própria mãe da menina não entendia porque elas pediam tanto para que aquela criança, ainda tão pequena cobrisse a sua marca de nascença, segundo ela, até que era bonitinha. Era uma menina especialmente voltada para tudo o que a natureza oferecia e sempre fazia a defesa de pequenos animais e plantas, perante todos na família.

Muitos feirantes, sabendo das condições em que eles viviam, pegavam um ramalhete de flores quando a moça passava cantando, trocando por algum produto de que ela precisasse. Inventava as letras para cada momento, dizendo que um ramalhete de flores na frente da banca, além do cheiro perfumado, trazia muita sorte e atrairia mais clientes. Mas a preferida da maioria, era uma que ela sempre cantava convidando as pessoas para irem à feira e visitarem as outras barracas. Era uma propaganda e tanto para a época. Essa música era repetida por várias vezes durante os dias em que a feira acontecia e sempre havia alguém pedindo para que ela cantasse a música que ficava na cabeça das pessoas, que por ali passavam.

— Maris, cante Scarborough Fair.

A família que vendia tecidos era a que embalava os primeiros gritos pela música, pois nela havia a referência ao tecido de cambraia que eles vendiam e isso a ajudava a comercializá-la. Assim ela também era privilegiada em ganhar os tecidos, para que ela mesmo pudesse confeccionar roupas para a família. Muitos diziam que a música da moça que vendia flores era a maior propaganda da feira e por isso ninguém deixava de contribuir, menos o senhor Duke que vendia porcos.

Por várias vezes ele a retirou de dentro do pequeno curral, onde ficavam confinados para venda, enquanto ela tocava violino para eles. Talvez porque ela fazia carinho em seus focinhos e dizia que os lindos porquinhos não mereciam morrer. Ele sempre a retirava de lá, já suja pela lama, arrancando boas risadas das pessoas ao redor.

Estava sempre cantando músicas alegres nas ruas e em casa, enquanto cozinhava. As mais tristes que ela compunha e cantava, lhe vinham à cabeça enquanto estava sozinha, colhendo as flores nos campos. Tinha o cuidado de não espalhar a tristeza. Eram os momentos que ela guardava para si, principalmente o adoecimento do pai, a perda da mãe e da cunhada. Seu sofrimento não era algo que precisasse ser compartilhado e sim guardado a sete chaves dentro do seu peito, que só seria aberto e compartilhado com os pássaros que se aproximavam, enquanto ela colhia as flores. Eram atraídos pelo seu assovio, conheciam a sua dor e a presença diária dos seus pequenos companheiros a confortava.

Maris era uma mulher forte e precisava mostrar-se exatamente assim para o seu pai, os seus sobrinhos e, principalmente seu irmão, pois sabia que ele não suportara a perda da mulher que tanto amava. O pai estava longe de ser aquele herói que sempre a protegia, contra tudo e todos, quando o acompanhava pelos campos montado nos belos cavalos da fazenda por toda a região. Com ele, ela aprendeu a respeitar e a cavalgar aqueles belos animais pela imensidão da fazenda.

Agora era ela quem cuidava dele. Sem poder falar, ele apenas olhava para ela, exalando amor e agradecimento. Talvez se sentisse envergonhado e humilhado perante aquela inversão de papéis que somente o tempo pode impor às pessoas. A filha, ao contrário adorava ficar ao lado do pai, de quem cuidaria por quanto tempo fosse necessário. Só não suportava o sofrimento daquele que sempre fez tudo pela sua família. Ela cantava para ele.

— Não tome mais do que a metade. Sempre dividiremos o amargo da vida! Respeite a minha parte.

Ela sempre brincava com o pai ao dividir com ele o resto de vinagre que sobrava do tempero das saladas. Exatamente como ele fazia com ela, desde pequenina. Depois de colocar o vinagre da tigela em algumas colheradas na boca do pai, ela tomava aquele resto de caldinho direto da própria tigela, aí então ela cantava as músicas que ainda faziam os olhos do pai sorrirem.

As lágrimas de tristeza sempre rolavam do seu rosto ao amanhecer, enquanto ela colhia as flores. O pai lhe dizia que as suas lágrimas, após a morte da mãe, fizeram aquele campo florescer, oferecendo-lhe as mais belas flores de toda a região. Da varanda, ele a via colhendo as flores e era impossível não rever as imagens dela menina correndo nos campos com a mãe.

Em suas orações, ele pedia a Deus que o levasse porque não suportava ser um peso para a família, e para a sua menina, que já sofria tanto todas aquelas perdas. Além de tudo, para ele era um de seus maiores sofrimentos ver a fazenda se degradando. Não queria vê-la nas mãos dos nobres que ele sempre havia encarado porque nunca suportaram assistir ao seu crescimento e de outros pequenos produtores, os quais ele ajudava.

Ele entregou a sua vida pela família e pela fazenda, sabia que ela seria um dia de seus filhos e dos seus netos. Assim, queria que ela fosse a mais linda de todas e que seus descendentes pudessem de pés descalços aproveitar o milagre que a natureza lhes oferecia diariamente. Não perdia o hábito de encantar-se pela sua conquista a cada dia.

Entregar-se aos luxos de uma vida burguesa, jamais fez parte dos seus planos, então os seus lucros eram investidos em expansão, benfeitorias para a própria fazenda, sem esquecer-se de ajudar os conhecidos que tivessem as mais variadas necessidades. Aos filhos, ensinava que mais valia uma vida simples rodeada de verdadeiros amigos sempre por perto, do que um latifúndio rodeado de inimigos declarados e pelos falsos amigos.

Gostava muito de trabalhar na terra e tinha o verdadeiro espírito empreendedor. Todas as suas ideias proliferavam e sempre buscava ampliar seus negócios, porém muitos nobres da região não viam com bons olhos a ascensão de alguém que não viesse de família nobre. Como se a perpetuação de algumas famílias no poder devesse ser honrada por todos aqueles que viviam das migalhas que deles sobravam.

Perceber alguém que era muito pobre crescer, porque pensava além do seu tempo, incomodava a muitos. Olympio se dava muito bem com todos os seus vizinhos, fazendeiros como ele agora se tornara e pequenos produtores, como um dia ele também havia sido. Era oriundo de uma família muito pobre, porém tinha conhecimentos de como cuidar da terra e comercializar seus produtos, assim aos poucos foi crescendo até que rapidamente tinha guardado dinheiro para comprar uma gleba de terras em uma região nobre. A terra era fértil, com muita água, apropriada para cultivo de cevada e batata como ele pretendia.

Olympio, que sempre vivera na área rural, tinha um bom conhecimento de como deveria cultivar aquela terra e dela extrair seu sustento. Mas não era só isso. Ele queria crescer e produzir muito para obter lucros da terra e foi assim que a fazenda criou nome e produzia mais do que qualquer outra da redondeza. Nunca negou ajuda os vizinhos que precisassem de qualquer tipo de auxílio, fossem eles por meio de orientações, serviços ou mesmo financeiramente. Era muito bem quisto por todos que viviam nas terras por perto, porém incomodava principalmente àqueles que viviam em seus castelos.

O novo conceito de que pessoas podem crescer e se tornar nobres pelo trabalho poderia trazer muitos problemas a quem sobrevivia da exploração, justamente dessas pessoas que trabalhavam muito, mas eram até então conformadas com a sua submissão.

A própria Europa, na época, crescia mediante a exploração das colônias que eram submetidas a reverter as suas principais riquezas. Inglaterra, Portugal e Espanha obtinham muito lucro por meio da exploração das suas colônias, principalmente nas Américas. Muitos países eram recém-libertos de sua situação de escravidão e muitos ainda lutavam pela sua liberdade. Assim também eram alguns pequenos produtores inconformados com a situação de semiescravidão, que perdiam muito do pouco que produziam.

Olympio foi um desses que, inconformado, lutava com as armas que tinha, e o seu trabalho era certamente a mais poderosa delas. Enquanto a maioria tinha medo, ele tinha ousadia. Ousava ao aplicar o pouco que tinha em algo que poderia lhe trazer um bom rendimento e assim, apostando alto no seu trabalho, ele crescia. Tanto que a sua fazenda iria tornar-se referência.

Possuía as mais belas plantações de batatas e cevada, tinha bons cavalos e construía uma casa muito confortável para a sua família. O seu conhecimento no mundo dos negócios era compartilhado com seus vizinhos e até mesmo com seus funcionários, pois não tinha medo que eles crescessem e alçassem voos mais altos. Para ele seria uma satisfação muito grande ver aqueles que ele ensinara, crescendo e oferecendo novas oportunidades, como ele próprio fazia. Crescer em comunhão só traria benefícios para todos.

O seu único pedido era para que nunca fossem mesquinhos com aqueles que precisassem, oferecendo oportunidade de crescimento para um vizinho que necessitasse de ajuda, era o que fazia com que todos pudessem crescer ao mesmo tempo. Empurrar alguém à beira de um abismo, seria lançar-se também no mesmo abismo. Jamais desejou o controle de mão forte que naturalmente pudesse emanar daquela situação de desconforto perante os demais.

Isso era o que a nobreza fazia, principalmente quando emprestava o dinheiro a qualquer proprietário de terras. Os juros eram impagáveis a não ser que grandes fatias de suas propriedades fossem oferecidas, como forma de pagamento de parte da dívida, que era saldada ao final da última fatia e a perda em definitivo da propriedade. Os grandes procuravam engolir os pequenos.

Maris ouvia essas histórias contadas por seu pai, montada em seu cavalo, desde pequena. O pai teria o filho como seu sucessor na administração da fazenda um dia, entretanto ele sabia que a filha absorvia com maior facilidade as suas lições de vida e as suas teorias sobre empreendedorismo. Edward, sempre tranquilo, adorava a irmã, não se opondo a realizar os trabalhos mais pesados, e deixá-la na administração dos negócios.

As dificuldades da família e do grande império por ele construído começaram a surgir depois que o filho apaixonou-se pela filha de Lord Dickinson, um aristocrata decadente cujas terras faziam fronteira com as suas. Eram duas das maiores fazendas da Inglaterra, tomando parte de vários condados. A fazenda de Olympio era uma das mais produtivas do país, enquanto a outra entrava em decadência por conta de uma péssima administração depois de várias gerações de sucesso.

O filho era acomodado com a destinação dos negócios pelo pai. Depois da sua morte, o filho, um bon vivant, não estava preparado para manter a produtividade, inclusive sendo roubado constantemente por funcionários, que desviavam dinheiro e grande parte da produção.

Certo dia, Olympio foi convidado para uma festa na casa de Lord Dickinson, que usualmente prejudicava os pequenos produtores da sua região, em favor de outro grande produtor de trigo, aveia e cevada, Lord Crowel. Olympio permanecia junto ao seu filho, pois sentia-se desconfortável em meio aos nobres. Aos que se aproximavam, ele tratava com poucas palavras repudiando as exibições de suas posses.

Com certeza ele era o possuidor da maior propriedade dentre

aqueles senhores e mesmo assim, evitava falar de si. Percebeu ser aquela festa, um pretexto para reunir grandes proprietários de terras para sufocarem os pequenos e a qualquer custo obrigá-los a entregar as suas terras aos produtores maiores por pequenos valores, ou troca de dívidas.

Agnes, a filha de Lord Dickinson era uma moça linda, com cabelos loiros cacheados e olhos no tom de um azul muito claro. Ela descia a escada lentamente, demonstrando todo o seu medo em cair com aqueles sapatos de salto muito alto. A cena deixava Edward completamente extasiado. Ao terminar de descer a escada, o pai a recebeu com a mão direita estendida. Lord Crowel aproximou-se e beijou a mão da moça. Momentos depois, Edward presenciou a moça contrariando os desejos do pai, em conversa muito áspera, demonstrando não se submeter às imposições.

— Lord Crowel ainda há pouco falou-me sobre a sua intenção de casar-se com você em pouco tempo.

— Eu não vou me casar com ele para que você consiga concretizar os seus negócios. Não sou mais uma cabeça de gado.

— Não é sobre querer ou não que estamos falando.

Agnes, depois de vinte minutos na festa, subia as escadas, tão linda e elegante como havia descido, entretanto agora a sua expressão denotava a raiva que sentia pelo seu pai. Ele tentava envolvê-la em seus negócios, como forma de resolver pendências financeiras, contraídas junto ao Lord Crowel.

Ele era um homem bonito, mas a sua arrogância e a maneira como tratava as pessoas, sempre de forma imponente e vertical, não a atraía. Ela estava à frente de questões de gênero e já naquela época brigava por viver os seus próprios desejos. Desejava vivenciar o amor em sua plenitude e o casamento tinha que ser fruto do amor compartilhado e não uma negociação. Enquanto subia as escadas lembrava-se de que já havia tido essa discussão com seu pai durante o café da manhã. Ela não arredaria pé de suas decisões.

Edward, percebendo que a moça havia subido, colocou a taça, com champanhe até a metade em uma cantoneira de mármore. Estava encantado e desejava vê-la novamente.

— Meu pai, vou até o jardim. Preciso respirar um pouco.

— Não demore. Sabe o quanto eu lamento ter que estar aqui. Me faz mal e não pretendo demorar a partir de volta pra casa.

O enorme jardim estava bastante iluminado e apenas algumas pessoas estavam ali, sentadas nos bancos de madeira. A moça estava triste, certamente teria a lua como cúmplice, em alguma daquelas grandes sacadas. Com esse pensamento contornou a casa, percebendo que um jardim menor na lateral poderia ter sido feito pensando em assistir aos espetáculos que a lua proporcionava. Ele estava certo, ela estava ainda mais linda, tendo a beleza destacada, agora acompanhada pelo brilho da lua, admirando-a, enquanto ele a admirava, ainda sem ser visto.

Ela estava completamente entretida em suas mais doces lembranças. O avô, pai de seu pai, era uma pessoa maravilhosa, com o qual ela havia passado seus melhores dias. A sua família fazia parte da aristocracia inglesa, proprietária de latifúndios, mas ele era simples, respeitava as pessoas e foi um dos primeiros a lutar contra a escravidão e por salários crescentes aos seus funcionários. Defendia que para todos prosperarem, era preciso que tivessem condições, defendia as sociedades subprodutoras dentro dos latifúndios, uma ideia completamente rechaçada por todos os demais latifundiários.

Ele escrevia seus textos sobre compartilhamento solidário entre patrões e funcionários. Muitos dos seus textos, que continham as suas ideias foram entregues a Lord Crowel pelo seu próprio filho. Ao contrário do que muitos alertavam, a sua produtividade, de maneira compartilhada só aumentava, contando com a fidelidade de seus funcionários. Condenava a escravidão nas colônias ao redor do mundo e lutava pela liberdade. Escrevia sobre a felicidade no trabalho, quando a coerção e escravidão ainda imperavam. Em suas exposições e pedidos de leis que garantissem direitos aos trabalhadores, era contrariado pela quase totalidade da casa de leis. Por muitos, era conhecido como o "aristocrata traidor" quando dizia que o pior problema da produção eram as correntes que aprisionavam o trabalhador, tanto quanto as correntes que uniam aristocratas.

Estava à frente do seu tempo e transmitia as suas ideias e ideais para sua neta, que sempre o ouvia entusiasmada. A luta por direitos deveria ser fidedigna à sua própria natureza, mas acima de tudo pela sociedade em seu entorno e nunca em causa própria. Somente assim ela seria verdadeira.

Quanto ao amor, ele era ainda mais simples. Era só libertar-se.

— Nunca corra na direção contrária e nem deixe que alguém a afaste do seu amor porque sempre vai haver alguém contra. Se encontrar seu amor, lute por ele. — E sempre perguntava. — De quem você depende para ser feliz?

— Só de mim. Você e a vovó se amam?

— Desde o primeiro dia em que vi a moça mais linda que meus olhos já haviam visto, trabalhando no campo. Então eu decidi que meu casamento não seria uma somatória de posses e sim a divisão de uma vida inteira com o meu grande amor.

— Mas, e o seu pai concordou com a sua escolha?

— Claro que não. Mas estava decidindo sobre a minha vida e não a dele. A decisão estava dentro de mim e não acima de mim.

— E a vovó foi aceita por eles, depois que você a escolheu?

— No começo, não. Mas depois compreenderam que usar os talheres certos, não é nada comparado ao prazer de estar junto com uma pessoa cativante. A sua avó sempre foi uma pessoa muito bondosa e agradável, logo conquistou o coração de todos.

— E vocês ainda se amam?

— Sim. Eu a amarei nessa e em todas as outras vidas.

Na varanda enorme, ela contemplava a lua e relembrava as palavras do avô e que, enquanto ele falava, a avó completava suas falas, mexendo nos longos cabelos loiros da menina. Agora ela estava triste porque o pai havia herdado os bens materiais, mas todos aqueles valores que o avô tanto defendia não faziam parte do repertório de adjetivos colocados ao pai, que a tratava como produto de partilha. Não compreendia de onde vinha toda aquela inércia sentimental.

A lua ganhava o céu, quando Agnes avistou alguém no jardim pouco iluminado, então Edward aproximou-se da luz com uma rosa, recém-colhida de um dos belos canteiros. Ele delicadamente cheirou a rosa e num gesto curto com a mão direita, ofereceu-a. Agnes olhou encantada pelo gesto carinhoso. Nada falou, para não chamar a atenção de outras pessoas. Afastou-se da janela e respirou profundamente com a boca entreaberta.

Tomou nada mais do que uns cinco segundos para decidir o melhor caminho sem ser vista e então, descalça, escolheu a cozinha como atalho. Cruzou-a com várias pessoas trabalhando e enroscando-se. Arthur, que comandava as ações de todos, dava ordens aos funcionários, não se conteve ao vê-la passando rápido.

— Algo errado com o serviço, Milady?

Agnes nada respondeu, apenas seguiu para a porta que dava para os fundos da casa, contornou a parede rapidamente e chegou ao jardim, onde encontrou Edward sentado, com a rosa nas mãos olhando para baixo, agora um tanto desolado.

— Esperando alguém em especial para entregar uma rosa?

— Na verdade esperava por alguém que roubava o brilho da lua. Não imaginei que fosse descer até o jardim.

Repetindo o gesto ele cheirou a rosa e entregou-lhe.

— É a mais bela rosa do meu canteiro. Roubada para mim?

— Escolhi para uma moça triste que foge da própria festa.

— Só um momento de decepção com quem deveria proteger os sentimentos da própria filha.

— Eu ouvi uma parte da conversa entre vocês.

— Não farei parte de uma negociata para encobrir as suas falhas morais. Nem que eu tenha que fugir de casa.

Os olhos de Edward faziam o percurso entre os olhos e a boca da mulher mais linda que ele já havia visto em sua vida, demonstrando todo o seu desejo em beijá-la. Agnes retribuía da mesma maneira. O primeiro beijo aconteceu de maneira suave e arrebatadora. A sedução era compartilhada e aquela atração irresistível aconteceu na mesma intensidade para ambos.

— É louco! Eu cavalgo todos os dias pela manhã até o lago.

— O lago é grande demais, como vou encontrá-la?

— O sol nasce daquele lado e é para lá que cavalgo. Agora você precisa ir. Ninguém pode...

Enquanto ela tentava terminar a frase ele a beijou novamente, agora de maneira mais forte e intensa, como era o seu sentimento. Ela, sentindo um arrepio, que lhe percorria corpo, com os olhos fechados, abraçou-o e sussurrou em seu ouvido.

— Eu quero viver um amor assim.

— Espero você amanhã, no lago.

Edward não era de abandonar o pai sozinho no trabalho. Comandar os vários funcionários em tamanha extensão de terras exigia uma atenção muito grande dos dois. O pai admirava a devoção do filho ao trabalho e à fazenda desde muito novo. Cavalgava por toda a fazenda levando aos funcionários as orientações do pai, agora as suas também. Entretanto, Edward deu as primeiras ordens do dia e partiu em direção ao lago. Queria chegar antes e esperá-la.

Quando chegou ao lago de frente para a ilha, Agnes ouviu o relinchado de um cavalo. Desceu do seu cavalo e antes que qualquer palavra fosse dita, os dois beijaram-se loucamente. Sentiam como se aquele amor já os acompanhasse há muito tempo, era incontrolável a vontade de saciar seus desejos.

— Um pouco mais de calma. Preciso me acostumar com tudo o que está acontecendo. Foi tão rápido. Intenso.

— Entendo. Quero dizer: entendo você, mas essa sensação... também é tudo novo pra mim. Eu não dormi a noite toda pensando em você e esperando a hora passar para vê-la.

Agnes interrompeu o beijo e colocando as duas mãos no peito de

Edward.

— Você me deixa sem ar. Vamos conversar um pouco. Você é filho do Senhor Olympio? Aquele que todos dizem que ascendeu como grande produtor.

— Sim. Meu pai é o meu maior exemplo de pessoa.

— O meu não me serve de exemplo. O meu exemplo era meu avô, o pai dele. Não conseguiu aprender nada sobre como tratar as pessoas com respeito, nem mesmo a própria filha.

Depois daqueles momentos, os dois passaram a encontrar-se todos os dias e a vontade só aumentava. O amor entre os dois era intenso e estavam perdidamente apaixonados. Os encontros sempre aconteciam protegidos pela mata que contornava uma grande parte da margem do lago. O pai de Agnes notava que ela estava mais feliz e estava desconfiado, pois as suas cavalgadas tiveram o seu tempo aumentado.

— Em suas cavalgadas, você continua indo somente até o lago, conforme havíamos combinado?

— Sim. Mas atualmente tenho ido um pouco mais devagar, pois o Aton parece cansado e preciso respeitar o seu tempo.

— Ele já não é mais tão novo, como antes quando cavalgava em disparada. Se você quiser pode pegar outro animal.

— Não será preciso. Ele é o meu companheiro, sempre será.

— Então continue cavalgando mais devagar e peça para cuidarem bem dele. — Aton era um puro-sangue inglês, marrom, com as quatro patas brancas. Agnes sempre brincava dizendo que ele utilizava meias. Era um cavalo muito veloz e havia sido domado por ela mesma. Desde quando chegou à fazenda ela o quis para si, junto com a responsabilidade de treiná-lo. Aparentemente ele ainda desenvolvia a mesma velocidade, mas como pretexto para demora, ela começou a sair e chegar com ele mais lentamente. — E sobre Lord Crowel eu gostaria...

— Não quero falar sobre isso agora, aliás não quero falar mais nada sobre Lord Crowel. Prefiro a morte do que ser obrigada pelo meu próprio pai a me casar com um homem sem caráter.

Certo dia, na cozinha, enquanto comia um bolo de baunilha feito por Abigail, a cozinheira da casa, Agnes sentiu uma estranha sensação de enjoo ao servir-se do bolo que havia pedido.

— Isso não está me cheirando bem.

— O que quer dizer? Não entendi.

— Nada não, mas isso é um sintoma de gravidez.

Agnes sem responder levantou-se foi para o seu quarto. Abigail a conhecia desde pequenina e a probabilidade dela estar certa era muito grande e se ela tivesse razão, isso lhe causaria muitos aborrecimentos antes que a sua situação pudesse ser resolvida. Precisava compartilhar com Edward esse medo, com urgência. No dia seguinte, ao encontrarem-se no lago, antes que ele a beijasse ardentemente, como sempre fazia, ela segurou em sua mão e disse que precisavam conversar muito sério.

— Nós temos um grande ou um pequeno problema.

— O que aconteceu? Você parece aflita.

— Eu estou esperando um filho seu.

— Nós vamos ter um filho? Vamos conversar com seu pai. Vai vir morar com minha família. Ele vai compreender.

— Eu não poderia esperar de você qualquer outra reação que não fosse essa. Você é meu tudo e confio em você. Meu pai vai tentar de tudo para nos separar. Venderia a própria alma para quitar as suas dívidas com Lord Crowel e depois faria outras dívidas e mais outras. Ele não tem limites.

— Converso com meu pai ainda hoje e logo acertamos a sua ida para casa. Amanhã falamos com o seu pai. Não adiante nada sobre isso com ele. Acertaremos suas dívidas.

— Melhor não entrarem nesse mérito. Ele vai perder tudo.

Ao chegar em casa, o seu pai a esperava na sala. Estava sempre muito bem vestido, com o cabelo e a barba sempre muito bem aparados. Era um homem bastante vaidoso, mesmo quando ia para o campo, o que, nos dias atuais, já não era mais tão comum. Tinha um capataz que recebia as ordens pela manhã, as distribuía e fiscalizava durante o dia todo. Ao final do dia, às vezes repassava para dar conta dos trabalhos realizados, mas nunca foi muito interessado pelos negócios da fazenda.

— Meu pai. O que faz aí a essa hora do dia?

— Estava esperando por você. Sente-se aqui.

Estava ainda mais ríspido do que era normalmente. Ela pressentiu que algo não estava bem. Não tinha como ele saber o que estava acontecendo, a menos que Abgail tivesse falado sobre a conversa que tiveram durante o café. Abgail cuidava de Agnes desde criança, fazendo-lhe os doces e tudo mais o que a menina pedisse, porém morria de medo das atitudes coercitivas e ameaças que ele já havia feito a ela em muitas outras ocasiões.

— Você tem algo a me dizer?

— Sobre o quê? Refere-se a alguma situação específica?

— Sim. Falo sobre a possibilidade de você estar grávida.

— E se houver essa possibilidade, o que você vai fazer?

— Com quem você estava se encontrando? Sabia que você estava demorando demais nessas suas cavalgadas diárias. Quem é o pai dessa criança que você está esperando?

— Eu não tenho nada a lhe contar.

— Você vai casar-se com Lord Crowel e vai ter relações com ele antes de casarem. Quando vocês estiverem casados e a barriga começar a aparecer ele vai pensar que esse filho é dele.

— Você está louco. Não vai decidir sobre o meu futuro.

— Fará o que eu decidir e não se atreva a me desobedecer.

Agnes não era de abaixar a cabeça em certas situações como era o comum para a época. No pensamento do pai ela iria brigar, espernear, mas no final aceitaria o casamento e todo o plano, pois o Lord Crowel, além de aristocrata de muitas posses, ainda era jovem, tinha trinta e dois anos e muito bem apessoado.

Pelas suas ações frente à comunidade produtora, muitas vezes contrariando as decisões imperiais, não era muito bem visto pelo Rei. Suas pretensas leis iam sempre direto para a Câmara dos Lordes, onde ele mantinha forte a representatividade dos produtores. Lord Dickinson ainda não sabia que o pai da criança era Edward, também filho de um grande produtor que começava a demonstrar a sua força frente a outra camada de produtores.

A maior diferença entre os dois era que, enquanto a família de Edward ajudava os proprietários menores para que todos crescessem em comunhão, Lord Crowel usava sua mão forte para reunir os latifundiários contra os pequenos produtores para assim conquistarem as suas terras por preços irrisórios, sempre muito abaixo do valor de mercado. A diferença estava nos valores morais.

No dia seguinte, no mesmo horário que saía para cavalgar todos os dias, Agnes foi pegar o seu cavalo para ir ao encontro de Edward, quando foi barrada no estábulo pelo capataz da fazenda.

— Por favor, você pode selar o Aton pra mim?

— Milady, o seu pai deixou ordem expressa para não deixar que nenhum dos cavalos saia do estábulo a partir de hoje.

— Como assim? Eu cavalgo todos os dias com o meu cavalo. Esse cavalo não é dele. Foi um presente que ganhei do meu avô. Ele não tem o direito de me afastar do meu cavalo.

— Eu só cumpro as ordens que me são passadas.

— Você não vai me impedir.

— Sim, eu vou. Por favor, Milady, é melhor não insistir.

Agnes nada poderia fazer contra a força do capataz. Entrou em seu quarto e ficou na varanda olhando para o jardim, imaginando que Edward deveria estar quase chegando ao lago. Pensou que se o seu avô ainda estivesse lá, tudo seria diferente. Lord Crowel nunca foi bem-vindo na casa, enquanto ele ainda era vivo e certamente aprovaria um casamento com Edward, porque ele sempre dizia que a força do amor deveria ser respeitada.

Edward esperou por mais de uma hora, lembrando-se de que ela nunca se atrasava. Fez todo o trajeto até perto da fazenda e voltou para o lago. Se ela não estivesse lá, no dia seguinte ele iria até a fazenda, acompanhado do pai que pediria a mão de Agnes formalmente em casamento. Tinha certeza de que o seu pai ficaria feliz, mas tinha várias possibilidades em que poderia imaginar para o pai da moça. Ela não ter aparecido já poderia ser um péssimo sinal. No outro dia, Edward tomou café com o pai e contou-lhe a sua história com Agnes, desde o seu início, no dia da festa.

— Você já tinha o conhecimento de que o pai dela havia prometido a sua mão ao Lord Crowel. Por que deixou que isso acontecesse?

— Quem pode controlar os desejos do coração de duas pessoas que se amaram desde que seus olhares se cruzaram?

— De qualquer forma, ela indo ou não até o lago, nós iremos até a casa deles depois do almoço. Não devemos adiar essa visita.

Edward cavalgou até o lago. Já cansado de esperar, sentou-se em um tronco embaixo de uma grande árvore, no mesmo lugar de sempre, quebrou vários gravetos tentando aliviar seu nervosismo, andou de um lado para o outro, até que resolveu voltar para casa. Em casa, sentado à mesa ao lado do pai e da irmã, não mexeu na comida, estava ansioso e preocupado com Agnes.

— Vamos resolver isso de uma vez. Traga os cavalos.

Edward levantou-se tão rápido que derrubou a cadeira. Foi abraçado por Maris.

— Tenha calma, meu irmão. Vocês se amam e o pai dela vai entender. Já imagino uma criança correndo por toda essa fazenda.

Lord Dickinson espantou-se ao perceber que Senhor Olympio chegava à sua porta acompanhado pelo filho. Podia prever qual o motivo da visita. Agnes assistia à cena da janela do quarto atrás da fina renda da cortina. Pedia a Deus para que seu pai aceitasse o pedido vindo do pai de Edward.

— A que devo a honra dessa visita em minha casa?

— Serei direto. O meu filho nutre um sentimento pela sua filha e tem intenção de casar-se com ela.

— E o senhor tem algo a mais a me dizer sobre isso? — Lord Dickinson fez a pergunta diretamente a Edward, tentando extrair dele a confissão de que seria o pai da criança.

— Nós nos encontramos algumas vezes e temos um sentimento muito forte um pelo outro e queremos nos casar.

— Você sabia que ela tinha um acordo para casar-se com o Lord

Crowel, já há algum tempo? Como pôde aproximar-se dela?

— Ela não sente nada por ele e não irá casar-se com ele.

— Não é uma decisão que cabe a ela e muito menos a você.

— Esse homem é o pai do filho que eu espero. É o homem que eu amo e é com ele que eu vou me casar.

Agnes apressou-se em descer as escadas e interferir na conversa.

— Volte para o seu quarto.

— Você não pode decidir o meu futuro.

— Eu posso lhe garantir que o senhor terá sanado os problemas da sua fazenda. Dinheiro não será o problema.

— Todos nós teremos muitos problemas se esse casamento não se concretizar. Lord Crowel é vingativo e já estava planejando lhe arrumar problemas porque o senhor o contrariou.

— Compreenda que se estivermos unidos seremos mais fortes. Poderíamos somar a maior fazenda de toda a Inglaterra.

— Você precisa entender que ele pode acabar com nós dois se assim quiser. Ele tem os latifundiários ao seu lado e a Câmara dos Lordes em suas mãos.

— Teremos todos os pequenos produtores, a Câmara dos Comuns e o Rei contra ele. Juntos seremos maiores que todos.

Agnes aproximou-se de Edward e o abraçou, deixando claro que estaria sempre ao seu lado.

— Me leve com você. Não quero correr o risco de encontrar com Lord Crowel. Não quero mais ficar nessa casa.

— Lord Dickinson, a sua filha vai pra minha casa comigo. Eu irei proteger a ela e ao nosso filho.

— Se você sair por aquela porta esqueça essa casa e essa família. Você terá morrido para mim.

— A minha família acabou quando perdi a minha mãe e meus avós. Vou pegar as minhas coisas.

— Leve apenas a roupa do corpo. Nada mais sairá daqui.

— Não vai me impedir de levar o cavalo que o meu avô me deu.

— Lord Dickinson, vou repetir que se o senhor estiver conosco eu posso saldar as dívidas da sua fazenda e estará livre do Crowel.

— Nós nunca estaremos livre dele.

Agnes, apesar de vir de uma família tradicional e uma das mais ricas da Inglaterra, era uma moça simples e adaptou-se muito bem à maneira simples de viver da família de Edward. Em sua nova família, conforme o patriarca sempre dizia, todos deveriam dar valor ao trabalho e ela ajudava Maris, com os afazeres da casa. Logo aprendeu a cozinhar e esperava todos com a mesa posta com uma comida deliciosa pronta.

O casamento aconteceu rápido e sem festa para não chamar atenção. O padre Antony, mediante uma generosa colaboração com a reforma da igreja, concordou em celebrá-lo na pequena e bela capela da fazenda, construída por Olympio em homenagem à sua esposa. Essa foi uma exigência de Agnes temendo um atitude revoltosa de Crowel. Em pouco tempo sua barriga começou a crescer e a felicidade que já era presente naquela casa, multiplicava-se a cada dia, junto com a expectativa do nascimento do primeiro neto. Edward e Olympio apostavam que seria um menino, enquanto a mãe e a tia tinham certeza de que seria uma menina pelo formato da barriga.

Edward e Agnes viviam aquele amor em uma intensidade cada vez maior. O café com torta passou a ser frequente no período entre o café da manhã e o almoço. Em princípio, o pai lhe dizia que ele não poderia perder tempo com um segundo café, mas depois compreendeu que não era somente uma desculpa para ver a esposa. Agnes caprichava na torta de maçãs, por ser tão deliciosa, pedia por uma parada estratégica no trabalho.

Lord Crowel ficou sumido por uns tempos e ao reaparecer, conhecendo a realidade dos fatos sobre casamento de Agnes, começou a pressionar Lord Dickinson pelos valores devidos. Desejava o pagamento das dívidas na sua data, ou de posse de alguns documentos tomaria suas terras. Lord Dickinson, desesperado, vendeu uma casa em Londres deixada por seu pai e conseguiu quitar algumas parcelas da dívida. A negociação de seus produtos foi dificultada em toda a rede comerciária por intermédio de Lord Crowel, o que o prejudicava ainda mais.

Albert, era uma criança linda, chamado de anjo pela tia. Edward e Agnes começaram a reviver as suas escapadelas até ao lago novamente. Ali eles viveram o início de um amor que duraria a vida toda e tinham toda a liberdade para se amarem, enquanto a tia Maris entretinha-se com o pequeno Albert. Agnes saía para cavalgar, enquanto Edward sumia, de repente, dos olhos do pai e depois no café ambos exibiam aquele sorriso aliado, após se amarem muito. Com algumas indiretas, o pai e a irmã assumiam a cumplicidade em suas fugas, Agnes estava grávida novamente e dessa vez a barriga estava bem maior. Catariana e Belmira, que realizaram o primeiro parto, já haviam dito sobre a possibilidade de serem gêmeos. Era comum vê-las debatendo sobre a gravidez em cada cômodo da casa. Eram experientes em partos familiares, mas dessa vez alertavam sobre a necessidade de um médico, devido à insegurança de ambas, já que tinham a certeza de que seriam duas crianças e Agnes já dava sinais de desconforto.

Olympio já havia proposto trazer o doutor Ednir, conhecido também como Salvador, na cidade de Londres. Conhecido pelas avaliações sobre os males e as doenças que as pessoas carregavam, além de ser profundo conhecedor de anatomia e fisiologia humana, muito à frente do seu tempo. Também era conhecido por cobrar dos aristocratas e atender sem qualquer custo aqueles que eram mais necessitados. Por vezes, além de não cobrar, levava em sua carroça uma cesta de alimentos, defendidos por ele, como saudáveis. Eram frutas, legumes e cereais, plantados em sua fazenda. Sua maior tristeza era não possuir as habilidades específicas para produzir bons vinhos e cervejas.

Lord Crowel era impiedoso, pressionando os demais produtores contra Olympio e Lord Dickinson. Muitos se negavam a entrar em uma briga com o dono da ascendente maior fazenda produtora de cereais da Inglaterra. Entretanto, estava cada vez mais perto de assumir as terras do desanimado Lord Dickinson. Suas posses já não eram mais a garantia de riqueza, as dificuldades foram afastando todos aqueles falsos amigos que compartilhavam da fartura, esbanjada em sua mesa em tempos áureos.

Sozinho, ele bebia as últimas garrafas de whisky, na varanda da enorme sacada da sala, antes palco de inúmeras memoráveis recepções. Ali, completamente embriagado, ele praguejava contra o próprio pai. A sua morte decretou a queda da fazenda.

— Eu acabei com tudo a que você mais dava valor. Seu whisky, sua fazenda e até a sua família. Você nunca me deu valor.

Agnes, na cama quase no momento do nascimento de seus filhos, pediu a Edward que trouxesse o seu pai até ela. Tinha sonhado com ele e estava muito preocupada com os problemas causados pela gravidez. Temia pela sua vida e, principalmente, pelas crianças. Eliminar as tristezas talvez lhe traria alívio para suas angústias. Edward partiu naquele mesmo instante, para a fazenda de Lord Dickinson.

— O senhor precisa vir comigo. Sua filha está preocupada com o senhor, passando por algumas dificuldades antes do parto e deseja vê-lo.

— Eu disse há um bom tempo que não tinha mais filha.

Lord Dickinson levantou-se, ajeitou o chapéu, deu um último gole naquela garrafa e a atirou contra Edward.

— Espero que não se arrependa por negar a sua filha, ainda preocupada com o senhor, pela segunda vez. Que Deus o proteja.

— Saia das minhas terras! Saia das minhas terras! Minhas!

Lord Dickinson afirmava para si mesmo, o que nem ele mesmo já não acreditava mais. Sabia que entregar a fazenda ao seu algoz era questão de tempo.

Agnes já esperava pelo desprezo do pai, que jamais daria o braço a torcer, então aceitou que o destino dele estava em suas próprias mãos. Olympio também lamentou que o pai fosse tão rude com a filha novamente, mesmo precisando um do outro.

Logo receberam a visita do experiente doutor Ednir que chegava para atender ao chamado da família para fazer o parto.

— Você está entrando no oitavo mês, certo?

O doutor apalpava cada centímetro da sua enorme barriga,

parecendo tentar sentir cada órgão das crianças para avaliar o seu desenvolvimento.

— Como eles estão?

— Dona Catarina e Dona...

— Belmira.

— Dona Belmira. Parabéns pelo diagnóstico antecipado. São gêmeos e eles estão bem, mas um deles precisa ter a sua posição acertada. Você não vai segurá-los por muito tempo.

— O senhor ficará hospedado em nossa casa até o parto.

— Ficarei sim, até o final da gestação se você me ensinar a fazer uma de suas maravilhosas cervejas.

O doutor conhecia a fama das excelentes cervejas produzidas pelo jovem e logo respondeu à pergunta de Edward com uma tratativa de acordo pelas receitas de cerveja.

— Claro. É nosso convidado, com lições sobre a produção.

— Fique tranquilo, porque não serei seu concorrente. Seu pai me contou sobre as suas pretensões no ramo cervejeiro.

— Assim fico mais tranquilo. Elas têm muitos segredos.

— Quanto a você, mamãe, a partir de agora deverá limitar a sua locomoção, permanecendo aqui no quarto. Vocês duas providenciem para que banho, banheiro, refeições e tudo mais tenha as suas provisões no quarto. Vamos tentar alinhar esses bebês e recebê-los assim que eles estiverem prontos.

Nos dias que se seguiram, o doutor dividiu-se entre os cuidados com a sua paciente e as conversas com Edward sobre a produção de cervejas. Muitas vezes transparecia estar mais preocupado com a produção das suas bebidas do que com Agnes, mas, na verdade, a sua segurança e tranquilidade em relação ao parto vinha da sua vasta experiência como médico, que ficou marcada pela certeira previsão do início das contrações.

— Boa noite, mamãe e crianças. Amanhã conheceremos os seus rostinhos.

Agnes estava muito cansada e sonolenta com os chás receitados, mas ainda assim insistiu em saber.

— Tem certeza, doutor?

— Sim. Descanse porque amanhã receberemos os seus bebês e vou precisar muito da sua ajuda, contendo sua ansiedade.

Agnes, esboçou um sorriso, mas logo apagou. Edward estava muito preocupado, tanto pela saúde dos bebês, quanto por ela. Acariciava seus cabelos enquanto ela docemente adormecia.

— Durma bem, meu amor! Tudo vai ficar bem.

Levantou-se do canto da cama, cobriu a esposa e puxou uma poltrona, que estava próxima à janela, onde Agnes tomava um pouco de sol durante o dia. Ficaria ao seu lado.

— Muito bem! Se puder ficar de sentinela será melhor. Qualquer coisa não hesite em me chamar. Boa noite, rapaz!

— Boa noite! E..., doutor. Gostaria de desde já lhe agradecer por toda a dedicação com minha esposa e nossas crianças.

— É sempre um prazer poder ajudar. Agora todos vamos descansar, menos você. Tem uma função muito importante, porque eles já estão chegando. Mesmo que ela não acorde, mas se ela se mexer demais, ou ver algum líquido escorrendo na cama, me chame depressa.

Era uma noite de lua minguante. Edward estava inquieto. Sentado na poltrona ele olhava para a mãe de seus filhos e apaixonava-se ainda mais pelos seus encantos. Acompanhou quase todo o movimento da lua e então, pouco antes do amanhecer, percebeu que Agnes estava agitada. Sem demora bateu na porta do quarto em que o doutor estava alojado. Foram duas batidas com a mão espalmada, atém que ele chegasse até a porta! Ele também havia acordado muito cedo ou já havia deitado pronto. Edward não teve essa curiosidade.

— Doutor! Doutor!

— A placenta rompeu-se?

— Não, mas ela está um pouco inquieta.

— Acorde as italianas e sua irmã. Precisaremos de ajuda.

Ednir adentrou no quarto, segurou a mão de Agnes para verificar o pulso, sentiu sua barriga e alegrou-se.

— Bom dia, mamãe! Eles já estão chegando. Fique calma porque logo estará com seus filhos em seus braços.

Ajeitou as cadeiras que havia pego durante a tarde da sala de jantar, formando um triângulo. Posicionou melhor os lampiões, pois o dia ainda não havia clareado.

— Belmira, sente-se nessa cadeira e Catarina naquela. Maris preciso de água quente e os panos que estão sobre a mesinha. Edward, ajude-me a levantá-la e sente-se atrás dela.

Agnes precisaria fazer muita força para empurrá-los e a estranha posição ajudaria. Estava praticamente sentada sobre o colo de Edward, que tentava acalmá-la, com um pé em cada cadeira à sua frente. O doutor ajeitava-se entre as duas cadeiras, em uma pequena banqueta.

— Ainda não houve rompimento da bolsa, mas já temos a dilatação necessária. Será que?

— Será que o quê?

— Tenha calma, mamãe. Está correndo melhor do que eu esperava. Meus Deus! Isso é muito raro de acontecer.

Harry foi o primeiro a vir ao mundo. Um parto empelicado, dentro da bolsa amniótica. Depois nasceu Mia, que precisou ser alinhada, facilmente pela experiência do doutor, também dentro de sua bolsa. Foi uma das experiências mais maravilhosas da vida daquele médico, que há mais de quarenta anos dedicava a sua vida a salvar vidas. Estava emocionado.

— São coisas simples e raras que nos dão prazer em viver e trabalhar pela vida. Quem diria que, quase no final dela, teria essa grata oportunidade de assistir à chegada de gêmeos empelicados. Merecemos uma cerveja.

Era pouco mais de sete horas da manhã e já estava desimpedido das obrigações da Medicina, para conhecer as variedades de cerveja produzidas por Edward, que relutava em afastar-se dos seus bebês.

Edward pela primeira vez contava todos os seus segredos sobre a produção de cerveja. O doutor deixava bem claro que sua vasta experiência e conhecimentos em alquimia medicinal de nada servia para a produção de cerveja. Encantava-se em saber que uma pequena flor daria tanto aroma e paladar àquela bebida delicadamente produzida pelo jovem autodidata na produção.

— Sobre a sua produção, sinto informar-lhe, mas está toda errada. Desde a escolha do material até a fermentação. Aposto que nem mesmo o doutor consegue tomar a própria cerveja.

— O segredo está no carinho que você dedica a essa bebida. Você é um verdadeiro mago das cervejas.

— Sinta o cheiro e o sabor de edelweiss.

Em pouco mais de dois meses, Agnes voltou a cavalgar e a encontrar-se com Edward no lago, com uma frequência um pouco menor, mas eles mantinham o mesmo fogo da paixão inicial. As crianças divertiam-se com a tia Maris, acompanhados pelas italianas. Olympio percebia as ausências do filho e esse assunto ainda rendia boas risadas durante o café da manhã. Mas o amor e a paixão entre os dois era admirada pelo pai e pela irmã.

— O amor de vocês me dá uma inveja boa, nosso pai vê em vocês a relação que ele tinha com a nossa mãe e todo esse amor e felicidade irradiam por toda essa fazenda.

Enquanto exaltava o amor dos dois, Maris mostrava os campos de lavanda, como se suas mãos semeassem mais flores e depois mostrava a parte mais alta da fazenda, onde estavam distribuídas as flores de edelweiss. As flores, segundo histórias locais, haviam sido trazidas por um casal de austríacos que as cultivava pela sua beleza. O marido que dava provas de amor, subindo os alpes austríacos para presentear a esposa com a flor, resolveu levá-la para sua nova moradia, e assim ela chegou à Inglaterra. Nos campos altos, ela facilmente se espalhava.

— Nunca precisamos de palavras para descrever o que sentimos. Basta olhar, tocar, sorrir e pensar.

— Desejo para mim um amor assim. Que me olhe no fundo dos olhos e sinta a minha alma, como percebo em seus olhares.

Harry e Mia nasceram prematuros, mas eram muito ágeis e logo, aos onze meses, começaram a andar e então já ensaiavam as primeiras corridas pelos gramados em frente à casa. Ali, eles esperavam brincando pela chegada da mãe, montada em seu cavalo. Assim, um de cada vez ela levava para as suas primeiras cavalgadas. Aton era um cavalo muito alto, com um porte exuberante, extremamente dócil e amável com as crianças. Logo depois chegava o pai, disfarçando o encontro entre os dois.

Certo dia, Edward retornando para casa viu os filhos brincando no gramado com a tia Maris. Agnes não havia chegado até o lago e não estava ali. Acelerou seu cavalo até a irmã.

— Onde está a Agnes?

— Ela saiu para cavalgar e seguiu a mesma direção de sempre. Não a encontrou?

— Vou fazer o caminho novamente até o lago.

Edward avistou Aton fora da sua rota habitual, cutucando Agnes com o focinho, como se tentasse despertá-la. Tanto ela quanto Aton gostavam das galopadas rápidas. Ele mesmo já havia participado de algumas dessas aventuras ao lado da esposa. Era uma excelente amazona e tinha uma sinergia muito grande com aquele animal, presente de seu avô. Agnes não estava respirando e Edward soltou um grito que ecoou por todo o campo verde, como se perdesse a própria vida. Não era possível Deus privá-los daquele amor tão intenso e verdadeiro.

Por um bom tempo ele chorou sobre o seu corpo. Os filhos, que sempre esperavam pela mãe para a sua "cavalgadinha" como ela dizia, agora veriam a mãe chegando sem vida no cavalo do pai.

Maris viu ao longe Edward chegando devagar. Percebeu que ele trazia a esposa, segurando-a em seu cavalo. Aton estava ao seu lado, sem ninguém o conduzindo. Devia estar ferida.

— Belmira, por favor leve as crianças para dentro. Sirva-lhes leite e bolo.

— Aconteceu alguma coisa?

— Temo que sim. Algo está errado com Agnes.

— Meu Deus! Vamos, crianças.

Mia apontava o dedo para o cavalo chegando.

— Mamãe.

Maris abaixou-se para falar mais perto das crianças, puxando-as bem para perto de si.

— Vocês precisam entrar com a dona Belmira. Papai, mamãe e a titia precisam conversar.

Edward chegava cavalgando devagar, tomando todos os cuidados com a esposa.

— O que houve? Edward, o que aconteceu?

Edward não ouvia as palavras desesperadas de sua irmã.

— Catarina, mande chamar o meu pai. Rápido.

— Acabou. Acabou.

Agnes tinha alguns poucos esfolados em seu rosto e braços. Mas não havia mais o que fazer. Maris, aos prantos, passava a mão pelos seus cabelos, longos e lisos.

— Como isso pôde acontecer?

— Ela deve ter caído enquanto cavalgava. O Aton estava ao seu lado, tentando levantá-la.

— Meu Deus, não pode ser. Como?

Informado pelos funcionários que os viram chegando, Olympio chegou rápido e inconformado quis ver os ferimentos.

— Me diga onde aconteceu, exatamente?

Edward, desolado, chorando, sem soltar a mão de Agnes, olhou para os olhos do pai e quase sem voz respondeu.

— Na trilha entre o lago e a Rolling Stone.

Referia-se à pedra que havia rolado do alto do morro. Sem nada dizer, Olympio pegou o cavalo e foi até a pedra. Encontrou o local provável da queda e várias pegadas de cavalo em círculos. Aton não a deixaria e certamente tinha rodeado a sua dona. Fez o sentido contrário das marcas e então encontrou várias outras. Havia marcas de três cavalos diferentes, deixadas há pouco tempo. Agnes, Edward e mais alguém havia passado por ali, dois cavalos deixaram marcas mais espaçadas, indicando estarem em maior velocidade, outra estava menos espaçada. Ela poderia ter sido seguida até o local, antes da queda. Em sua rápida análise, Agnes, que era uma excelente amazona, fugia veloz enquanto alguém a perseguia na mesma velocidade, Edward a procurava em uma velocidade um pouco menor.

Agnes foi enterrada ao lado da capela que Olympio havia construído para sepultar a sua esposa, há alguns anos. Edward, inconformado com a perda do amor de sua vida, passou a beber com maior frequência e não dispensava aos filhos o mesmo tempo e carinho de antes, mesmo contrariando os conselhos da irmã e do pai

— Você precisa reerguer-se e cuidar dos seus filhos. Eles sentem muito a falta da mãe maravilhosa que eles tinham, mas eles não precisam sentir a falta do pai que eles amam.

Edward sabia que eles estavam certos, mas a sua desolação e estado depressivo eram mais fortes que a razão. Por muitas vezes pensou em tirar a própria vida. Faltava-lhe coragem para seguir ao encontro da esposa, mas não tinha esperanças de voltar a ser feliz. Olympio não contou ao filho sobre a sua intuição, mas alguns dias depois comentou com Maris, deixando em sua filha a mesma dúvida que rondava os seus pensamentos.

— E você acha que pode ter sido Lord Crowel?

— Sim. Ele está dificultando as minhas negociações com nossos produtos. Está se vingando lentamente.

— Mas ele não se manifestou quando eles se casaram. Estava tudo tão acomodado.

— Ele age de maneira sórdida e sorrateira. Não passa de um covarde sem coragem de mostrar a cara.

— É difícil acreditar que alguém poderia agir dessa forma, ainda mais se nutria algum sentimento por ela.

— Não conte ao seu irmão. Mas logo iremos descobrir.

Sem nenhuma pista concreta, nada poderia ser feito. As crianças começaram a crescer perguntando pela mãe e quem explicava era a tia Maris, que constantemente falava sobre a bondade e a ternura da mãe. O pai, muitas vezes, chegava embriagado em meio às histórias e não conseguia ficar por perto. A saudade da esposa o repelia de estar perto dos próprios filhos.

Depois de algum tempo, Olympio foi acometido por uma doença rara, ainda desconhecida para a época. Todos os músculos do seu corpo atrofiavam um pouco mais a cada dia, inclusive a sua fala começava a ficar prejudicada. Em sua avaliação, o doutor Ednir resumiu que nada podia fazer contra aquela doença. As italianas diziam que estava sendo possuído por algum espírito mau, porém, os seus benzimentos e rezas de nada adiantavam.

Maris sentia muito pela saúde do pai, antes tão ativo, hoje totalmente dependente. Os negócios sem a mão forte dele, a depressão do irmão e as trapaças de Lord Crowel, estavam levando a fazenda à falência. Antes, os trabalhos eram compartilhados perfeitamente entre pai e filho. Olympio, além de um ótimo administrador, cuidava habilmente das transações comerciais como ninguém, enquanto o irmão em perfeita comunhão com o pai administrava toda a fazenda e os funcionários. Maris herdava as habilidades do pai em negociar, ao mesmo tempo em que aprendia muito sobre a prática administrativa com o irmão.

Certo dia, Edward deixou a todos da família em desespero, quando suas palavras deixaram bem claro para todos que ele entregaria a sua vida, na busca de um reencontro com Agnes em outro plano. Havia sonhado com a esposa na noite anterior e, novamente embriagado, decidiu que a encontraria. Entretanto, quando já estava à beira do abismo, a visão de três sombras de pedras formaram à sua frente a imagem de seus filhos. Faltou-lhe coragem.

O seu vício e o seu trabalho travavam uma disputa durante todo o seu tempo. Acima de tudo, ele era motivo de orgulho para o pai, para os filhos e, principalmente, para a irmã que tentava ajudá-lo com todas as suas forças, mas a somatória de todos os seus problemas só o empurrava para as bebidas.

Distanciava-se cada vez mais dos filhos porque, apesar de tanto amor, não queria que eles sentissem vergonha. Era pura tristeza, depois da morte daquela mulher que viveu ao seu lado, o fogo de uma irresistível paixão. Lembrar-se daquele olhar, daquele sorriso que juntos extravasavam amor, nos momentos mais profundos de desespero e saudade, faziam-no pensar constantemente em suicídio. Estavam sempre juntos de mãos dadas, precedendo os hábitos da sua época, quando o normal era que o homem andasse na frente da sua esposa.

Os embargos aos produtos advindos da fazenda trouxeram muitos prejuízos, levando-os à falência rapidamente. Não tardou para que um intermediário trouxesse uma proposta de compra vinda de Lord Crowel, mesmo antes de conquistar a fazenda de Dickinson. A proposta foi rechaçada pelas últimas palavras que saíram da boca de Olympio.

— Nunca!

A feira, que durava um bom tempo, ainda não trazia renda suficiente para saldar as dívidas de um ano inteiro. Eles tentavam cativar os fregueses para comprar seus produtos durante todo o ano, mas não conseguiam fazer saltar a produção, para além dos vizinhos e amigos. Os custos estavam muito acima do que poderiam prover pela venda das batatas, da pouca cevada e das flores. O trigo lhes bastava simplesmente para consumo próprio. A tão sonhada produção de cerveja poderia trazer um novo alento para os negócios, podendo começar devagar e crescer aos poucos, mas para isso precisavam de alguém que pudesse investir algum capital na fabricação, sem envolver as terras em negócios.

Maris, utilizando o dom empreendedor, conquistado por acompanhar o pai, desde muito pequena, tornou-se hábil nos negócios e conseguiu atrair a atenção de um senhor de Londres para investir nos equipamentos para início da produção. O irmão tinha o conhecimento de como produzir cervejas diferenciadas, tinham as melhores cevadas e trigos, poderiam conseguir bons maltes ali mesmo na cidade e a fazenda lhes provia excelentes fontes de água. Maris sempre chamava o irmão de alquimista, dadas as suas criações de fórmulas exuberantes em sabor.

Um dia, durante a feira, foi surpreendida quando uma de suas vizinhas de banca, que sempre a protegeu desde pequena, a segurou pelo braço. Maris, que estava de costas, virou-se rapidamente para a senhora.

— Minha querida, sua voz está ainda mais linda a cada dia que passa. Sempre cantando e encantando. Me dá um abraço.

— Obrigada! É preciso cantar sempre para trazer a felicidade.

— Claro! Esse ano você encontrará uma pessoa nessa feira que lhe fará muito bem.

— De quem a senhora está falando?

— Não tenha medo. Ele vem para amá-la e protegê-la.

Mary Ann era a simpática senhora da banca que vendia os famosos tecidos de cambraia da feira. Sempre conversava com ela desde pequenina quando acompanhava o pai e a mãe nas missas católicas. Mas não entendia o quanto ela tinha conhecimento de sua vida para fazer uma previsão como aquela. Dizendo isso, a senhora sumiu no meio das pessoas que gritavam, vendendo, comprando ou somente se divertindo em meio à feira. Maris sorriu e continuou a vender os seus produtos.

Are you going...

Maris não entendeu, mas estava com a cabeça tão entretida em outras coisas, que nem se interessou momentaneamente pelas palavras daquela senhora. Logo ela estaria junto com o irmão, acertando detalhes para o início da tão sonhada produção de cerveja que poderia ser a salvação da fazenda. Passadas pouco mais de duas horas, chegou um senhor na barraca de batatas e encontrou-se com Maris e Edward.

— Senhor Willian, estávamos esperando pelo senhor.

— Bom dia, meus jovens, como estão?

— Tudo bem — respondeu Edward, pois Maris agora lembrava-se da fala da senhora. Pensou que aquele senhor certamente estaria lhe trazendo boas novas, como ela havia previsto.

— Scarborough, sempre a mais linda entre todas as feiras. Na próxima teremos a estreia da nossa tão esperada cerveja.

— Espero que sim — respondeu Maris, já emendando que seria a melhor propaganda para iniciar as vendas na cidade de Yorkshire.

— Até lá já estaremos vendendo em Londres.

— Sonhar é bom, mas precisamos colocar em prática as nossas ideias, antes que elas se percam com o vento.

No dia seguinte, o senhor William que se apresentava impecavelmente vestido, chegou sozinho à porta da casa na fazenda para conhecer a promissora produtora de cerveja.

— Bom dia!

— Bom dia, senhor Willian! — respondeu Maris, ao lado Edward, que aguardavam na varanda, prontos para mostrar a fazenda para aquele nobre investidor.

— Podemos ir agora?

Edward levantou-se da escada ainda muito bem conservada da casa. Quando chegou próximo à carroça, foi surpreendido pela pergunta de Willian a Maris.

— Você não prefere desatrelar o cavalo da carroça e irmos cavalgando? Seria mais rápido.

— O senhor tem razão — respondeu Edward, ante à reação atônita da irmã, que arregalou os olhos e não conseguiu responder. O irmão pouco falava, mas nesse momento não teve outra escolha, a não ser tomar a frente. Para sempre defenderia a irmã, acima de tudo.

— Eu vou desatrelar e já partiremos. A minha irmã precisa mesmo cuidar do meu pai e das crianças.

Willian, cinicamente sorriu, olhando para Maris, enquanto o seu cavalo já dava sinais e impaciência por estar parado. Talvez a atitude de Edward não fosse o mais certo para os negócios, mas fez o que deveria ser feito em proteção à sua irmã. Não havia chance de misturar os negócios com intenções maliciosas daquele desconhecido para uma aproximação indesejada com sua irmã. Estava claro que as impressões do primeiro encontro na feira, já haviam sido desfeitas.

Edward mostrava o pouco que produzia, porém com uma extensão enorme de terra fértil, coberta por um mato ralo que enchia os olhos de Willian. Em seus pensamentos, havia um embate entre a necessidade de uma sociedade e uma vontade engasgada de colocar aquele homem, ainda estranho, porteira afora, não só pelas atitudes com a sua irmã, mas também quando, ao experimentar a cerveja recém-fabricada insistiu para que lhe fossem passados os segredos da produção de cerveja. Dali até a porteira, Edward seguiu calado ao lado do pretenso sócio até a sua saída.

— Sugiro que você comece a trabalhar a terra tão logo puder para adiantar a colheita. A nossa cerveja fará muito sucesso em Londres.

Já na porteira, Edward agradeceu pela presença de forma curta e grosseira, depois de cuspir para o lado. A sua reação deixava bem claro que aquela possível sociedade já encarava as suas primeiras rusgas. De algum tempo para cá, Edward havia deixado os rodeios de lado. Tudo para ele havia se tornado mais simples, direto e pessimista, já naquela época. Porém, nessa situação era até certo ponto compreensível, em defesa de Maris.

A irmã, que parecia sempre exalar felicidade, quase conseguia encobrir as suas próprias tristezas e angústias, não fosse o conhecimento das pessoas mais próximas, seria fácil enganar-se. Mas, buscar alegrias em seus piores dias, também não seria uma dádiva? Ela precisava ser forte e jamais se entregaria, mesmo nos seus piores momentos. Buscava dentro de si as suas mais belas lembranças e as mais puras emoções para trazer a alegria de volta. As crianças estavam sempre sorridentes ao lado da tia, e até aí ela já tinha conquistado grande parte dos seus objetivos.

Após terminar a refeição, ela sempre dividia com o pai, o caldo amargo do tempero da salada, na própria vasilha. Os olhos dele pareciam estar no passado, rebuscando momentos em que podia abraçá-la, e ela ainda sentia o amor no seu olhar. Eram olhares cúmplices do passado. Um gesto simples que cumpriam, como um ritual, mesmo a contragosto da mãe que, vez ou outra, tentava esconder as vasilhas que retinham aquele gosto amargo. Era mais uma doce lembrança dos momentos simples dos períodos de fartura que a vida jamais poderia furtar-lhes.

Maris cresceu unindo as melhores habilidades do pai e da mãe, assim como uma mescla genética. A pele clara como a neve, os cabelos avermelhados e a voz aveludada lhe traziam um charme todo especial. O peso do trabalho diário no campo junto ao irmão, era encarado com bravura, somado aos trabalhos da casa, cuidados com as crianças e com o pai.

Edward buscava gastar todas as energias possíveis no campo e constantemente voltava bêbado para casa, consumindo junto com as suas energias a sua produção de cerveja e whisky. Maris tentava ser controladora, trazendo-o para a realidade e as necessidades que aumentavam a cada dia. Esse era o único ponto em que ela se sentia fraca, esgotando seus repertórios em tentativas frustradas.

— Temos a velha casa do carvalho e amanhã começamos a arrumá-la para receber uma família para nos ajudar na produção.

— E como vamos pagá-los? Não nos sobra dinheiro para mais nada, além do pouco que conseguimos para comer. Já temos duas senhoras que não podem mais nos ajudar no campo.

— Depois arrumaremos as outras duas. Uma de cada vez e vamos ocupá-las com imigrantes italianos que não tenham medo do trabalho pesado. Temos uma fazenda a ser recuperada.

— Venderemos parte das terras para saldar as dívidas?

— Nosso pai começou com muito menos e nos deixou tudo. Não venderemos nada. Faremos acordo com as famílias.

— Você está louca. Ninguém aceitaria esses termos.

— Temos as escritas do avô de Agnes. Ele disserta sobre os novos latifúndios cooperativos. As nossas vidas merecem um pouco mais de dignidade e não vamos nos levantar somente com ramalhetes de temperos e flores. Quero ver orgulho nos olhos de nosso pai e dos seus filhos, vamos retribuir a eles o que eles sempre nos deram. Amanhã cedo eu te espero no carvalho.

Maris levantou-se ainda mais cedo que o habitual, não se importou em fazer café, apenas pegou um pedaço de pão e saiu em direção ao grande carvalho que ficava a duas milhas e meia dali. Belmira e Catarina cuidariam do pai e das crianças, conforme combinado. Todos dariam um pouco mais de si para colaborar na transformação da fazenda.

No caminho, pôde apreciar o sol nascendo exatamente ao lado do carvalho. A vista era incrivelmente linda e encorajadora, diferente da que ela tinha quando via pela janela da cozinha, onde o sol nascia por detrás dos galhos secos de uma pequena árvore. Mudava ali, não somente a visão instantânea do sol, mas toda uma perspectiva de vida. Estava convicta do poder transformador que juntos teriam.

Cantava baixo, já aproximando-se do grande e robusto carvalho que tinha uma presença marcante na paisagem. Maris lembrava-se das vezes em que toda a família reunia-se embaixo de sua sombra frondosa para os piqueniques. Os dias felizes poderiam ser trazidos de volta, pela persistência e trabalho árduo e foi exatamente assim que eles aprenderam, com as palavras de superação, determinação e coragem, que os pais lhes ensinavam, já que tanto o pai, quanto a mãe vinham de famílias muito pobres.

Ao aproximar-se da casa, Maris subitamente interrompeu a música que cantava ao ouvir o relinchado de um cavalo. Assustada, aproximou-se devagar da velha casa, percebendo que eram a carroça e o cavalo da fazenda. Surpresa, alegrou-se.

— Pra quem desejava começar a mudar as nossas vidas trabalhando duro bem cedo, você está um pouco atrasada.

Edward já havia descarregado os materiais necessários para a reforma e estava retirando os inservíveis de dentro da casa. Durante toda a noite a coragem e determinação da irmã lhe martelaram a cabeça, fazendo-o refletir sobre as suas atitudes e a sua covardia frente aos problemas. Logo ao dormir, sonhou com Agnes lhe dizendo que suas vidas se cruzariam novamente, em outro plano, mas tudo ao seu tempo e ele tinha filhos e duas fazendas para cuidar. Interpretou "duas fazendas", somando-se a de Lord Dickinson à fazenda do pai em herança.

Depois daquele dia, organizaram-se com os afazeres da fazenda pela manhã, dedicando-se à casa depois do almoço. Maris levava as crianças para brincar nas árvores, mas o motivo maior era que elas vissem como o pai trabalhava duro porque ela sabia o quanto aquelas crianças precisavam ter a referência dele. Alguns dias depois a casa estava pronta para receber a primeira família.

Catarina e Belmira conheciam alguns imigrantes italianos, chegados há um bom tempo na Inglaterra, mas que estavam descontentes com a falta de perspectivas na fazenda em que trabalhavam. Um pedaço de terra para plantar e criar alguns animais poderia lhes prover uma renda inicial, somados a uma parte da produção do trabalho no campo. Era totalmente inusitado para a época, o sistema de partilha cooperativa. A velha casa, hoje totalmente reformada, representava um novo tempo.

Lembrava-se das ideias descritas pelo avô de Agnes, as quais ela sempre defendia com o marido e com o sogro. Ambos acreditavam nas ideias, mas uma fazenda que representava um novo marco, como poderio produtivo não necessitava de alteração em seu formato administrativo. Maris entendia que esse era o momento ideal para que essa ideologia fosse aplicada.

— Eles não poderiam ter um pai melhor do que você.

Maris agradecia a Edward na frente do pai, enquanto colocava no prato o seu almoço e das crianças.

Claramente, Maris tentava mostrar ao pai e aos filhos o quanto Edward era bom e estava conseguindo reverter a situação.

— Eu me entreguei quando perdi meu grande amor. Você nunca desistiu de me reerguer e eu lhe prometo que, a partir de hoje, recomeço a viver, por meus filhos, meu pai e principalmente por você. Preciso provar-lhe que a sua persistência e a sua confiança não serão em vão. Seremos fortes novamente.

Foi abraçada pelo irmão com muita força. Sabia que a reestruturação e a força de Edward significariam também o restabelecimento da fazenda.

— A mesma força que você e nosso pai tinham pela união e pelo trabalho, nós teremos. Eu posso cuidar da negociação dos produtos como nosso pai fazia, enquanto você se encarrega da fazenda, da produção e funcionários, como sempre fez tão bem.

— Os comerciantes de Londres não vão admitir uma mulher à

frente dos negócios. É uma banca de velhos lobos vorazes.

— As mulheres estão buscando a sua independência. Por que não agora? São as necessidades que transformam o mundo.

Não se amedrontaria frente às imposições machistas dos aristocratas. Talvez até se sentisse desconfortável, frente a Lord Crowel pela desconfiança do pai em relação à sua participação na morte de Agnes. Quem sabe até conseguiria descobrir se ele teve mesmo participação naquele trágico episódio. Por ora, precisava tratar da compra das sementes, conseguidas em consignação vinculada à participação nas vendas. Enquanto isso, Edward tratava de acertar as duas famílias italianas que se encantaram pela enormidade daquela bela fazenda.

Instalados, começaram a reformar as outras duas casas para que outros imigrantes pudessem participar do projeto de cooperação. Era um novo modelo que surgia pela solidariedade. As terras preparadas para receber as sementes traziam de volta a paisagem dos tempos áureos da fazenda. Edward fazia questão de colocar o patriarca para tomar sol no jardim na frente da casa, assim percebendo a felicidade nos olhos do pai.

Maris amava o mar, mas nunca havia viajado por ele. Logo estaria dentro de um navio a caminho de Londres. Estava, sim, muito apreensiva, entretanto não era maior do que a sua empolgação em poder ver a fazenda se reerguendo das cinzas. Seria tudo novo e por que não, fascinante?

A feira já não era mais a mesma com a ausência de Maris que levava felicidade com sua bela voz. As bancas não mais exibiam as flores e os cheiros dos diferentes temperos por ela deixados, mas havia entre todos a expectativa de que ela e o irmão conseguissem a tão sonhada reestruturação da fazenda. Diziam que o senhor Duke era quem mais sentia a sua ausência, fazendo carinho e cantando para os seus porquinhos, inacreditavelmente.

Já na primeira tratativa de vendas, Maris percebeu, vindo ao seu encontro, Lord Crowel, de maneira proposital.

— Bom dia, senhorita Maris!

— Bom dia!

Maris tentou esquivar-se e continuar a sua caminhada até o encontro com comerciantes, que postavam-se a poucos metros.

— Você tem tido muito êxito na tentativa de salvar a fazenda de seu pai. Pena que ele esteja tão doente, pois ficaria feliz em vê-la negociando com velhos aristocratas do comércio.

— Obrigada! Se o senhor puder me der licença, tenho alguns compromissos inadiáveis com aqueles senhores à frente.

— Mande lembranças ao seu pai e meus sentimentos ao seu irmão pela perda de sua amada esposa.

— Com certeza direi a eles.

Lord Crowel era um homem cínico, repugnante, ainda mais agora tornando-se aliado do Rei para a manutenção do seu poder absolutista. Além disso, tinha a mão forte na Câmara dos Lordes, comandando a sua grande maioria. Foi por meio deles que conseguiu limitar os negócios do Lord Dickinson e Olympio para derrubá-los e conquistar as suas terras, exatamente como fazia com os pequenos proprietários, impondo-lhes a falência.

A Revolução Inglesa, por meio da burguesia, procurava justamente limitar esses poderes absolutistas, incentivando dessa forma o desenvolvimento industrial, agrícola e mercantil da Inglaterra, contando com o apoio da Câmara dos Comuns que confrontava totalmente os ideais monárquicos e seus lordes.

Maris tinha um encontro com Sir Thomas Walker, líder trabalhista na Câmara dos Comuns, um dos mais influentes nas decisões daquela instituição. Esperava por meio dele conseguir apoio para reconquistar a parceria formada por seu pai com o comércio. Antes de dizer qualquer palavra, Thomas olhou-a nos olhos por um longo tempo. Ela foi recebida em uma sala logo na entrada, já que as mulheres tinham o ingresso proibido na época.

— Enfim tenho o prazer em rever a filha de Sir Olympio, uma das pessoas mais envolvidas com a nossa causa em prol dos trabalhadores europeus.

— Fico feliz que tenha essa visão de meu pai. Me recordo do senhor na feira, mas não sabia que era a pessoa de quem meu pai tanto falava.

— Eu também me lembro de você. Sei que ele não está bem. Gostaria de poder revê-lo, com a mesma saúde que fazia dele um grande empreendedor, muito respeitado em todo o país.

— Seria um prazer recebê-lo em casa, mas ele não irá interagir.

— Ele certamente teria revertido habilmente as falcatruas de Lord Crowel. Tentamos de todas as formas, mas ele comanda a Câmara dos Lordes, ainda mais agora aliado ao Rei.

— Imagino que sim. Vim à sua procura, porque meu pai sempre elevou o seu nome e além de confiar, o admirava.

— Essa admiração sempre foi recíproca.

— Venho lhe propor que me ajude em favor do comércio de nossos produtos e que dissemine a ideia de uma produção compartilhada com os funcionários, dentro dos latifúndios.

— Me conte mais sobre essa ideia.

— Passamos por momentos difíceis pela perda de parceiros, a doença de meu pai, a morte de minha cunhada, tudo aconteceu ao mesmo tempo e então tudo adoeceu, inclusive a fazenda e os negócios começaram a cair gradativamente. — Maris explicou toda a situação por um longo tempo e Thomas parecia não estar prestando atenção na fala da moça. Ela chegou a pensar que nada do que estava sendo dito seria levado em consideração, ainda mais sendo atendida em uma antessala na entrada do edifício. As mulheres precisavam ter representatividade. — Então é isso. Sei que tomei muito do seu tempo e espero que compreenda e, se puder nos ajudar, posso lhe garantir que nossa fazenda será o maior exemplo desse novo formato de cooperação.

— Preciso falar com algumas pessoas sobre as suas ideias. Gostaria muito que voltasse amanhã? Me atrai muito. Suas ideias.

— Ainda ficarei na cidade por alguns dias e se concordar voltarei amanhã nesse mesmo horário.

Maris não estava confiante de que havia convencido Sir Thomas em suas ideias, entretanto jamais desistiria de lutar pela fazenda. Tentava traçar um segundo plano, mas a imagem de Thomas não lhe saía da cabeça. Era intrigante pensar que aquele homem a ouviu olhando nos olhos durante todo o tempo e mesmo assim parecia desprezar a sua fala. Ele era bonito, muito bem vestido e havia se aproximado um pouco mais que o habitual para cumprimentá-la, tanto que ele falou sobre o cheiro de lavanda. Ele gentilmente a acompanhou até a saída do prédio da Câmara.

No dia seguinte, ele a esperava na entrada do Palácio de Westminster, onde estavam instaladas a Câmara dos Comuns e a Câmara dos Lordes.

— Bom dia, senhorita Maris!

— Bom dia, senhor Thomas.

— Gostaria que me acompanhasse por um passeio para termos mais privacidade em nossa conversa. Aceita um chá?

— Claro! Será um prazer.

Maris falava do seu encantamento por Londres ao mesmo tempo em que Thomas falava do seu encantamento pela simplicidade do campo e da pequena Scarborough. Ela falava dos belos prédios quando ele a surpreendeu.

— Você estava tão linda com seus ramalhetes de flores e temperos. Jamais poderia me esquecer daquela bela moça que cantava suavemente, exalando cheiros de lavanda e edelweiss.

— Eu também me recordo que você comprou um ramalhete de flores, dizendo que ia entregar para sua amada.

— Você fala desse ramalhete?

Thomas retirou o pequeno ramalhete de flores secas do bolso do seu paletó e o entregou à moça.

— O que é isso? Não estou entendendo. Ela não aceitou?

— Eu comprei para entregar para a minha amada. Aliás, você não me deixou pagar por ele. Disse que tanto amor não teria preço. Sempre foi pra você.

A pele branca de Maris ficou ruborizada rapidamente.

— Desculpe, mas é difícil acreditar.

— Naquele dia eu ouvi uma voz forte, doce e eu a procurei até encontrar uma moça tão linda e tão encantadora quanto a voz que me atraiu. Jamais imaginei ser a filha de Sir Olympio, até ontem. Fazendo comércio daquela maneira só poderia ser filha dele.

— Mas como poderia eu, vendendo flores, lembrar meu pai em seus negócios? Ele era um grande empreendedor e fazendeiro.

— Ele iria concordar comigo. Você é muito melhor do que ele. Cantava e tocava violino enquanto vendia flores. Eu a acompanhei com os olhos por um bom tempo. Ninguém recusava.

— Agora está me deixando ainda mais encabulada.

— Não se sinta. Eu pensava em você a cada instante dos meus dias e de repente você está aqui recebendo as flores.

— Devo confessar que também me encantei pelos seus olhos e também pela paixão com que falou da mulher. — Maris cheirou as flores. Era o cheiro de casa, da fazenda, da família e, agora, do seu amor. — É o cheiro que me acompanha desde a minha infância, das poucas lembranças de minha mãe. Ela me pedia para fechar os olhos e passava suas pétalas sobre meu rosto. Às vezes eu a sinto ao meu lado quando colho as flores nos campos da fazenda.

Chorava ao lembrar-se da mãe que viveu muito pouco tempo ao seu lado, mas a intensidade do amor materno era sentida até hoje. A mãe era leve, suave, como a brisa que ainda sentia em seu rosto.

— Você quer se casar comigo?

Sir Thomas foi direto, assim como era nas suas decisões na Câmara. A indignação e a impaciência pela falta de celeridade, na Câmara e na política em geral, o faziam querer apressar as coisas ao seu tempo e agora ele percebia que era assim também no amor, extremamente ansioso. O que, às vezes, fazia com que as pessoas o vissem como pretencioso.

— Mas estamos conversando pela segunda... quero dizer, pela terceira vez.

Além da boa aparência ele tinha uma beleza interior que a atraía ainda mais. Era oriundo de uma família muito rica, mas de ideias voltadas para o bem comum. Os seus ideais iam na direção do crescimento de toda a sociedade. Segundo eles, a Igreja não poderia ser a detentora de terras improdutivas, os grandes latifúndios não poderiam promover a semiescravidão em pleno século XVII e as mulheres deveriam participar das decisões ao lado dos homens.

A sua mãe era uma das maiores apoiadoras das suas ideias e não tinha medo de colocar a sua fortuna a favor das causas defendidas pelo filho único. Ao contrário, ela sempre o incentivou nos seus ideais, pelo rompimento de todas as correntes tradicionalistas. Tinha conhecimento sobre o amor do filho pela vendedora de Scarborough e sempre o incentivava a voltar para a pequena cidade e conquistar o seu coração, utilizando sempre a mesma frase.

— Jamais se case pelo amor ao poder. Conquiste-a.

A frase era coreografada delicadamente com a mão e com seu belo sorriso em seu final. Desejava a felicidade do filho.

Thomas lutava ao lado de trabalhadores, com a mesma intensidade cultivava o afeto de tantos desconhecidos, assim como o desafeto dos mais conhecidos que aumentavam suas fortunas por meio da exploração. A sua família agora estava incluída em um rol de indesejadas pela nobreza e pelo bispo, outro aliado de Lord Crowel. Era difícil compreender como a Igreja Católica não aceitava os ideais libertários e direitos igualitários a todos. Por isso, defendia com unhas e dentes o Luteranismo, onde conseguiu apoio para suas causas. Somados ao apoio conquistado junto aos trabalhadores, discursava na Câmara sobre a necessidade de divisão das terras da Igreja Católica em favor da produção de alimentos. Suas ideias precisavam de engajamentos.

Maris era católica e a sua família sempre teve um bom relacionamento com o padre Isaac, porém concordava que as terras deveriam estar em posse das famílias, matando a fome de trabalho e de pão dos que mais necessitavam. Em Scarborough, resguardada as devidas proporções, os problemas eram os mesmos. Ela o ouvia falar relembrando daquele dia na feira.

— A senhora da feira.

— Que senhora?

— No dia em que nos encontramos pela primeira vez, pouco antes, a senhora Mary Ann, da banca de tecidos, me disse que eu encontraria o amor da minha vida. Pensei que ela estivesse louca, referindo-se ao senhor Willian, que veio para tratar do assunto da produção de cerveja, comigo e com Edward.

— Então você acreditava que esse Willian era o amor da...

— Não!

Maris não esperou que Thomas terminasse de dizer a sua frase e tratou de desfazer aquela impressão errada.

— Edward o colocou para correr da fazenda e eu achei muito engraçado. Meu irmão me protegeria de qualquer atrevido.

— Como assim?

— Estudávamos parceria para produção de cerveja. Ele queria que eu lhe mostrasse a fazenda. Edward subiu no cavalo e foi em meu lugar. Depois, não suportou a sua arrogância e o conduziu até a porteira, encerrando qualquer acordo.

O Churchill Caffe, onde sentaram-se para tomar um café, era o mais famoso de toda a Londres. Ali não era difícil encontrar os senhores das Câmaras, tanto a dos Lordes quanto a dos Comuns. Para o desprazer dos dois, Lord Crowel acabara de entrar, acompanhado de dois senhores, provavelmente comerciantes, dos quais ele sempre encontrava uma forma de arrancar alguma bela quantia em dinheiro, como comissão.

— Que prazer em revê-la, senhorita Maris. Meu nobre amigo, como está?

— Muito bem! Já estávamos de saída.

Maris com sua xícara ainda quase cheia, tratou de levantar-se, sendo rapidamente acompanhada por Thomas, que percebeu a aflição que Lord Crowel provocava na moça.

— Então tenham um excelente dia.

— Obrigado! Para o senhor também.

— Me desculpe, Thomas. Queria apenas conversar em paz com você. Não suporto esse sujeito.

— Você se sente incomodada com ele. Podemos pegar uma carruagem e ir até o Serpentine, cruzando o parque. É um lugar lindo, tranquilo e não muito longe daqui.

— Importa-se de irmos caminhando?

— Claro que não. Apenas pensei em poupar-lhe do cansaço.

— Estou acostumada a cruzar os campos até o morro na busca de minhas flores. Então... se por acaso você ficar cansado, chamamos a carruagem.

Maris estava feliz e, como ninguém, adorava fazer esse tipo de brincadeiras. Tinha os mesmos trejeitos de seu pai.

— Admiro também a sua autoconfiança. As mulheres em geral têm buscado seus direitos com uma agressividade muito grande. Digo, no sentido de lutar com empenho maior do que as mulheres de antigamente. Logo terão os mesmos direitos que nós.

— Precisamos ser inconformadas para mudar os rumos da história. Se hoje somos dez, daqui há alguns anos seremos milhões de vozes clamando por igualdade.

— Não é uma evolucionista somente da área mercantil, como seu pai. É uma evolucionista do feminismo.

— Nunca tinha ouvido esse termo.

— Na verdade, nem eu. Devo tê-lo criado agora.

As conversas entre os dois fluíam sobre os negócios, transformações sociais, até as mais descontraídas e sempre com muita naturalidade, até chegarem ao amor. Ambos sentiam com a mesma intensidade, como se já se conhecessem há muito tempo. Maris ainda teria mais alguns dias para aproveitar daquela doce companhia. Ao cruzar o parque, Thomas segurou suas mãos e ali eles se beijaram pela primeira vez. O desejo lhes percorria todo o corpo e alma. Depois do beijo os dois olharam-se por um bom tempo, era uma sensação única em suas vidas.

Maris, extrapolando todo o culturalmente correto para a época, dormiu na casa de Thomas, que parecia um castelo. Sua mãe era uma pessoa encantadora, exatamente como Thomas a havia descrito. Depois do jantar, ela mesma sugeriu que Thomas a levasse para conhecer o jardim dos bonsais que ela cultivava. Para apreciar o maravilhoso jardim, havia uma namoradeira. Permaneceram ali, por mais de uma hora, quando ela mesma, sem querer deixá-lo, disse que estava na hora de recolher-se no quarto de hóspedes, a duas portas do quarto de Thomas.

Pouco tempo depois, ouviu uma batida leve na porta e percebeu-a abrindo devagar. Era Thomas que vinha para lhe desejar novamente uma boa noite. Um longo e ardente beijo deu início a uma noite de amor. Quando Thomas tirava a sua camisa teve a mão de Maris passando por sobre a sua cicatriz.

— Como conseguiu essa cicatriz?

— Caí de uma árvore quando era criança, desobedecendo os pedidos de meu pai.

Thomas estava sorrindo enquanto falava, quando percebeu que Maris não parava de olhar para aquela marca, passando a sua mão delicadamente sobre ela, com olhar assustado. Tentou dizer algo, mas a própria voz abafava-se.

— Ela é exatamente...

— Calma! Está tudo bem!

Depois de abraçá-la, Thomas começou a tirar a roupa de Maris. Assim que despiu seus ombros pôde notar a marca, exatamente igual à sua, em tamanho e formato.

— Por isso estava assustada? São marcas exatamente iguais.

— Sim. Eu já nasci com essa marca.

Thomas sentiu um arrepio muito profundo ao tocar a marca sobre o ombro de Maris. A atração entre os dois era incontrolável. Durante toda a noite eles se amaram e se desejavam mais a cada minuto. Antes do amanhecer Thomas deveria deixá-la para que sua mãe não percebesse que dormiram juntos, porém, durante o café, trocaram olhares que denunciavam toda aquela cumplicidade. A mãe de Thomas não era ingênua e, ao contrário do que poderiam imaginar, estava adorando a ideia de ver aquela entrega entre os dois. Era cúmplice do amor.

Durante os dias que se seguiram Thomas e Maris permaneceram juntos, resolvendo problemas, desenvolvendo projetos, tecendo planos futuros e atraindo olhares de inveja, principalmente de Lord Crowel.

Maris preferiu não aceitar a oferta de Thomas para levá-la até a sua casa. Preferia conversar a sós com o irmão e com o pai, pois, mesmo doente, sabia que a consciência do patriarca permanecia intacta. Tinha certeza de que ele aprovaria com o olhar a união entre os dois. O amor que tanto havia apreciado na vida dos pais e do irmão, agora também estava presente em sua vida. Apesar de todos os percalços, aquela era uma família abençoada pelo amor verdadeiro.

A caminho de casa, ela pensava em tudo o que havia acontecido em sua viagem a Londres. Tudo havia corrido perfeitamente e muito melhor do que esperava encontrar, pois além de conseguir o apoio incondicional, conheceu seu grande amor. Apesar de todos os solavancos da estrada, estava quase adormecendo, tranquila. Conseguia descansar um pouco, depois de uma noite em que pouco dormiu, estando nos braços de Thomas. Perdeu a noção do tempo, quando acordou assustada ao sentir que o cocheiro parava bruscamente a carruagem. Foram surpreendidos quando chegavam próximos à encruzilhada.

— Ôhhhhhhh!

Maris estava amedrontada, conseguindo acompanhar pela janela o movimento dos cavalos e ouvia diferentes vozes, denunciando ser um bando. Na verdade eram seis cavaleiros armados, contra um simples cocheiro e seu ajudante que pouco poderiam fazer pela segurança dela. Não teriam tempo e nem condições de reagir. Era uma emboscada em local afastado.

— Nós não carregamos nada de valor.

— Se não tem nada de valor, o que carregam então?

— Levo apenas uma senhorita de volta a Scarborough.

— E quem é a senhorita?

— Sou Maris, uma simples feirante. Não tenho nada de valor que possa ser roubado.

— Não somos ladrões, senhorita. Viemos para buscá-la.

— Buscar-me a mando de quem?

— Amarrem os dois em alguma árvore.

— Não faça isso. Nós vamos morrer aqui.

— Por...

— Calem a boca todos vocês. Não quero mais ouvir nenhuma palavra.

Aquele que parecia ser o chefe do bando entrou com Maris na carruagem, sacou um punhal da sua cintura e cortou a manga do seu vestido. Sem nada dizer aos seus companheiros, apenas com um assovio, sinalizou para que partissem. Tomaram um rumo contrário ao de Scarborough, seguindo pelo mesmo caminho de onde eles vieram.

— Por que estão fazendo isso?

— Você deve saber exatamente o que está acontecendo e porque a estamos levando. Agora fique quieta ou vou amordaçá-la também.

Thomas, pressentindo que algo estava errado, pegou seu cavalo e percorreu todo o caminho da carruagem. Depois de algum tempo, parou na encruzilhada e ouviu alguns grunhidos. Com certeza não era barulho de animal. Desceu do cavalo e logo encontrou o cocheiro e o segurança amarrados em uma árvore no meio da mata. Estava apavorado com o destino de sua amada.

— Senhor, eles sequestraram a senhorita Maris. Seguiram por aquele caminho, mas existem muitos entroncamentos por aqui que poderiam seguir. Precisamos de mais pessoas para encontrá-la.

— Não vamos perder tempo. Siga para a Vila, arrume cavalos e volte para formar um grupo.

Thomas era um excelente espadachim e faria o caminho por eles seguido. A carruagem foi deixada no meio da mata e as marcas dos cavalos dividiam-se, numa clara intenção de dificultar a perseguição. Thomas estava preocupado com a integridade de Maris. Todas aquelas pequenas trilhas levavam a vilarejos e ele deveria seguir o mais rápido possível para tentar alcançá-los. No caminho tentou imaginar quem poderia ser o responsável.

Tinha como certo que estavam no caminho do porto. Simples assaltos não eram mais tão frequentes naquela região, desde a morte de Robin, após fugir de Nottingham. Sem obter qualquer informação que pudesse ajudá-lo, conseguiu um cavalo descansado e seguiu pelo outro caminho. Não percebendo marcas naquela trilha voltou. Voltaria com reforços no outro dia.

Com a noite chegando não seria mais possível seguir com as suas buscas. Precisava voltar e reunir um grupo de amigos e caçadores de recompensas para procurá-la. Não era de forma alguma uma desistência, mas uma retirada estratégica para reunir mais forças para encontrá-la. Enviaria mensageiros para todas as vilas oferecendo recompensa para quem a encontrasse.

Tentava decifrar as causas da ação que sequestrava a mulher que havia chegado a Londres, para encontrar-se com ele. Poderiam estar tentando atingi-lo, então vários adversários políticos vieram à sua mente, principalmente Lord Crowel e o Cardeal. Dentro da Câmara dos Lordes havia alguns outros nomes que lhe vinham em seus pensamentos, todos aliados de Lord Crowel. Não descartava por hora qualquer ação de piratas em terra.

Chamou alguns de seus amigos e conhecidos da guarda, tidos como incorruptíveis para ouvir as suas opiniões. Se fosse um sequestro, com certeza, logo pela manhã já teria algum pedido de resgate. Mas quem, além de Lord Crowel, poderia associar a chegada da moça à sua pessoa? As opiniões eram muito controversas e mais confundiam do que ajudavam Thomas. Os responsáveis pela guarda mostravam-se muito despreparados para solucionar o desaparecimento.

Lord Crowel havia conseguido a posse do Castelo de Rochester em troca de dívidas com uma família de comerciantes e produtores rurais. Estava localizado estrategicamente às margens do rio Medway que levava ao Mar do Norte. Por ali, ele conquistava caminho aberto para escoar os seus produtos para toda a costa inglesa, países europeus e tinha projetos aprovados para trazer investimentos para a construção de um porto maior, logicamente valorizando ainda mais as suas propriedades e negociatas.

Maris estava aprisionada na torre mais alta do castelo, com a janela encoberta com madeira para não ser ouvida. Havia poucas pessoas lá dentro, fazendo com que o local mais se parecesse com um castelo mal assombrado, ainda mais quando a porta de madeira pesada e estridente era aberta vagarosamente. Aquele rangido a fazia arrepiar de pavor.

— Senhorita Maris, ou deveria chamá-la de Spalla ou simplesmente de "Toque de Deus".

— Lord Crowel. Eu não poderia esperar isso de outra pessoa. Eu não sei a que se refere.

— Você é a lenda. O seu irmão tirou de mim aquela que estava prometida pra ser a minha esposa.

— Agnes era uma mulher inteligente. Jamais se casaria com você.

— Estava tudo acertado com o Lord Dickinson. Foi uma pena ela ter sofrido aquele acidente.

— Não foi um simples acidente. Era você quem a estava perseguindo, como...

— Não sei do que está falando. Eu não tive culpa alguma.

Ele não perdia a arrogância, nem mesmo para falar sobre a morte da pessoa que ele desejava para ser a sua esposa.

— Você provocou a queda.

— Quem diria que ela seria levada, mas em troca a vida me ofereceu a lenda de Spalla, o próprio "Toque de Deus".

— Do que está falando? Você é um louco.

— A marca em seu ombro. É a marca do espírito que carrega o toque divino. Eu quero lhe propor que se case comigo e formemos a família mais rica da Inglaterra e de toda a Europa. Juntos conquistaremos o mercado europeu. Juntaremos as nossas terras às de Lord Dickinson, que logo estará em minhas mãos e então poderemos ser os maiores mercadores de todo o mundo.

— Eu também jamais me casaria com você.

— O seu pai era ganancioso e desejava o poder. Juntos realizaremos os sonhos dele, do seu irmão e os nossos.

— O meu sonho é que você apodreça no calabouço de um castelo exatamente como esse. Você é desprezível.

— Eu gosto de você exatamente assim, selvagem. Você é mais linda do que a Agnes. A moça simples que canta e encanta na feira de Scarborough é a mesma que atrairá Deus até nossas vidas. Com essa força controlaremos o Vaticano.

— Você é louco.

— Daqui a pouco iremos jantar. Venha com o coração aberto porque eu desejo o melhor para todos nós. Pense no impacto que teria essa união, na força que juntos teremos.

Maris só conseguia pensar em Thomas, mas não conseguia enxergar uma saída imediata daquela situação. Seu irmão jamais saberia o seu destino e, em seus pensamentos, o cocheiro e o segurança já deveriam estar mortos no meio da mata. Jamais poderiam imaginar, tanto ela quanto Lord Crowel, que Thomas havia resgatado o cocheiro e estava à procura dela.

Logo pela manhã, os comandados de Thomas tomaram rumos diferentes. Os caçadores de recompensa recorreram aos perdigueiros do Arthur, de Dartford, considerados os melhores cães de caça da região. Aqueles perdigueiros eram muito bem treinados e poderiam dar a direção tomada por quem a havia levado. Thomas fez questão de estar junto a eles, pois tinha a certeza de que eles a encontrariam.

Lord Crowel prometeu que a trataria como uma princesa, vivendo em um castelo, com todas as regalias. A governanta estava instruída para satisfazer todos os desejos da moça. Só lhe faltava a liberdade. Então, Maris não se importava com as coisas que lhe eram oferecidas. Apenas pedia que a deixasse sair. Não tinha vontade de comer, por mais cheirosas e caprichadas que as refeições estivessem. Até mesmo as pessoas que trabalhavam para Lord Crowel, estavam encantadas pelas músicas tristes cantadas pela moça. No hall de entrada havia um piano, o qual ela pediu que levasse para o quarto.

— Por favor, a senhorita precisa comer. Não conseguirá sobreviver somente de música.

— Eu só quero ir embora daqui. Você sabe que ele é um louco. Você precisa me deixar ir.

— Me perdoe, mas não posso fazer nada.

Maris estava guardada pelos seguranças, muito bem armados. Durante o dia, Maris tinha liberdade para andar pelas salas e cozinha do castelo, mas durante a noite ficava reservada ao quarto, onde tocava. Próximo à cama, havia um buraco na parede, parecendo faltar uma pedra. Ela tentava mexer naquelas pedras tentando descobrir qual a finalidade daquele vão entreaberto. O barulho feito por ela, tinha despertado a curiosidade de um inesperado amigo. Um mini schnauzer chegava até ela cheirando seus pés.

— O que você faz aqui pequenino? É um caçador de ratos? Posso chamá-lo de Fred?

Fred dormiu ao lado de Maris, como se aquela intimidade já os acompanhasse há muito tempo. Naquela noite, dormiu abraçada ao pequeno amigo. Pela manhã, ao acordar percebeu que ele já não mais estava lá e só depois, em conversa com a governanta, descobriu que ele não recebia comida para instigá-lo a procurar pelos ratos. Foi então que Maris lembrou-se de que poderia pedir as comidas que desejasse. Agora, Fred teria os seus banquetes e os ratos deixariam de ser perseguidos pelos vãos entre as paredes, que serviam de ligação entre ele e Maris.

Já havia se passado mais de um mês e muitos caçadores e amigos de Thomas já haviam desistido da procura, menos ele, que havia desistido de tudo para encontrá-la. Edward também estava perdendo as esperanças de encontrar a irmã, ainda mais depois da morte do pai. Certamente a tristeza pela distância da filha, o havia feito perder seu último desejo de viver e reerguer a fazenda.

Fred tinha acesso livre a todos os espaços dentro e fora do castelo.

Partiu do próprio Lord Crowel a ideia de abrir os vãos, para que um pequeno cão pudesse perseguir os ratos que ele tanto temia. Jamais poderia imaginar que o pequeno Fred, por ele trazido da Alemanha, poderia lhe trair em favor do amor entre Thomas e Maris. O pequeno cão deixava o castelo todos os dias à procura de alguém que pudesse salvar Maris.

Certo dia, Fred estava dormindo no quarto com Maris, e ao ouvir alguns latidos ao longe, pulou da cama e correu para o buraco na parede. O pequeno correu para fora do castelo ao encontro dos cães. Eles pareciam comunicar-se, e logo os cães de Arthur compreenderam que o pequeno cãozinho carregava o cheiro da mulher que eles tanto procuravam. Ela estava ali dentro do castelo. Os perdigueiros latiam agora de uma forma diferente, indicando o caminho a ser seguido por Thomas e os caçadores.

— É ela!

— Você tem certeza que ela está dentro desse castelo?

— Com toda essa euforia, não tem como estarem errados. O pequeno cão deve ter vindo para ajudá-la.

O pequeno Fred voltou para dentro do castelo para ficar junto à Maris. Ela jamais imaginaria que Thomas estava ali do lado de fora, estudando a melhor estratégia para invadir o castelo e salvar a sua amada. Enquanto esperavam, puderam assistir à chegada de Lord Crowel em sua carruagem, acompanhado de seus seguranças. Nunca estava sozinho, principalmente devido ao grande número de adversários que colecionava durante a sua vida.

Do outro lado eram apenas Thomas, Arthur e mais dois caçadores de recompensa. Quando Thomas cogitou a ideia de pedir ajuda, foi repelido pelos três que não queriam dividir a recompensa com mais ninguém. Thomas, mesmo não podendo arriscar, preferiu concordar. Assim que a carruagem e seus seguranças passaram, eles entraram no castelo, antes que o portão chegasse ao chão. Os perdigueiros ficaram do lado de fora. Arthur tinha certeza de que eles estariam ali esperando quando saíssem do castelo. Eram animais inteligentes e bem treinados por ele próprio.

Uma vez dentro do castelo, Thomas deu a ordem para que a

encontrassem a qualquer custo e que ninguém deveria ser poupado. Thomas era um bom espadachim, mas não conhecia as habilidades de seus companheiros. Uma vez dentro do castelo, deveriam lutar não somente por Maris, mas pelas suas próprias vidas. Preferiram não dividir as suas forças e assim, adentraram juntos por todas as dependências do castelo, dessa forma eles estariam em maioria nos confrontos que surgissem e tudo correu dessa forma, até que eles chegaram à sala que antecedia aos quartos.

Lord Crowel passava as ordens para os seus comandados que eram em um grupo de oito seguranças. Foi ali mesmo que Thomas pôde perceber que seus companheiros eram muito mais habilidosos com suas espadas, do que ele imaginava.

Arthur enfrentava três seguranças ao mesmo tempo, com habilidade e velocidade incrível no manuseio da sua espada, da mesma forma que o seu ajudante enfrentava outros dois. Thomas enfrentava outros três seguranças que foram caindo um a um. Assim que alguns seguranças tombaram, Thomas recebeu um sinal de Arthur para seguir Lord Crowel porque eles poderiam dar conta daqueles seguranças. Thomas derrubou mais dois homens antes de chegar até ele que já estava entrando no quarto onde Maris estava. Lord Crowel também era muito habilidoso com a espada. Aquele seria um duelo até a morte para um dos dois. Maris queria ajudar Thomas, mas não tinha como por causa da grande movimentação dos dois dentro do quarto.

— Você não deveria estar aqui. Isso é um acerto de contas entre famílias. Ela está aqui por vontade própria.

— Ele é um louco que me sequestrou.

— Todos as suas falcatruas terão fim hoje.

Os dois duelavam passando por cima da cama e por toda a extensão do quarto. Durante o duelo, Thomas deixou cair a sua espada, então puxou o lençol para proteger-se e com movimentos espirais começou a envolver a espada de Crowel, quando Maris conseguiu com o pé empurrar a espada novamente até ele. Crowel conseguiu ferir Thomas com gravidade na altura do abdômen. O ferimento sangrava muito, mas até a morte ele lutaria para salvar a sua amada.

Maris estava chorando, enquanto Crowel tripudiava contra seu adversário.

— Cairão todos que estiverem contra mim. Eu terei a maior força mercantil da Europa e de todo o mundo. A mulher que você ama será a minha esposa e Deus virá até nós.

Ouvindo isso, Thomas recobrou as suas forças e novamente empunhou a sua espada partindo para cima de Crowel.

— Você está acabado.

Thomas lutava como nunca e dispendia todas as forças que ainda lhe restavam para derrotar Crowel e salvar Maris. Enfim, uma estocada certeira de Thomas em Crowel em seu rim esquerdo o fez dobrar as pernas. Thomas sabia que também não teria muito tempo, então com a espada no pescoço de Crowel fez um movimento rápido cortando sua artéria carótida. O sangue jorrava marcando a pulsação daquele homem que usou todo o seu poder para entrelaçar-se com as mentes mais perversas da Inglaterra. Não havia uma gota de alegria ou bondade no sangue podre que esvaía daquele corpo e já sem forças tentava apoiar-se sobre a própria espada.

Com o pé, Thomas retirou a espada que o apoiava Crowel, levando-o ao chão. Não conseguindo mais suportar o peso do próprio corpo, foi descendo vagarosamente. Maris chegou rápido até ele e o amparou em seu colo.

— Meu amor, prometa que não vai me deixar nunca.

— Eu estarei sempre ao seu lado. É a minha maior parte.

— Não me deixe. Não pode morrer.

Maris o beijou e sentiu a sua mão tocar-lhe o ombro. Devagar Thomas fechou os olhos e ela pôde sentir diminuindo o ritmo da sua respiração. Logo, ele estava sem vida nos braços de sua amada. O tempo não havia sido generoso com eles, porém a intensidade vivida naquele amor faria com que fosse contemplado em sua plenitude.

Retornando à fazenda, Maris ficou sabendo pelo irmão que a fazenda de Lord Dickinson, após a sua morte, ficaria para os seus filhos e que ele seria o encarregado de cuidar dela enquanto fossem declarados incapazes. Na somatória de terras estariam agora administrando a maior fazenda de toda a Inglaterra, ainda mais somando-se ao apoio incondicional da mãe de Thomas. Agora era Edward quem a amparava pela perda de Thomas, o qual havia conhecido quando esse veio lhe trazer a notícia do desaparecimento de Maris e na ocasião da perda do pai, enquanto ela estava ausente.

Entre todas as tristezas que a vida lhe havia apresentado recentemente, restava-lhe a alegria em ter vivido um grande amor e saber que ainda o encontraria em outras vidas, como a senhora da banca de tecidos lhe contou. Era uma bela história de amor, vivida entre um homem e uma mulher, dois espíritos que carregavam em seus ombros o "Toque de Deus".

A feira de Scarborough, criada desde o século XIII, teve vários momentos marcantes de ascensão e declínio, devido ao aparecimento de novas feiras. Muitos acreditavam que o movimento havia voltado graças ao cheiro das flores e temperos que Maris espalhava, junto com a sua música e alegria. Ela havia ficado um bom tempo afastada da feira, deixando saudades em todos e, ao voltar, ela ficou feliz em saber que um dos mais ressentidos pela sua ausência era o senhor Duke que vendia os porcos. No seu retorno, entregou flores a todos.

— Bom dia, senhor Duke!

— Maris! Tudo bem?

Ele insistia em manter a sua fama de mau e não deixar transparecer à moça que havia sentido a sua falta, mais que todos os outros que expunham seus produtos ali.

— Senti muito a falta do senhor durante todo esse período em que estive longe da feira. E, o senhor, sentiu a minha falta?

O senhor Duke tinha um porte avantajado, em seus quase dois metros, que colocava medo em todos ali, ainda mais com a barba ruiva que lhe descia até o meio do peito e a cara sempre fechada. Porém, naquele momento ele começou a chorar copiosamente recebendo um abraço forte da moça.

— Eu não sou ruim. Você acredita em mim?

— Claro que acredito. Sei que por trás dessa montanha existe um coração proporcionalmente enorme.

— Você troca a suas flores e temperos por outras mercadorias e eu só tenho os porcos que você não come.

— Eu não me alimento de animais. Mas eu sempre deixei o ramalhete de flores e temperos para o senhor. Esperava apenas um sorriso em troca...e, hoje, tenho certeza de que ele virá.

— Promete que não vai mais abandonar a feira?

— Claro que não. Eu preciso de vocês. Amo esse lugar.

Maris precisava daquele abraço e da união de pessoas que ali realizavam seu comércio e interagiam com alegria.

Agora, em meio às lágrimas, ele sorria, abaixando-se para recostar a sua cabeça no ombro da moça, alguns palmos abaixo.

Alguns meses depois o senhor Duke morria na feira, acometido por um violento ataque cardíaco. Maris sentiu muito. Era mais uma perda inestimável, entre tantas em sua vida.

Capítulo 5

Turnê europeia

O Aeroporto Internacional de Viena mais parecia um verdadeiro palco, repleto de músicos da orquestra da cidade. Esse palco havia sido tomado pela felicidade que todos exalavam naquele momento, pela viagem que duraria seis longos meses, mas principalmente pela oportunidade de espalhar pelo mundo as sementes da evolução. Todos compreendiam que eles tinham uma missão, como era explanado pela maestrina em todos os seus encontros.

Seria uma maravilha conhecer tantos países, realizando o sonho da grande maioria dos músicos, especialmente para os mais novos, que nunca haviam deixado o país. Pessoas, que se apresentavam para o embarque e passavam por entre aquele grupo enorme, só reconheciam a orquestra ao ver a maestrina que permanecia durante quase todo o tempo ao celular, respondendo as mensagens que lhe desejavam boa viagem pelas redes sociais ou tentando ligar para dois músicos que ainda não haviam chegado. Ooi, a violinista Tailandesa recém-casada, acabara de chegar toda sorridente, explicando o pequeno atraso, como ela mesmo deixava frisado.

— O Khalan disse que não poderia vir se despedir. Mas, de repente, ele veio e estava na frente do aeroporto me esperando com uma chuva de pétalas de rosas vermelhas.

— Que lindo! Só não vai desistir da viagem.

— Nunca! Preciso postar as fotos nas minhas redes sociais. É o meu amor — ela dizia, sem parar de olhar as fotos.

Carol abraçou a musicista com todo carinho, pois sabia o quanto seria difícil para ela ficar todo esse tempo longe do marido, que havia deixado seu trabalho e família na Tailândia, para acompanhar a esposa na realização do seu sonho.

Ooi era fã incondicional de Carol e deixou a faculdade incentivada pelo apaixonado namorado, que a pediu em casamento e sugeriu a mudança para a Áustria, para correr atrás de seus sonhos. Ele havia deixado a segurança na empresa familiar e também foi viver essa aventura num país totalmente diferente. Viver o sorriso da esposa, certamente lhe valeria qualquer sacrifício.

— Estou preocupada com Haniel.

— Já liguei várias vezes também. O celular toca até desligar. Se você preferir eu remarco a minha viagem e vou ver o que pode ter acontecido com aquele desmiolado.

Margareth estava sempre disposta a ajudar da melhor maneira possível, era o braço direito de Carol na orquestra.

— Você pode fazer isso por mim? Você sabe das minhas preocupações com esse menino. Ele se culpa por problemas que não são dele. Precisa de ajuda, posso sentir.

— Claro. São nossas preocupações. Vou deixar a minha passagem em aberto. Se não conseguir mais tarde vou amanhã com ele. Não tem problema algum.

— Obrigada!

Depois de um beijo no rosto aflito de Carol, Margareth partiu rapidamente para o balcão. Carol tinha uma preocupação muito grande pelo jovem fugitivo das guerras em Jerusalém. Ele morava sozinho em um bairro mais afastado da cidade e tinha um talento muito grande como percussionista, chegando até ela como uma surpresa musical, mas arrastava consigo problemas passados com vícios em drogas. Ela não deixaria de dar oportunidade em sua orquestra a alguém que precisasse de ajuda e que tinha muito a oferecer musicalmente. Sempre dizia que ele tinha um dom fabuloso para encantar com suas batucadas. Qualquer superfície, em qualquer momento, virava motivo para exercício de percussão.

— Vamos embarcar, ou alguém quer ficar?

Carol chamava a todos para a fila. Pelo menos a metade do avião estaria sendo completada pelos integrantes da orquestra. Depois de alguns minutos no avião, o próprio comandante em nome de toda tripulação e da companhia, que havia entrado como uma das patrocinadoras da turnê em todos os países, agradecia a presença da orquestra, muito aplaudida pela outra metade dos passageiros.

Os ingressos das apresentações iniciais da orquestra nos primeiros países a serem visitados já estavam quase todas vendidos e somados à pré-venda dos outros países já representava um grande sucesso. A divulgação colocava, nos principais meios de comunicação e redes sociais, propagandas que exploravam de uma maneira muito positiva os pequenos artistas das ONGs e a parcela que a elas seria destinado.

A primeira apresentação na Alemanha teve uma visita muito especial. Havia na plateia muitos artistas, atletas e músicos amigos de Carol que marcaram presença. Até então, os olhos e a batuta de Carol estavam totalmente concentrados na sua orquestra, que colocava os músicos em uma formação extremamente próximos a ela e, como dizia, queria todos embaixo de suas asas. Sentia uma presença a mais, tanto que assim que terminou a primeira música ela cobriu o seu microfone e com a voz suave agradeceu. Olhou para o alto, diretamente para onde Tommy estava sentado, descontraído.

— Obrigado por estar aqui, meu amor! É por você.

Sentia a proximidade e o mesmo frio na barriga de quando estavam juntos. Sempre viveram algo muito maior do que uma simples paixão entre corpos, era a entrega da alma. Tommy desistia de tudo para estar ao seu lado e ela sempre havia retribuído. De cima, ele tinha a melhor visão entre todos os espectadores presentes. Sentado entre os pontos de iluminação, concentrava-se nos olhos da maestrina e a ela transmitia segurança, não que ela não tivesse, mas essa troca de energia lhe dava uma força interior muito maior.

No intervalo da primeira para a segunda música, ela ficou parada por um tempo, olhando para Tommy, literalmente inerte. Os músicos aguardando o seu comando entreolhavam-se, até ser questionada por Aira, a spalla, primeiro violino.

— Carol! Está tudo bem?

Ela tinha uma fala programada para o intervalo, após a terceira música, mas ela decidiu que esse deveria ser o momento.

— Eu tomei alguns segundos para respirar mais profundamente porque eu tenho tido provas, a todo momento, de que estamos sempre acompanhados de muito amor. Quando a Mia, a nossa spalla me perguntou se estava tudo bem eu tinha a melhor parte de minha vida rondando meus pensamentos. Eu o amarei para sempre.

Carol disse as poucas palavras, com a mão em seu coração, levando o público imediatamente ao delírio. Todos os seus fãs sabiam que ela tinha vivido um romance com o piloto de motovelocidade e que estava referindo-se ao amor interrompido tragicamente pela morte dele. O que a grande maioria não sabia é que parte dele ainda vivia em seu peito e a sua alma vivia constantemente lhe provocando arrepios.

Como era possível uma alma apaixonar-se ainda mais, a cada dia, por aquela que ele amou durante a vida? Tommy sentia-se assim, um espírito ainda apaixonado por Carol. Compreendia que a sua vida havia chegado ao fim, mas não aceitava que ele não pertencia mais àquele plano, deveria acompanhá-la e protegê-la. Eram duas partes de uma mesma alma que jamais poderiam estar desconectadas. A quase dependência em vida, tornava-se uma dependência da presença de alma, na mesma intensidade.

Durante as apresentações na Alemanha, Carol agradeceu aos grandes mestres alemães da música clássica, principalmente dois dos seus maiores influenciadores, Beethoven e Bach. Achava incrível como o governo daquele país propunha o desenvolvimento da música erudita entre as suas crianças e jovens dentro das escolas. A Alemanha tinha o privilégio de ser o país que mais investia em música erudita e para sempre teria o seu retorno cultural garantido.

O show terminou com uma apresentação incrível da maestrina ao violino, regendo a orquestra praticamente com seu ombro. Aquela visão parecia encantar não somente a todos da sua orquestra, mas somado a todo público revelava uma espécie de hipnose. Um público estimado em mais de oitenta mil pessoas transformou-se em um grande coral, onde toda a plateia cantava Jesus, bleibet meine freude, com seus celulares acesos, na concha acústica montada na Gendarmenmarkt, a praça mais charmosa de Berlim. Carol estava certa, quando contrariou a opinião da organização, não aceitando a participação do coral de Berlim.

Após a apresentação, Carol recebeu alguns ilustres convidados especiais no salão ao lado. Muitos artistas famosos pediam uma participação especial dela em shows e gravações. De cara, ela avisava que seria muito difícil agendar algo fora da turnê porque não lhe sobraria tempo para participar de outros projetos musicais. Na verdade, nem fazia mais parte dos seus desejos participar com outros artistas. Alguns projetos até poderiam atrair a sua atenção, como, por exemplo, a união de música erudita e rock porque, para ela, poderiam fazer um casamento perfeito, o que não acontecia quando artistas de outros ritmos a convidavam.

Aguardava por algumas pessoas que ela já havia visto no camarote, convidados que ela fez questão que estivessem bem ao lado do palco. Buhba e família, além dos três irmãos da Bio e Adele. Não conseguiu ver Adele do palco, o lugar ao lado Mathew estava vazio. Adele encontrou com a família de Buhba no corredor.

— Carol, que show maravilhoso. Estava tudo lindo!

— Parabéns! Foi tudo maravilhoso! Fantástico!

As gêmeas abraçavam Carol ao mesmo tempo, com tamanha volúpia que quase derrubaram a maestrina. Elas mesmas a seguraram e logo pediram desculpas.

— Lindas! Obrigada por terem vindo, minhas meninas.

— Carol, você é uma pessoa iluminada por Deus.

A mãe de Buhba sempre agradecia a Deus por ter colocado Carol em seu caminho. Adele ao lado, ao ouvir a palavra Deus, virou-se instantaneamente e olhou para a mãe de Buhba que percebeu com certa estranheza a atitude da médica. Talvez ela apenas não acreditasse, fortalecendo aquele certo distanciamento existente entre a religião e a ciência.

— A doutora acredita em Deus, não acredita?

— Claro que acredito! Tenho todos os motivos do mundo para acreditar que "Ele" comanda tudo aqui embaixo.

Adele rapidamente respondeu com um sorriso largo em seu rosto, um tanto quanto cínica, ainda mais quando mostrou com os dedos das duas mãos o sinal de aspas, quando frisou a palavra Ele.

— Adele, você não estava no camarote, onde estava?

Antes que ela respondesse, Carol tomou a sua frente.

— Eu fechei os meus olhos e quando abri a vi chegando, caminhando entre o público. Foi bom vê-la chegando.

— Tive um contratempo. Cheguei quando começou a tocar violino. A sua música ao violino sempre me atraiu, não poderia deixar de prestigiar. Você transforma a vida dessas pessoas com a sua música. Tão leve e tão atraente.

— Sinto-me mais forte com você ao meu lado.

Segurando as mãos de Adele, Carol agradeceu a todos. Depois abraçou Buhba e o puxou em direção ao bar.

— Ele estava aqui assistindo a apresentação. Pode me servir duas águas, por favor.

— Carol! Posso tirar uma foto com você? Estávamos acompanhando pela TV. Foi incrível! Todos somos seus fãs.

Na lanchonete, improvisada todos os jovens que ali trabalhavam assistiam pela TV e agora tinham a oportunidade de tirar fotos com a maestrina.

— Reúna todos aqui então, para saírem na foto.

— Hey! A maestrina vai tirar foto conosco. Rápido!

Carol tirou uma selfie com todos os demais atendentes, reunidos e felizes.

— Esses jovens adoram você. Então, pôde ver o Tommy?

— Não. Mas eu sinto muito forte a presença dele a cada vez que ele se aproxima. Sinto quando ele me toca, principalmente no ombro.

— Ele também tem frequentado a minha casa e me conta algumas belas histórias entre vocês, as quais escrevo.

— Quero que me conte tudo, com todos os detalhes.

— Ah! Então você está querendo um spoiler do livro?

— Não faz assim. Estou muito curiosa sobre esse livro e não é nada justo que você possa falar com ele e eu não. O que eu preciso fazer para mudar isso? Preciso muito vê-lo.

— Acho que isso foge à nossa compreensão, incluindo a dele também. É como está escrito na lenda.

Buhba colocou-a sob seu braço percebendo que a sua preocupação ia muito além do livro ou Tommy, enquanto ela desesperadamente procurava pelas mensagens no celular.

— Mas tem algo mais que a deixa preocupada? Não é somente pelo livro. O que está acontecendo?

— Estou preocupada com Haniel, o nosso primeiro percussionista.

— O que houve com o rapaz?

— Ele não estava no embarque. A Margareth também não embarcou para tentar descobrir o que aconteceu, mas até agora não o encontrou. O menino já tem tantos problemas.

— Tenha calma e acredite que ela vai mandar notícias logo. Confie que tudo vai ficar bem com o rapaz.

— Tenho algumas preocupações muito grandes com ele e não estou com bom pressentimento.

No dia seguinte, ao acordar no hotel, Carol pegou o celular que estava carregando a bateria numa mesa de cabeceira, ao lado da cama e ligou para Margareth.

— Carol, como foi a apresentação?

— Correu tudo bem. Foi um sucesso. Mas primeiro vamos falar sobre o Haniel. Você conseguiu encontrá-lo?

— Sim. Ontem, já bem tarde da noite. Estava esperando pra ligar hoje. Ele estava desacordado na casa de um amigo. Sofreu uma overdose e está internado. O amigo dele fugiu.

— Meu Deus! Como ele está? Estava pressentindo que havia acontecido algo de ruim com ele. Tão frágil.

— Foi bastante grave. Sofreu duas paradas cardíacas e ainda inspira cuidados. Graças aos médicos está vivo.

— Meus Deus! Está bem assistido? Assumiremos tudo.

— Está sim. Está numa UTI e acho mais sensato eu ficar por aqui, pelo menos até que os médicos o liberem.

— Claro. Ia lhe fazer esse pedido. Faça todo o necessário para que ele se recupere logo. Fique com ele.

— Sabe que eu faria qualquer coisa por você e por cada um deles. Eles abdicam de tantas coisas para estarem ao seu lado, que qualquer coisa que fizermos por eles parece pequeno. Jamais o deixaria sozinho.

— Me mantenha informada. Obrigada, Marga.

— Precisa manter os seus pensamentos limpos e focados na sua orquestra. Deixe que eu cuido de tudo por aqui.

— Você é um anjo em nossas vidas.

— Claro que sou. Isso eu já sabia e não é nenhuma novidade

Margareth desligou o celular sorrindo. Do outro lado Carol, transtornada, não conseguia sorrir. Sempre teve um carinho muito especial por todos os músicos, e muitos deles deixavam suas vidas para acompanhá-la. Alguns deles vinham dos mais variados países, de quase todos os continentes, representando a diversidade cultural que tanto admirava, enquanto os regia com a batuta, com os olhos e com o coração. Era o inigualável amor de mãe pelos seus músicos.

Haniel era um menino de classe média, nascido no bairro Judeu de Sheikh Jarrah, na Jerusalém oriental. Era um ótimo aluno, tanto na escola quanto nas aulas de música, mas conflitos entre Israel e a Palestina o afastavam da escola por períodos muito longos. A mãe contou a Carol que, mesmo em meio aos conflitos, o menino queria ir para a escola e fazer as aulas de música. Não entendia porque as pessoas tinham que resolver tudo com armas e guerras.

Um dia, aos seis anos de idade, enquanto bombas explodiam e

rajadas de tiros eram disparadas à revelia, os pais colocaram seu irmão mais novo e ele embaixo da cama e, numa breve distração, quando se deram por conta, ele havia saído pela janela. O pai o encontrou a quase quinhentos metros, na casa de sua professora de música, preocupado em saber se ela estava bem. A solução que os pais encontraram foi adquirir alguns instrumentos para acalmar aquela criança, que desenvolvia alguns transtornos socioemocionais.

Mais tarde, como fuga aos problemas, o garoto apegou-se às drogas, primeiro as mais leves e depois algumas mais pesadas. Com um grupo de amigos lutava contra o antissemitismo e os conflitos armados em Jerusalém. Eles se julgavam ser a revolução da paz entre os povos. Mesmo assim, falando de paz eram perseguidos diariamente.

Partir para a Áustria e frequentar as aulas com a maestrina, não era somente a realização de um sonho, mas era também uma tentativa desesperada dos pais em livrá-lo das drogas e das perseguições frequentes. Temiam que o filho tivesse o mesmo destino que muitos outros jovens hierosolimitanos.

Em Viena, o jovem vivia entre altos e baixos, sempre expunha as suas angústias para a maestrina. Tinha muito medo por ainda ter toda a família vivendo em meio ao ódio na terra sagrada. Havia perdido muitos amigos e parentes para a guerra, sempre rezando para que um dia tudo pudesse ser resolvido com a paz reinando em solo sagrado.

Carol sempre pedia para ele apegar-se à música e à orquestra, como sua nova família, pois era muito talentoso. Convidado a ser baterista de uma banda famosa, respondeu de primeira que estava feliz e onde queria, junto aos músicos que ele amava e com a maestrina, sua principal mentora. Era um dos mais empolgados com a turnê pelos países europeus, semeando a paz. A notícia da morte de um grande amigo poderia ter sido o start para que ele voltasse a usar drogas.

Procurado por Margareth, não foi encontrado em sua casa. Durante algumas horas, acompanhada de Bogart, segurança do anfiteatro, investigou o seu paradeiro e foi encontrá-lo caído em uma casa num bairro afastado. Toda vez que ele tinha problemas com as drogas, era pela desilusão com a inteligência humana nos conflitos armados, em sua cidade natal. Assistia aos noticiários e lamentava profundamente, tanto que, por algumas vezes, tentou desistir da orquestra, mas foi impedido por Carol e pela própria Margareth, a quem ele carinhosamente chamava de mãe.

Haniel deu entrada na UTI do Vienna General Hospital, depois de ser atendido pela equipe de pronto-atendimento que precisou efetuar manobras de ressuscitação cardíaca. Com os parentes distantes e os verdadeiros amigos com a orquestra, consequentemente Margareth avisou Carol que não deixaria o rapaz ficar sozinho. Carol estava inconformada pela distância e por não poder estar com ele nesse momento. Pela pouca idade, ingenuidade e história de sofrimento carregada, não só por ele, mas por todo seu povo que padecia em guerra, Haniel havia se tornado um dos símbolos da orquestra que o acolheu.

— Cuide dele o tempo que precisar e depois o traga até nós. Diga a ele que o seu ritmo e sua alegria fazem muita falta.

— Logo ele estará tocando com vocês novamente.

Carol sempre debatia sobre a utilização das frases que se referiam à inclusão dos mais fracos ou oprimidos. Para ela, na verdade, os excluídos eram aqueles que se colocavam como superiores ou acima dos demais. Opunha-se, veementemente, ante conceitos pré-moldados, distantes de uma realidade atual. Realidade essa que parecia chegar antecipadamente para ela.

Talvez fosse esse o motivo de discórdia entre alguns dos seus companheiros. Porém, era inconcebível a todos, acreditar que a cidade mais sagrada do mundo, padecesse justamente por questões religiosas, provocando a desordem social, mesmo para pessoas que estavam afastadas do seu país natal.

Tommy estava por perto e amargava o mesmo sofrimento por vê-la angustiada. Nem mesmo o sucesso da apresentação podia desfazer aqueles traços de tristeza em seu rosto. O sorriso, tímido e preso que ora ou outra aparecia no canto da boca, denunciava a sua preocupação, mas tinha a certeza de que aos cuidados de Margareth logo estaria tudo bem.

Carol estava sozinha na grande varanda do saguão do Hotel Berlim Premier. Precisava desses momentos para colocar os pensamentos em ordem. Suas melhores composições partiam dos momentos em que ela estava longe dos instrumentos, em meio aos constantes turbilhões de emoções. O piano e o violino eram a sua calmaria, onde ela se reconfortava e terminava as mais belas obras. Segurando no anteparo da varanda de vidro, virou-se para o lado, postando-se de frente para Tommy. Sentiu a sua presença.

— Sei que tudo ficará bem porque esse arrepio que sinto na sua presença me conforta, me traz a paz de que eu preciso. Tenho uma vontade imensa de o abraçar e sentir novamente o seu cheiro.

A mão trêmula de Tommy que tocava com ternura e carinho no rosto de Carol, o fazia sentir sensações que jamais imaginou poder existir no pós vida. A cada dia aprendia que os seus sentimentos eram a extensão de sua vida terrena ou vice-versa, porque ele não estava preparado para desligar-se e talvez nunca estaria. Sentia atração e curiosidade em desvendar os maiores mistério da vida após a morte, mas jamais seria maior do que a vontade de permanecer ao lado de sua amada.

Ela sentiu aquele intenso arrepio percorrer lhe até ombro e então acompanhou com os olhos a mão de Tommy, mesmo sem vê-la. Com os olhos fechados sentia o mesmo calafrio que lhe percorria o corpo quando faziam amor e, hoje, ela o amava ainda mais.

— Carol, eles estão prontos! Podemos começar?

— Sim! Só mais um minuto, por favor.

— Está tudo bem com você? Se precisar de mais um tempo nós podemos aguardar.

A repórter Raika, da maior emissora de TV alemã, aguardava para entrevistar a maestrina, após o sucesso da estreia em Berlim. Apesar de não gostar muito de dar entrevistas, agora achava imprescindível fazer esse merchandising para os eventos futuros, para colaborar com o desenvolvimento da ONG e de seus projetos, além de expor os seus ideais. Se toda a razão da sua turnê era buscar a evolução, a sua voz deveria ter a mesma força que a sua batuta ou o som da sua orquestra. Não era uma missão fácil, mas ela conquistava as pessoas também pelas suas palavras, doces, sinceras, críticas e fortes ao mesmo tempo. Como ela mesma dizia, era tão difícil como reger o grave e o agudo de todos os seus músicos ao mesmo tempo.

Depois de Berlim, a segunda apresentação em Munique também teve o mesmo sucesso. Enquanto faziam o check-in no hotel para a terceira apresentação em Hamburgo, Carol teve uma grata surpresa. Haniel chegava todo sorridente ao hotel acompanhado da Margareth que, afoita, logo tratou de explicar a surpresa para a maestrina.

— Eu ia avisá-la, mas ele me fez prometer que não avisaria. Quis lhe fazer uma surpresa. Pelo menos trouxe bombons a todos da orquestra e uma caixa especial pra mim.

— E que grata surpresa, menino.

O percussionista era muito querido e agora festejado por todo o grupo, trazendo em suas mãos algumas caixas de bombons que ele dizia ser preciso entregar pessoalmente um a cada membro da orquestra, junto com um pedido de desculpas.

— Carol, minha "maestrina", me desculpe por ter pisado na bola com você, again. Não desista de mim, nunca.

Juntava as palavras mãe à maestrina, fazendo aquela cara de piedade e no again sorria envergonhado. Estava feliz por reunir-se à orquestra que tanto amava, novamente.

— Lembre-se de que sempre seremos uma família... e bem grande por sinal. Mas quando pede pra que eu não desista nunca, parece que se repetirá

— Um viva para o Haniel... again!

"Quero o meu bombom" talvez tenha sido a frase mais ouvida naquele dia, não pelo doce que a maioria adorava, mas para receber o abraço do amigo e companheiro que era muito amado, admirado e respeitado por todos. A sua história de vida era um dos maiores exemplos entre tantos outros dentro daquele grupo de artistas. Ali não havia como não se sentir acolhido. Era a sua segunda família.

O saguão do hotel usualmente virava palco de festa por onde os músicos passavam. Muitos hóspedes não entendiam nada do que estava acontecendo, até perceberem que se tratava de um grupo de alegres artistas ou até perceberem entre eles a presença tímida da maestrina.

Era essa felicidade poderosa e contagiante que levantava o ânimo daquele jovem e talentoso percussionista que, pela desgraça de seu povo, por vezes perdia a razão e junto com ela a vontade de viver. Era muito bom estar entre amigos. No meio da festa, ele abraçou Carol e Margareth juntas, apertando-as contra o peito, na mais clara retribuição de carinho a quem o havia salvado em situações e tempos diferentes.

Em seu tempo livre dos shows e ensaios, os músicos passeavam pelas cidades por onde passavam. Carol fazia as rotas dos museus e parques, procurando sempre buscar a energia da natureza, visitando os seus principais pontos turísticos. Quase sempre alugava uma bicicleta para andar pela cidade. Sempre em companhia de alguns integrantes da orquestra.

Eram grupos diferentes, dependendo do estilo do passeio. Enquanto sentava-se nos pubs ou cafeterias, por várias vezes pegou-se desenhando o Frederico. A maioria das cafeterias na Europa permitem que os pets acompanhem os seus donos e ali havia muitos, fazendo-a sentir muita saudade do pequeno. Foi então que ela resolveu que precisava do mascote e enviaria alguém para buscá-lo.

Os jantares, quase sempre, reuniam todos os músicos, na verdade, a grande maioria deles não queria perder as oportunidades de ouvir as belas histórias de cada um de seus componentes. Geralmente histórias tristes, de superação, familiares ou grandes amores que ficaram para trás na busca da realização de um grande sonho, mas ao mesmo tempo felizes pela conquista que era compartilhada por todos.

Carol divertia-se muito com o momento em que todos expunham as suas fotos de crianças e a sua iniciação musical, compartilhadas nas redes sociais. Num desses jantares, mais precisamente em Munique, uma mesa muito grande foi montada para acomodar todos da orquestra. Carol pegou a sua taça de vinho, bateu nela suavemente três vezes com o garfo, pedindo delicadamente a atenção de todos.

— Gostaria de agradecer a todos da maneira que eu sei e a que vocês mais entendem. Pela música.

Respirou profundamente, olhou para o alto, ainda com a taça de vinho em sua mão, tomou o último gole em um brinde. Colocou um certo tanto de água, deixando os músicos com aquela cara de quem já conhecia a brincadeira.

— Ela vai fazer de novo. Preparem as câmeras.

Camille, a grega segundo violino, que estava quase na ponta da mesa sacou o seu celular e correu para o lado oposto de Carol na mesa, colocando-se à sua frente. Ligou a câmera para não perder nenhum segundo de gravação. Ela que já havia visto não queria perder a oportunidade de gravar.

— Não! Sem filmar. Grave apenas em sua mente. — Camille, sem dizer nenhuma palavra, concordou desligando o celular. Então, outros se levantaram e foram se acomodando próximos à Carol, que colocava água com quantidades diferentes nas taças de vinho. Então, as colocou lado a lado e começou a passar levemente a ponta do dedo molhado sobre a borda superior da taça. Dali tiveram início algumas de suas composições. Ela apenas fechava os olhos e se embrenhava nas profundezas físicas que aquela simples vibração lhe trazia e depois ela voltava à tona. — Eu já passei por esses sons em outras vidas. —Então começavam as disputas para ver quem conseguia tirar a nota pedida pelos companheiros ao lado. Todos queriam aprender os segredos das taças. Depois de boas risadas, Carol levantou-se e saiu da mesa. — Preciso escrever uma nova composição que veio aos meus pensamentos agora.

Durante a apresentação em Londres, alguém gritou do público, numa breve passagem entre as músicas, pedindo para que ela tocasse uma música que não estava no repertório.

— Maestrina, toque Scarborough Fair.

Scarborough Fair era uma música típica inglesa, muito antiga e sem origem certa. Imediatamente Carol, que estava regendo de costas para o público, sem saber de onde veio a pergunta virou-se e num inglês perfeito quis saber quem havia pedido aquela música. A voz lhe era familiar.

— Quem me pediu para tocar essa música?

Um senhor de uns cinquenta anos que estava sentado em um camarote levantou o braço acusando-se, um tanto quanto envergonhado. O público aguardava calado a atitude da maestrina, sem compreender. Saindo totalmente do protocolo do show, Carol conversava com aquele senhor.

— Como o senhor me chamou?

— Pedi para tocar Scarborough Fair. Não disse nome.

Todos da orquestra e plateia não compreendiam o que estava acontecendo, mas sempre aprovavam a interação entre a maestrina e o público. A sua espontaneidade era plena.

— O senhor pode subir no palco?

Ele olhou para os lados, incrédulo e sem compreender o que estaria por vir, seguiu o segurança até uma escada de emergência ao lado do palco. A apresentação ficou parada por alguns minutos, totalmente fora do protocolo. Porém, a confiança e cumplicidade entre ela e os músicos era tão grande que eles sabiam que as suas atitudes, por mais inesperadas que fossem, sempre traziam algo de bom.

— Qual o seu nome, senhor?

— Todos me chamam de Duke.

Um microfone rapidamente foi entregue nas mãos daquele senhor. Carol segurou a sua mão, que tremia e suava frio, e olhando em seus olhos perguntou:

— O senhor me chamou de Maris?

— Não! Eu disse maestrina. Tenho todas as suas gravações dessa música ao violino. Sempre adorei ouvi-la cantando e adoro essa música em especial.

— Cantando? Qual a sua profissão?

— Sou médico cardiologista e apoiador da sua causa vegana. Suas atitudes são nobres pela causa animal e saúde.

— Senhoras e senhores, minha grande família de músicos. Essa música me remete a outros tempos, outra vida talvez e o senhor estava lá, com certeza. Vou lhes pedir licença para brincar com meu violino e talvez com a emoção de vocês também. Aquela senhora é sua esposa?

— Sim! Ela é o amor da minha vida.

— Por favor, senhora, suba aqui. Nos dê esse prazer.

A plateia foi ao delírio com a atitude da maestrina. Naquele momento todos sentiam-se acolhidos pelo calor da interação entre ela e o senhor que havia pedido por uma música. Ao final, ambos, marido e mulher estavam emocionados por poderem acompanhar ao lado da maestrina uma música que lhes marcava a vida. Ao terminar de tocar, sob aplausos em pé de toda a orquestra, Carol encaminhou-se até o casal e entregou-lhes como presente o seu violino. Abraçou a esposa e o senhor Duke.

— Esse meu violino está bem velhinho e precisa de alguém que cuide dele. Quem sabe um cardiologista poderia cuidar melhor dele do que eu mesma. Guarde-o com carinho.

— Não acredito! Será uma honra. Cuidaremos sim.

Carol e Duke entreolharam-se e então ela o abraçou com carinho e disse-lhe próximo ao ouvido.

— Eu nunca cantei Scarborough Fair.

Capítulo 6

Protetor inesperado

Buhba, conhecido pela sua tranquilidade em resolver problemas, hoje percebia elevar-se a sua ansiedade, causada pelos desaparecimentos frequentes e duradouros de Tommy. Via o tempo passando rápido e o desejo em finalizar o livro só aumentava. A inversão de valores era muito visível nesse momento. Tommy, sempre tão agitado, agora era quem pedia calma e aconselhava o seu antigo conselheiro. Buhba escrevia sobre temas variados, sempre acompanhado de um bom vinho e de depois revisava seus textos com café.

— Enquanto espera, escreva outros livros. Refaça as viagens que fazia antes e permita-se conhecer tudo o que não pôde porque estava ocupado com as minhas coisas. Divirta-se. Conheça novas pessoas. Permita-se viver diferente agora. — Buhba precisava compreender que não estava mais preso às coisas de Tommy, seriam as suas regras e a sua liberdade estava ali, bem à sua frente. Tinha fortes diretrizes a seguir, libertas e impulsionadas pelo próprio amigo. — Leve ao mundo a verdade sobre os valores do seu povo, os contos da sua e todas as outras Áfricas que o mundo ainda não teve a oportunidade de conhecer.

Era difícil para Buhba compreender a perda do entusiasmo em trazer novidades para o livro, por parte do amigo. Mas agora Tommy acompanhava as apresentações de Carol, nas melhores acomodações, levando até ela o arrepio da sua presença. Sempre seria a parte da sua alma que a protegia. Era o seu guarda-costas.

Em sua passagem pela Itália, antes da apresentação em Milão, enquanto participava de uma confraternização, acompanhada de Haniel e Margareth, Carol foi convidada pelo Secretário de Turismo a conhecer a biblioteca do Cultural Center de Milão. Ali, depois de discutir alguns pontos da apresentação, Alfredo julgou-se íntimo de Carol, riscando duas carreiras de cocaína sobre uma mesa de vidro, ao lado do sofá.

Tommy induziu Haniel a ir até a sala à procura da maestrina. Sugando uma das carreiras com a desenvoltura de quem era muito mais acostumado às drogas, do que às necessidades e grandeza do evento que se desenvolvia, Alfredo entregou um pequeno canudo na mão de Carol.

— Não uso drogas, senhor Secretário.

— Apenas para dar um upgrade na sua passagem por Milão. Terá melhores recordações da nossa cidade.

— Terei ótimas recordações de Milão, mas não essa.

Haniel abriu a porta devagar e foi entrando, sem nada dizer. Segurando o punho da moça, o Secretário pensou em oferecer mais uma vez, quando deparou-se com a imagem do jovem músico estarrecido ao seu lado.

— Estamos tendo uma conversa em particular sobre a apresentação dessa noite. Poderia nos dar licença?

— Conheço muito bem as pessoas como você.

Sem mais nada a dizer, Haniel disparou um direto de direita que atingiu Alfredo no queixo, deixando-o desmaiado em cima da mesa, bem ao lado da carreira de cocaína. Ofereceu o seu braço para a maestrina e convidou-a a sair daquela sala. Já no salão, ofereceu o outro braço à Margareth e deixaram a confraternização, não sem antes Haniel dar a sua deixa para os repórteres, que aguardavam no salão.

— O Secretário Alfredo os espera na biblioteca para uma coletiva.

Ao lado da porta, Tommy acompanhou os disparos de flashs em direção ao senhor desmaiado sobre a mesa, sangrando ao lado da sua carreira de cocaína. Tommy virou-se para a saída e pôde ver a porta sendo aberta para que os três saíssem de braços dados, sob os raios do sol que que se projetavam sobre eles.

— Obrigada, menino! Mais um anjo protetor.

Carol chamava Haniel carinhosamente de menino, desde o momento em que o acolheu, com todos os seus problemas e suas angústias.

Mas nele, confiava plenamente.

— A mulher que estava ao lado do Secretário olhava para você séria, com raiva. Ela é a esposa dele?

— Que mulher?

— A que estava ao lado do Secretário.

— Mas não havia mais ninguém dentro da sala.

Haniel sabia que Carol jamais usaria qualquer tipo de droga e também ele não havia usado. Mas alguém entre eles não estava nas suas melhores condições.

— Carol, você precisa acreditar em mim. Tem alguma coisa estranha acontecendo. Eu estou limpo, pode acreditar.

— Me conte. O que você viu lá dentro?

— Foi estranho porque eu estava lá quieto, totalmente alheio à festa, refletindo sobre aquelas pessoas e suas futilidades e, de repente, alguém soprou em meu ouvido que você precisava de ajuda, mas não havia ninguém comigo. Estou todo arrepiado em lembrar disso.

— E você socou ele de verdade? Carol, você precisa fazer uma denúncia.

Margareth tentava prever o que poderia acontecer com Haniel, caso o Secretário tentasse reverter a situação.

— Calma, Marga! Preciso entender o que aconteceu.

— Você não conseguiu ver quem lhe disse que eu estava em perigo, mas viu alguém ao lado do Secretário?

— Carol, precisa acreditar em mim. Era uma mulher esquisita que olhava fixamente para você e aquela voz me dizendo que estava em perigo.

— Haniel, você sempre foi sincero e jamais deixaria de acreditar. Precisamos conversar mais sobre isso depois.

Claro que Carol não tinha essa mesma calma sobre o desenrolar dos fatos. Ela não aprovava o ato, o soco, a violência em si. Para ela a violência era totalmente repudiada, mas no contexto, unido ao senso de justiça e lealdade do jovem em sua defesa, não deveriam ser julgados naquele momento. Ela permanecia reflexiva, com o coração acelerado, lembrando do comentário de Haniel, sobre ter recebido um aviso, compreendendo que era Tommy assoprando em seu ouvido.

A cada dia aconteciam mais fatos que se encaixavam perfeitamente na lenda contada por Adele. Seu amor estaria sempre por perto para protegê-la. Lembrava-se do mistério que cercava sua vida. Quem seria a mulher vista por Haniel, ao lado do Secretário?

Pela manhã, o próprio prefeito de Milão ligou para pedir desculpas e informar que seu ex-Secretário já não mais importunaria ninguém, pois havia sido exonerado. Também confirmou a sua presença na apresentação. Só depois ficou sabendo que Margareth havia ligado para o assessor do prefeito. Estava cercada de pessoas que se preocupavam com ela e com o bom andamento dos projetos. Isso lhe dava confiança, segurança e todos os combustíveis necessários.

Relembrar o segredo revelado a Tommy, por Adele, sobre o passado deles, agora se configurava em realidade. Tommy já não mais estava ao seu lado, mas parte dele ainda batia em seu peito, assim como parte dela lhe dava vida, porém separados em tempo e espaço. Era intrigante buscar resposta para a pergunta que lhe roubava momentos de introspecção. Como poderiam confrontar tempo e espaço, em um claro duelo com o destino divino?

Os anos se passavam e Buhba escrevia intermináveis capítulos num ritmo lento e, a Carol, não faltavam oportunidades para o pedido de spoilers, fosse pessoalmente ou por aplicativos de conversas. Cada gota daquele mar de vivências passadas lhe trazia muita paz e serenidade, de uma maneira envolvente, encantadora e verdadeira pelos sentimentos que proporcionava. O que poderia ser difícil de acreditar, retornava numa intensidade proporcional em seus sonhos de muitas experiencias vividas em outras vidas.

Carol, depois de conhecer o doutor Duke numa de suas apresentações, começou a perceber que é impossível exercer uma cobrança acirrada para que a evolução aconteça durante uma única passagem pela terra. As pessoas aprendem durante a vida e a alma evolui, permitindo que suas novas passagens possam demonstrar tais evoluções e, de aprendiz, a alma passa a ser mestre. Ela comentou com Buhba sobre o acontecido e sua teoria. Além dele, comentou com Adele, que passou a ser, além de médica, uma grande conselheira que sempre lhe aparecia de surpresa.

— Preciso lhe contar alguns fatos que aconteceram recentemente porque sei que acredita nas mesmas coisas.

Depois de ouvir a história toda contada em pouco mais de quinze minutos, Adele se pronunciou.

— Filha, preste muita atenção.

Adele a chamava carinhosamente de filha, nunca foi uma simples relação entre uma paciente e sua médica.

— Eu trouxe até vocês, não uma história, mas uma realidade. Sei que você vê e sente muito além disso. Vai sentir calafrios, abraços e cheiros que já sentiu em outras tantas vidas. Vai ter os seus medos e vai encontrar a segurança que algumas pessoas que passaram por suas vidas representam. Você e Tommy atraem o bem e o mal, mas estará protegida por ele e pelos anjos que a rondam, e talvez Alguém mais. Tem uma bela missão a cumprir.

Carol percebeu nela uma breve pausa, para um sorriso e junto sorriu. Adele tinha o sorriso gostoso de vida.

— E quem seria essa pessoa? Sei que está falando sobre o "Toque de Deus"? Então essa pessoa, seria o próprio Deus?

— Talvez!

— Preciso lhe contar o que aconteceu outro dia, na confraternização em Milão. Algo que despertou curiosidade.

Carol contava a Adele, utilizando-se de cada fato para que ela compreendesse exatamente o que havia acontecido naquele dia. Buscava cada detalhe.

— Confie em Haniel. Ele é a prova de que você estará segura e ela não levará a sua alma.

— Não entendi.

— Haniel, seu protetor em vida, desafia os maus espíritos que tentam impedir que você cumpra a sua missão.

— Meu protetor? Já existem tantos problemas na vida daquele menino. Ele não precisa aventurar-se nos meus.

— Carol, não era do cara caído sobre a mesa que ele lhe protegia. A inveja não foi criada pelos homens deste mundo. Ela estava ao lado do Secretário, manipulando-o contra você. Ela é um anjo caído que foi atraído pela inveja.

— Tommy também estava lá.

— Tommy, Haniel e... mais Alguém.

Capítulo 7

Nyiragongo

Buhba descobriu que escrever era algo muito maior do que um simples prazer e desde seu primeiro livro teve a honra em ser contratado por uma das maiores editoras americanas, a Earth. Talvez não tivesse se atrevido a escrever inúmeros romances, não fosse o empurrão dado pelo companheiro Tommy, conhecendo o seu gosto pela literatura e a sua facilidade em escrever.

O amigo pediu-lhe que escrevesse sobre O segredo de Spalla, mas em sua ausência, mostrou-lhe outros caminhos. As histórias da África e das lutas de seus pais lhe renderiam ótimos frutos literários.

Dava-lhe muita satisfação, sentar-se em sua velha escrivaninha, presente dado à sua mãe pelo dono da pequena venda, na entrada do Parque Nacional Virunga. O próprio senhor Erasto, amigo da família a levou de carro. Pelo empenho de Buhba na escola, a peça de madeira nobre foi colocada ao lado de sua cama. A mãe sempre dizia que ele a valorizaria, por gostar dos estudos.

Erasto era amigo de infância de Akin, pai de Buhba. Aliás, ele também se tornou personagem em um de seus livros, ao lado do seu pai. "As aventuras em Nyiragongo" levava ao mundo as aventuras de dois garotos contando as histórias vivenciadas pelo seu pai e o melhor amigo no Parque Nacional, à beira de um vulcão.

Akin era um senhor muito alto, estava quase sempre alegre e adorava contar histórias da época em que trabalhava no parque. Tinha ótimas ideias que sempre eram aproveitadas para o desenvolvimento do lugar. A melhor, entre todas, como ele mesmo gostava de dizer, foi a de receber animais mutilados por caçadores que não teriam a chance em sobreviver na selva.

Os animais, que geralmente eram sacrificados, poderiam ter um lar e sobreviver ao lado dos seres humanos. Isso certamente, além de os manterem vivos, deveria mostrar ao mundo as atrocidades que aconteciam no país, quase sempre efetuadas por milionários caçadores de outros países. A caça, mesmo sendo ilegal no seu país, era o que lhe tirava a paz, tornando-se um estopim para suas lutas.

A vida deveria ser o principal atrativo de um país e não a morte. Usualmente, Akin adotava a tática de enfrentamento contra as pessoas que aproximavam-se do parque para a caça. Ele e Erasto eram amigos desde muito pequenos, quando eram vizinhos em Kibati, uma pequena vila situada entre Goma, a capital da província do norte de Kivu e o monte Nyiragongo, um vulcão ainda ativo da República Democrática do Congo. Viviam sob alerta de segurança, pois o vulcão parecia estar sempre prestes a explodir e a pequena vila seria a primeira a ser invadida pelo rio de lava.

Akin e Erasto desde a sua infância desejavam chegar perto de sua cratera, sendo confrontados por boas risadas de suas mães quando encontravam-se na frente de suas casas, planejando a subida.

— Quando sentirem o calor da lava eles voltam correndo pra saia das mães.

Ouvir a gargalhada das mães era mais um desafio, que durou até que os meninos completassem doze anos. Foi a idade limite imposta por ambos para que pudessem explorar o monte Nyiragongo de quase três mil e quinhentos metros de altitude. Durante dois anos, treinaram sem que ninguém soubesse para suportar os problemas que a expedição pudesse lhes apresentar. Já sabiam de onde extrair a água e o alimento. Compartilhavam ideias sobre desenvolver meios de defesa contra animais selvagens e insetos, contudo tinham o mesmo pensamento sobre eles serem os intrusos naquele ambiente e não os animais, assim não deveriam colocá-los em risco de vida.

O uso de qualquer tipo de arma era oposto aos seus ideais. Assim, Akin dizia ter desenvolvido um "gás repelente", que ainda não havia sido testado, mas ele próprio não suportava. Acondicionou em uma pequena caixa de isopor várias bexigas com um composto de água e as mais fortes pimentas que seu pai mantinha em um vidro com óleo. A Ghost Pepper foi um presente ao pai de Akin do indiano Dinesh, quando em passagem por Goma.

Ele as carregava para consumo próprio, pois dizia que as pimentas da África eram doces. O pai de Akin certamente concordava, pois havia experimentado apenas uma vez o seu óleo pingado, com a ponta do garfo e a sua ardência o fez temê-la. Akin e Erasto misturaram aquele óleo com um pouco de água e o colocaram dentro das bexigas. Também sofreram uma ardência muito forte em seus olhos, quando aquele líquido grosso começou a escorrer pelo funil. Qualquer animal, mesmo os de grande porte, não suportaria aquela ardência. Akin e Erasto comemoravam a fabricação do “gás” de pimenta.

O observatório do vulcão atravessava um período conturbado, acompanhado de diversos problemas, principalmente financeiros, dificultando as atividades de análise sísmica, gerando muita insegurança à população de Goma e vilarejos próximos ao vulcão. O país estava perdendo investimentos do Banco Mundial no parque, em equipamentos do Nyiragongo e na reestruturação do aeroporto pela falta de controle aos roubos e violência, inclusive com a morte de vários guardas florestais em emboscadas.

O lago de lava vulcânica ultrapassava os duzentos metros de largura, o maior do mundo. A formação de um novo centro eruptivo trazia grandes preocupações aos vulcanólogos, que tinham o tempo como seu maior inimigo, pois previam uma iminente catástrofe aproximando-se. Qualquer nova fissura provocada repentinamente por pequenos sismos do lado sul poderia fazer com que a lava chegasse primeiramente aos vilarejos mais próximos e logo depois à Goma, cidade com população superior a um e meio milhão de habitantes.

Mesmo com problemas operacionais, as análises indicavam estarem próximos a novos abalos. A cidade, parcialmente destruída em outras erupções, já havia sofrido a perda de algumas centenas de vidas.

Sem conhecimento atual das atividades intra-cratera, os dois meninos começaram a organizar a subida ao monte. Akin e Erasto, para despistar a atenção de seus pais, fizeram suas atividades matinais como habitualmente. Apenas duas mochilas, com alguns poucos pertences estavam preparadas e escondidas dentro de um velho tambor, atrás da casa de Erasto. Uma velha lanterna que Erasto guardava, deveria ter economizadas as suas pilhas, pois ele mesmo não tinha ideia de quanto ainda poderiam durar e as "bombas de gás pimenta", seriam os únicos equipamentos de segurança para os meninos. Fora isso, carregam uma única blusa que cada um deles possuía e alguns sacos pretos de lixo. Para comer, tinham apenas alguns pacotes de bolacha guardados há um bom tempo, por isso já estavam meio murchas e deveriam ser racionadas.

— Temos suprimentos para dois dias, comendo duas bolachas a cada três horas.

— Está bom. Podemos encontrar algumas frutas no caminho.

— Seriam mais alguns provimentos. Ajudariam muito.

Akin falava da mesma maneira como ouvia os guardas da vila. Um dia ele também estaria servindo-a.

Durante vários anos, os meninos ouviam muito sobre as elevadíssimas temperaturas da lava em sua cratera, ao mesmo tempo em que ouviam sobre as baixas temperaturas do monte, nos seus pontos mais elevados. Aquilo os intrigava bastante, despertando ainda mais a curiosidade daqueles dois jovens garotos.

Contrastar em seus humildes pensamentos temperaturas tão distintas era muito difícil. Além disso, eles não tinham roupas apropriadas para a subida do monte. Akin, que julgava-se o inventor da dupla, teve a grande ideia de utilizar plásticos enrolados em seu corpo, por debaixo das roupas quando a temperatura começasse a baixar. Lembrou-se de que ela não teria mesma eficiência para protegê-los do calor.

As famílias dos dois garotos eram rudes, com conhecimentos próprios da vida que os cercava, mas muito pouco conheciam da vida além da pequena Kibati. A escapada dos meninos foi marcada pela mesma indiferença de quase todos os dias. Ali as crianças tinham uma certa liberdade para aprofundarem-se na mata, mas poucos ousavam a subida até a cratera. Erasto esperava Akin do lado de trás de sua casa, sentado sobre o tambor, conforme haviam combinado anteriormente.

— Precisamos sair rápido. Minha mãe não pode ver as mochilas.

— Vamos! Tem que ser rápido.

A passos ligeiros, evitaram mais conversas até que adentrassem na mata, para não chamarem a atenção dos familiares. Deveriam evitar a trilha principal, onde havia alguns alertas de perigo. Por ali, era comum cruzar com vários cientistas fazendo pesquisas de solo, animais e aves, assim como turistas de várias partes do mundo e alguns jornalistas. Os roubos a equipamentos e a morte dos guardas ajudaram a tornar um pouco escassa a circulação de pessoas pelo local. Akin tomava o cuidado em deixar pedaços de galhos maiores, apontando para o local a ser seguido no retorno no meio da mata fechada.

A violência, principalmente em ataques no meio da mata, provocava a diminuição no fluxo de pessoas. Isso incidia diretamente na vida daqueles que dependiam diretamente do turismo local. As vendas de água mineral, refrigerantes e comida na pequena venda, na frente da casa de Erasto, tornavam-se cada vez mais escassas, ficando mais difícil colocar comida na mesa da sua família.

Sempre ouviram falar sobre a vista do vulcão, ao mesmo tempo assustadora e fascinante. Era preciso respeitar a força da natureza em sua plenitude, pois ela que exaltava a sua beleza e luminosidade intensa na cor alaranjada, também já havia feito alguns milhares de vítimas fatais, além de destruir tudo por onde passava. Os dois garotos já haviam sentido por várias vezes aqueles sismos , insistindo em avisar que ele estava ali, vivo e próximo, exalando no ar a fumaça e seu cheiro característico de enxofre, tão forte quanto ovo podre.

Calcularam o tempo de subida em mais ou menos doze horas, quase o dobro do que gastariam na trilha principal. Um contato mais próximo com os enormes gorilas da montanha, também fazia parte dos seus planos. Desde pequenos, aprenderam que salvar os gorilas, deveria ser um ponto de honra para o seu país. Sofrendo pela perda de espaços em seu habitat natural, além de apresentarem doenças humanas e, infelizmente, pela covardia da caça indiscriminada, eram os principais fatores que colocavam o animal símbolo do país em risco de extinção.

O encantamento dos meninos pelo colorido dos pássaros, que não se apresentavam com frequência nas áreas mais próximas aos vilarejos, estava muito nítido em seus rostos, calados por saberem que qualquer ruído poderia espantá-los. Eram os mais coloridos que já haviam visto e agora sim eles compreendiam o tráfego de ornitólogos rumando para o parque.

Os pássaros raros, desde algum tempo, já eram protegidos por lei, mas frequentemente eram aprisionados e traficados para vários países do mundo, principalmente para o norte da África, Europa e Ásia, para serem exibidos em viveiros e gaiolas, pela sua beleza e seu canto. Quando Erasto quis dizer algo, foi rapidamente interrompido por Akin, colocando a mão em sua boca, na clara intenção de continuar apreciando a exposição daqueles belos exemplares, em sua dança de acasalamento.

Tinham o conhecimento de que o mais colorido deles era o macho, exibindo-se e tentando impressionar a fêmea. Além de impressioná-la, tinha que sobrepor-se a outros machos que a cercavam. Tinha que manter impecáveis as penas e o canto para serem mais apreciados pelas fêmeas.

As longas paradas fizeram com que o tempo previsto para subida aumentasse muito. Tudo valia a pena naquele momento. Mas a exuberância de uma cachoeira com águas geladas os fez refletir. O paraíso sempre esteve ali tão próximos a eles e só era percebido naquele raro momento de prazer. Lembravam-se de que seus próprios pais nunca lhes havia falado sobre as maravilhas que os cercavam porque eles próprios nunca haviam demonstrado interesse em desfrutar do que a natureza lhes oferecia. Empolgados, eles conversavam.

— Estamos na ilha da fantasia.

— E sempre esteve tudo aqui. Não sei o que eles podem temer

tanto. Por que sempre nos privaram de conhecer esse paraíso?

— Eles temem os gorilas, cobras, aranhas, elefantes e o vulcão. Eles devem pensar que seríamos presa fácil para todos esses animais.

— Não existem mais elefantes em Virunga.

— Meu pai disse que havia milhares. Mais de oito mil deles andando livremente e que acabaram, mas agora estão voltando para o parque.

— Não sabia que estavam voltando.

— Mas é difícil vê-los porque ainda são muito poucos. Maldita guerra que os exterminou.

— Por que diz isso?

— Eles foram mortos porque os guerrilheiros os matavam para vender as suas presas e financiar as suas armas de combate.

— Trocavam elefantes por armas?

— Mais ou menos isso.

— Trocaram oito mil elefantes por oito mil armas?

— Não sei. Mas acabaram com todos.

— Trocaram oito mil elefantes por armas?

— Já disse que não sei.

— Oito mil!

— Quem sabe temos a sorte de encontrar algum.

— Não encontramos nem os gorilas ainda.

— Se não sairmos da cachoeira nunca chegaremos ao vulcão.

— Oito mil!

Akin ria do amigo que parecia não acreditar que os guerrilheiros acabaram com uma das maiores riquezas naturais do Parque Nacional de Virunga. Depois de um sorriso quase imperceptível percebeu que Erasto assimilava aquela tristeza de uma maneira profunda e contagiante, como era a sua alegria em outros momentos. Erasto irradiava o amor pela terra onde vivia. Ele sempre foi bastante falante. extrovertido e brincalhão, mas defendia a sua vila e a sua pátria com unhas e dentes. Repetia oito mil, porque era um número muito grande, não entendia como acabaram.

— A África é a nossa mãe e a mãe de todos.

Sempre repetia a frase, conforme ouvia seu avô dizer. Autoritariamente pedia para amá-la acima de tudo, por toda a sua exuberância, mas acima de tudo por todos os seus problemas. Mostrar a força da terra, era dar a oportunidade dela receber o seu devido valor perante toda a humanidade. Exigir o respeito merecido seria a forma mais honrada de reconhecê-la como berço de si própria. O avô não agia com autoritarismo patriota, apenas com a sua família, ou batendo no próprio peito, mas demonstrava, acima de tudo, com aqueles que não pertenciam ao continente e com os que não o honravam. Exigia o respeito ao berço da humanidade.

— Somente valorizando a terra, as florestas e nossos animais seremos fortes perante o mundo, mas enquanto formos cúmplices da nossa própria decadência, nunca sairemos do fundo do poço.

Seu avô era sábio e conseguia transmitir as suas ideias, quando não pela conquista da confiança, seria pela força das suas palavras perante qualquer pessoa.

Akin ouvia e compartilhava os ideais do avô com as outras crianças do vilarejo, mas, entre todas elas, apenas Erasto conseguia absorver como semente para suas expectativas de crescimento. Foi a partir de então, que eles se uniram para planejar as suas expedições de reconhecimento e intervenção, como eles chamaram.

Agora, saindo da cachoeira, eles se relembravam de quando começaram a desenvolver o plano expedicionário, há quase dois anos. Era divertido para eles lembrar que durante todo esse tempo criavam coragem para desobedecer aos pais, criar métodos para enfrentarem todos os perigos e os medos sobre eles jogado. Estavam preparados para lidar com os animais e o vulcão. Erasto lembrava a todo momento das palavras do avô de Akin.

— Temer é a maior forma de respeito às florestas e aos animais.

— Ele se referia ao amor aos animais e à floresta, às formas de vida. A África é vida.

— Sim. Mas ter medo e correr também é respeito.

Akin divertia-se com o medo aparente de Erasto. A cada som diferente ele olhava desconfiado para Akin e franzia a testa. Era hora de partir, pois, segundos os cálculos de Akin, estavam ainda abaixo da metade da subida dos três mil quatrocentos e setenta metros, ponto onde poderiam visualizar o lago de lava com segurança.

Akin e Erasto, durante os quase dois anos, instigavam Dume, um dos guardas florestais que residiam na vila a falar sobre a grandiosidade do parque, as suas trilhas, seus perigos e as suas belezas. Akin, mais esperto e pretencioso a cumprir com os planos, fazia suas anotações sobre cada detalhe quando chegava em casa. Começou a escrever pela parte de trás do velho caderno, empoeirado e sujo de terra, onde ficavam registradas todas as informações que julgava serem imprescindíveis para a expedição.

Erasto vestia a velha camiseta azul, ainda molhada, quando sentiu uma mão que lhe segurava o ombro.

— Xiu!

Com apenas metade da velha camiseta colocada, Erasto pôde ver Akin, estupefato, com a mão à frente da boca lhe pedindo silêncio. Percebeu que, mesmo muito assustado, o amigo preocupava-se em acalmá-lo. O medo percorreu-lhe o corpo em ondas que faziam a sua perna amolecer.

Erasto sempre foi mais medroso e agora seguia com os olhos o dedo de Akin que apontava para trás. Teve medo de virar-se e seu primeiro pensamento foi correr na direção contrária. Novamente Akin segurou-o pelo ombro, agora com mais força. O movimento com a mão sobre seu ombro o fazia virar-se, como se o dobrasse para a direção onde um bando de gorilas, parecendo cantar enquanto comiam.

As folhas mais verdes eram levadas à boca com profundo prazer pelos enormes primatas. Pareciam-lhes ainda maiores e mais fortes do que ouviam dizer. Seu avô sempre falava sobre a força daqueles enormes animais, mas, durante aquele banquete, adultos e bebês gorilas divertiam-se, brincando e literalmente cantando. Pareciam estar agradecendo pela fartura de alimento, proporcionado pela floresta que lhes dava abrigo e alimento.

O medo dava lugar ao encantamento e o amor que sentiam pelos animais e pela floresta, detalhados visivelmente na prática, retribuído na mais bela composição que já haviam visto. Ficaram ali por um tempo, agachados sobre os calcanhares, até que os seus joelhos começaram a doer. Na tentativa de apoiar o joelho no chão, Erasto soltou um mínimo gemido, logo percebido por um dos gorilas, que parou de cantarolar, soltou as folhas que estava comendo no chão. Desconfiado, olhou para os outros que continuavam a comer, descontraidamente soltando gases, talvez pela quantidade de fibras das folhas que comiam.

Perceberam que era uma fêmea quando um filhote aproximou-se dela, pedindo-lhe colo. Ela fez um carinho em sua cabeça, segurando-o para não subir. Olhava exatamente para onde os meninos estavam parcialmente escondidos. Disfarçando, caminhou em direção até eles para analisar a fonte do barulho. Por algum motivo, ela olhava para trás verificando se mais algum gorila havia percebido aquele barulho.

Agora os dois estavam petrificados, com os olhos estalados vendo a gorila aproximar-se. Era ainda mais gigantesca, quando vista mais de perto. Erasto fez um sinal com a cabeça, indicando uma retirada em direção à cachoeira. Akin lembrava-se das histórias do avô dizendo que correr era a mesma coisa que assumir o papel de caça. Ficar parado ainda era a melhor opção. Akin balançou a cabeça devagar reprovando a ideia do amigo. Suas pernas tremiam pelo medo como nunca haviam sentido.

Entre eles e a gorila havia apenas um pequeno arbusto. Ela que havia demonstrado enorme carinho na maneira como tratava a sua cria e deveria defendê-la com a mesma intensidade, ou até maior sentindo-se ameaçada. A gorila puxou de lado o arbusto, deixando as duas crianças desprovidas de qualquer proteção e olhava aqueles meninos curiosamente. Girava a cabeça, parecendo buscar compreender o que duas crianças completamente indefesas faziam ali. Os olhos negros pareciam tomar um tom amarelado, agora mais de perto. Aproximou o nariz e cheirou os meninos e delicadamente com a parte posterior da mão direita tocou o rosto de Erasto, que fechou os olhos e sentiu aquele toque com pavor, que logo transformou-se em confiança.

Ela sorriu, pegou algumas folhas e afastou-se em direção ao bando.

Entregou as folhas verdes para seu bebê e chamou os outros para partirem sem deixar que eles se aproximassem da cachoeira. Ela mesma tomou água num ponto mais abaixo do leito do rio. Enquanto todos retiravam-se, ela olhou novamente para os garotos que permaneciam inertes e incrédulos.

— Pode levantar-se agora. Eles estão longe.

— Ela me tocou com carinho de uma mãe.

— Sim. Mas é melhor você entrar na cachoeira de novo e lavar a sua calça.

— Ela me tocou. Não quis nos fazer mal.

— Ela os afastou de nós porque quis nos proteger.

— Mas eles não eram ferozes?

— Talvez os outros fossem. Ela sentiu que não ofereceríamos perigo ao bando.

— Sabe que somos crianças. E o gás pimenta?

— Se tivesse usado, estaríamos mortos agora.

— Não podemos usar qualquer tipo de arma contra os animais.

— Vamos jogar fora?

— Sim. Mas não deixaremos nenhum rastro de nossa passagem. Tudo o que trouxemos levaremos de volta.

— Concordo.

De volta à subida, os garotos pegaram o caminho contrário do seguido pelo bando. Apesar da fêmea tê-los protegido, não poderiam cruzar com eles novamente. Não saberiam como reagiriam os outros gorilas. Akin continuava marcando os caminhos com galhos, apontando para o trajeto a ser seguido na volta. Tomava o cuidado de continuar pegando apenas galhos que já estavam soltos pela mata. Galhos arrancados, certamente chamariam a atenção dos animais e traficantes de animais. Akin parecia ter sido treinado para viver na mata, mas na verdade ele apenas havia retido todas as informações que buscou durante os dois anos em que preparou a subida ao vulcão.

Deviam estar aproximando-se do topo, pois o frio começava a ficar mais intenso e a blusa fina, já não era mais capaz de contê-lo. Tiraram as blusas e colocaram os plásticos. Enquanto ajeitavam, riam, lembrando-se dos desenhos de múmias que haviam visto em alguma revista. Erasto levantava os dois braços, caminhando a passos endurecidos imitando-as. Juntos compartilhavam da maior aventura de suas vidas.

— Use os plásticos maiores em suas pernas. Sua calça ainda está molhada.

Akin estava preocupado com o anoitecer chegando, a temperatura caindo e Erasto, ainda com a calça úmida, passaria frio durante a noite.

— Akin, você já pensou sobre o que estamos fazendo?

— Sobre o que está falando?

— Quero dizer que somos dois garotos muito pobres, de uma pequena vila da África. Mas já conseguiu imaginar que muitas crianças ricas, jamais terão essas experiências que estamos tendo?

— Sim! Sou grato por você ter me escolhido para acompanhá-lo nessa aventura. Pensei que jamais teria coragem.

— Corajoso é aquele que enfrenta os seus medos. Talvez você tenha mais coragem que eu.

— Se você não tivesse me segurado eu teria corrido quando a gorila aproximou-se e estaria correndo até agora.

Ambos riram muito, lembrando-se dos fatos.

— Mas você ficou lá, até quando ela o tocou. Antes de molhar a calça, é lógico.

— Pensei que seríamos atacados por ela. Tem coisas que vamos ter que esquecer, como a minha calça. O que espera encontrar lá em cima?

— O grande lago de fogo deve ser maravilhoso e poderemos também encontrar pessoas.

— Não queria encontrar pessoas.

— O problema não está nas pessoas chegarem ao vulcão, mas sim o que elas transformam no caminho.

— Você é muito inteligente. Aprendo muito com você.

— O que é ser inteligente pra você?

— Você conhece muitas coisas e guarda tudo o que escuta. Deve ter puxado seu avô, que é considerado um sábio por todos na vila. Eu não conseguiria guardar tudo, como faz.

— Você também é muito inteligente. Sabe como contornar alguns problemas que eu não teria paciência. As pessoas têm inteligências diferentes e isso é bom porque mostra a importância de cada um.

— Acho que entendi o que disse.

— Precisamos escutar a tudo com ouvidos curiosos, assim saberemos o que outros sabem.

— Parece ser uma boa estratégia para aprender.

— Quando descermos, seremos muito mais inteligentes do que somos agora. Conheceremos coisas que a maioria nunca viu. Como é ser tocado por uma gorila gigante?

Erasto refletiu por um bom tempo e descreveu de maneira simples aquele fato, que certamente transformaria a sua vida.

— É quente, sincero, agradável, amável e dá vontade de estar perto. Pode parecer estranho, mas tive vontade de abraçá-la. Não parecia um animal, eu a abraçaria como a minha mãe. Minha própria mãe nunca me tocou daquele jeito.

— Ela nos olhou com carinho. Quis nos proteger e não deixou que os outros soubessem que nós estávamos ali entre eles. Não éramos ameaça.

— Devem temer os homens, mas não as crianças.

O cheiro dos gases que o Nyiragongo expelia, estava cada vez mais forte. Dependendo da rota do vento, sentiam um cheiro que os fazia lembrar-se de ovo podre, pela mistura do dióxido de carbono e enxofre. Os garotos estavam quase lá, muito próximos a um dos vulcões mais perigosos do mundo, seguindo fora das trilhas. A exaustiva escalada da parte mais íngreme esquentava seus corpos, mas logo a noite estaria caindo e como combinado não acenderiam fogo. Como sempre disseram, queriam sentir-se parte da floresta.

— Precisamos encontrar um lugar para dormir. Caminhar ao escurecer será muito perigoso.

— Entre as pedras estaremos mais seguros e bem próximos à cratera.

Agora não havia mais árvores entre eles e a cratera. Eram apenas rochas formadas depois de erupções, que por ora lhes serviria de abrigo. As últimas erupções ocorridas que deixaram um grande rastro de destruição nos vilarejos e também na cidade de Goma, mesmo estando a mais de dez quilômetros do vulcão. Por ser pobre em sílica e menos viscosa, a lava expelida pelo Nyiragongo conseguia alcançar uma velocidade maior em comparação a outros vulcões em atividade no mundo. Muitos habitantes daquela metrópole foram pegos de surpresa e não conseguiram escapar.

— Não recebemos mais avisos sobre as atividades sísmicas na vila.

— Tremores?

— Sim. Tudo por causa das guerras. O governo não tem condições de manter e os países que ajudavam estão cortando o dinheiro.

— Como sabe de tudo isso?

— Ouvi o senhor Kobe falando na venda.

— Se todos perdem com as guerras, por que eles continuam guerreando?

— Boa pergunta. Mas eu também não consigo entender.

— Pode haver mazukus por aqui? Tenho medo de dormir e morrer com os ventos malignos.

— Não vamos correr esse risco aqui no alto da montanha.

Erasto referia-se ao seu medo dos mazukus, que são bolsões de dióxido de carbono, existentes nas partes mais baixas. Os gases liberados na crosta terrestre são acumulados em bolsas e, ao serem levados pelo vento, podem provocar intoxicações sérias, por vezes levando até a morte as pessoas e animais que estiverem em seu caminho.

Akin demonstrava ter conhecimentos sobre as atuais circunstâncias, tinha as anotações no caderno e na memória, tinha habilidades acima dos garotos da sua idade. A escola da vila muito pouco lhes oferecia, mesmo com a professora desdobrando-se para ensinar a todas as crianças da vila.

A ansiedade era perceptível nos garotos que conversavam sobre vários assuntos, inclusive sobre a preocupação das famílias pelo sumiço dos dois. Deixaram algumas pistas, sugerindo que estariam um na casa do outro e assim talvez os pais ficassem despreocupados. De fato, foi o que aconteceu para a família de Erasto, que criava o filho de uma maneira um pouco mais livre, mas não ocorreu da mesma maneira para a família de Akin.

O cansaço venceu a ansiedade e então os meninos adormeceram, sentindo-se protegidos pelo vulcão. Logo ao acordarem ouviram barulhos ao longe, vindo do lado leste.

— São vozes?

— Parece que sim. Provavelmente devem ser os pesquisadores que estudam as atividades do vulcão.

— Podem ser os turistas também.

— Sim.

Aproximaram-se um pouco mais para tentar descobrir. Era uma dupla de vulcanólogos que carregava alguns equipamentos. Apenas uma mulher e um homem. Pareciam ser dela as decisões mais importantes, pois era ela quem mostrava os gráficos para o outro que desenrolava uma corda.

— Eles vão descer?

— Me parece que sim.

— Como combinamos, não vamos nos aproximar dos seres humanos. A nossa expedição é para conhecer os animais, a floresta e o vulcão.

Para aqueles meninos, cheios de devoção à natureza, conhecer de perto o Nyiragongo era muito mais do que um desafio. Teriam a oportunidade de conhecer um dos milagres da natureza oferecido àquela região. Era maravilhoso reconhecerem-se privilegiados pela natureza que os cercava. Ali era o quintal deles e de todos os outros que se sentiam reprimidos pelos pais e pelas histórias aterrorizantes contadas pelos anciãos da comunidade.

Apesar de toda a destruição provocada pelo vulcão, uma das principais consequências da passagem das lavas é fazer com que as terras alcancem um nível maior de fertilidade, atraindo muitos habitantes para o seu entorno. Estar tão próximo ao gigante da natureza não era somente um desafio, mas, acima de tudo, uma necessidade de sobrevivência enfrentada pelas comunidades que se firmavam na região. Enfim, chegaram ao ponto mais alto de onde podiam ver a represa de lava. Era tão encantador quanto assustador.

— Nossa!!!

— Rocha derretida!

O espanto de Erasto foi seguido pela instantânea explicação de Akin.

— Vem do centro da terra?

— Sim! Lá do meio. Nunca descansa.

— Olhe!

— Eles vão descer a cratera.

— São loucos!

— Eles devem ser experientes e sabem o que estão fazendo. Devem ter muitos anos de escaladas. Alguns deles já moram aqui próximos.

— Mesmo assim é difícil acreditar nessa loucura.

O Nyiragongo era a exuberância em sua plenitude. Morar ali tão perto e não conhecê-lo era como não compreender a força do continente africano. Ali a mãe natureza comprovava a sua magnitude. Poderiam ficar ali o dia todo, sentados, apenas olhando e contemplando. As palavras para descrevê-lo já não alcançavam explicação.

Depois de quase uma hora ali sentados, resolveram contornar a cratera, em seus quase duzentos metros de diâmetro. Os meninos eram leves, ágeis e o repertório motor de ambos, conquistado pelas brincadeiras e vivências de pés descalços nas subidas das árvores, lhes garantia um andar eficiente e ligeiro, nas bordas estreitas da cratera, entre as rochas esculpidas pelas lavas.

Ouviram a voz da mulher, comunicando-se em uma língua muito estranha aos seus ouvidos. O homem tentava responder, mas parecia emitir apenas alguns grunhidos e estar com muita com dor. Era quase um choro. Estavam numa parte mais abaixo da cratera, difícil de serem vistos de onde os meninos estavam.

— Vocês precisam de ajuda?

— Help!

— Help é socorro?

— Help é socorro.

— Eles devem ter outra corda.

— Vê se você acha perto das mochilas.

— Amarre em minha cintura e você me ajuda a descer.

Erasto mostrava-se muito corajoso, totalmente diverso à sua autoavaliação do dia anterior. Para Akin, não era novidade nenhuma aquela demonstração de coragem, afinal de contas, ele sempre esteve ao seu lado e não se acovardou ao contato da enorme gorila.

— Essa deve ser suficiente. Deve ter uns vinte metros.

— Desça devagar.

— Fique tranquilo. Lembre-se de que sou campeão da subida em palmeiras.

— Confio em você. Mesmo assim, tome cuidado.

Erasto começou a descida devagar, escorando os dois pés nas saliências rochosas e segurando firme na corda. Ao olhar para trás, pôde perceber melhor a imensidão da cratera, que em nada lhe lembrava o inferno, como muitos na vila diziam. Era uma visão deslumbrante, somada ao medo que uma possível queda lhe proporcionava. Era uma mistura incrível de sensações. Akin deveria estar junto a ele para sentir aquele prazer inigualável.

Apesar de ser bastante leve e experiente em alturas, como ele se gaba em ser, começava a sentir o peso e as mãos começavam a escorregar. Sentia que já não mais suportava o próprio peso. Não se deu conta de que ali não teria a ajuda das pernas entrelaçadas, como fazia na subida das palmeiras. A pele de suas mãos começava a se soltar, formando bolhas enormes, dificultando ainda mais a pegada.

— Ei, garoto! Aqui embaixo.

Na língua kituba, com um sotaque alemão bastante arrastado, a moça que estudava vulcões estava logo abaixo de Erasto, levantando as duas mãos, numa tentativa de alcançá-lo para aliviar o seu peso, ajudando-o na descida. Estava presa em um pequeno platô de mais ou menos um metro quadrado, formado pela lava.

Erasto, sem mais conseguir suportar o peso do corpo, despencou sobre a moça, que dobrou as pernas tentando segurar o menino que se arriscava para ajudá-los. Como o platô era muito pequeno, Erasto caiu, ficando seguro apenas pelas mãos de Raika. Olhou para baixo e imaginou ser aquele o seu fim.

Viu novamente o rio de lava, em nova perspectiva, continuava lindo. Raika era forte, trabalhada na isometria das escaladas e devagar conseguiu trazê-lo de volta para cima. Ofegante, o menino arregalava os olhos, tendo à frente o azul dos olhos dela, contrastando com o laranja avermelhado do vulcão ao fundo. A sua voz não saía para agradecer.

— Calma! Está seguro agora. Como chegou até aqui?

Erasto demorou alguns segundos para conseguir responder.

— Ouvimos o pedido de socorro e viemos ajudar. Pode falar francês que eu compreendo.

— Está com mais alguém? Petrus tenha calma. Estamos com ajuda.

O seu francês já não era tão carregado no sotaque, quanto o dialeto africano. Eufórica, ela já emendava os gritos em alemão para seu companheiro que estava em perigo mais abaixo.

— Estou com meu amigo.

— Precisa pedir pra ele jogar uma outra corda. Diga a ele que é uma corda fina, branca e vermelha, que está dentro de uma das mochilas. Meu amigo está lá embaixo e precisa da corda maior.

— Akin! Akin!

— Está tudo bem?

Os meninos conseguiam comunicar-se aos berros, tentando superar o som emitido pelo vulcão.

— Tem uma corda cinza e vermelha na mochila. Prenda-a nos ganchos e solte-a.

— Achei. Como prendo?

A corda era grande o suficiente para chegar até Petrus, que conseguia manter-se amparado em um pequeno bico de rocha, a mais de dez metros abaixo, conforme explicava Raika. Aquele era o lado mais íngreme da descida da cratera, por onde poucos se aventuravam. O lado oposto era o mais movimentado, por onde chegavam os turistas. Petrus havia sido atingido por um deslizamento de algumas pedras e Raika não conseguia chegar até onde ele estava preso pela corda.

— Eu vou descer e levar a corda até ele.

— Não pode arriscar-se menino. Suas mãos estão muito machucadas. Não vai conseguir.

— Se você me emprestar as suas luvas eu consigo.

Akin adiantava-se em pedir ajuda para outras pessoas, do lado oposto. Seria difícil para dois garotos fazerem o resgate sozinhos e a ajuda veio logo, com alguns aventureiros chegando rápido, após gritos e sinalizações com as duas mãos de Akin.

Logo chegaram cinco homens e mais uma moça. Todos turistas sem experiência em escaladas. Foi a moça quem deu a ideia de levarem o cobertor para apoiar sobre as pedras, diminuindo o atrito com as rochas que poderia fazer a corda romper-se. Postados logo acima do local do acidente, começaram a gritar para que eles se amarrassem na corda para serem puxados.

— Você deve esperar aqui. Eu desço, prendo-o e subimos. Você o ajuda daqui para cima. Depois eles sobem você e por último eu.

— Sim, mas eu subo depois de você.

Raika admirava a coragem e a desenvoltura do menino, mas não concordava com a ideia de deixá-lo por último. Ela era a pesquisadora e ele apenas um garoto com as mãos feridas.

Erasto já não tinha mais medo. As urgências do mundo africano e a suas vivências, somadas à ansiedade de transformação instantânea de Akin, colaboravam com a sua evolução. Enquanto descia repensava seus projetos com o companheiro em flashs de memória. Era um prazer poder compartilhar todos aqueles momentos e ver os seus sonhos se realizando.

Devagar começou a descida, depois de Raika segurar as suas duas mãos e agradecer. Sem as técnicas de alpinismo, o menino desceu segurando firme na corda, com as luvas da moça e apoiando os pés nas pontas das rochas. Imaginava uma parada em outro pequeno platô, onde Petrus deveria estar alojado. Aproximando-se pôde ver o pesquisador sentado, com sangue escorrendo-lhe da cabeça ao peito. A pancada devia ter sido forte. Certamente levaria alguns pontos no corte, que ele tentava estancar com o punho da sua jaqueta. Em francês comunicou-se com Erasto, lembrando de agradecer-lhe, antes de mais nada.

— Obrigado, menino.

— Vamos prendê-lo no gancho e o puxaremos para cima. A sua esposa o ajudará um pouco mais acima.

— Ela não é minha esposa, infelizmente. Eu até tentei. Vá você primeiro, garoto.

— Não! Primeiro os feridos.

— Você é valente. Quando descer a corda com o equipamento, prenda-o firme dessa maneira em sua cintura.

Preso à corda, e com a ajuda dos turistas, Petrus começou a ser içado. Subiu sem tirar os olhos daquele menino, que agora sem luvas, olhava para as mãos cheias de bolhas. Tinha ali o olhar não somente para o menino, que acabara de salvar a sua vida, mas para todo um povo que sofria em subcondições de vida, e mesmo assim, pensava no seu próximo. E o que o mundo fazia por eles? Logo chegou até o pequeno platô, onde estava Raika, que se apressou em segurar-lhe a mão, enquanto continuava subindo devagar. O sangue ainda escorria-lhe pelo rosto.

— Meu Deus! Você está bem?

— Estou bem! Cuide do garoto.

— Eu cuidarei. Me perdoa? Foi minha culpa.

— Espero vocês lá em cima.

Cerca de dez minutos depois, a corda retornava até Erasto, com a cadeirinha de segurança amarrada. Durante a subida lembrava-se de que seus pais jamais poderiam saber do acontecido.

— Calma, menino, já está chegando.

— Você também, tenha cuidado.

Erasto era gentil e muito educado. Ao chegar lá em cima, foi puxado pelos punhos por um dos turistas. Akin foi cumprimentá-lo, quando percebeu os ferimentos.

— Está machucado.

— Isso não é nada.

Logo depois Raika chegava, indo direto até Petrus e os meninos que estavam logo ao lado. Os meninos eram parabenizados como heróis pelos turistas, que os ajudaram no resgate. Petrus estava deitado com um pano estancando o sangue, que insistia em escorrer pelo seu rosto. A caminho do hospital, Raika insistiu em acompanhar os garotos até em casa, mas foi repelida de imediato por Akin.

— Precisamos retornar pela mata. Ainda temos uma missão em nossa expedição para cumprir.

Raika entendeu a necessidade dos meninos.

— Obrigada! Vocês serão sempre os nossos anjos.

Akin e Erasto já haviam cumprido a sua missão em Nyiragongo e deveriam retornar para casa, voltando pela floresta. Os galhos deixados estrategicamente por Akin apontavam o caminho a ser seguido. Os dois conversavam baixo sobre a sua aventura no vulcão, quando ouviram outras vozes. As vozes não estavam muito longe e representavam um grupo de pessoas conversando no dialeto Kituba, deixando claro que não deveriam ser pesquisadores porque geralmente falavam alemão ou francês.

Devagar aproximaram-se do grupo. Dois guardas estavam amarrados e amordaçados, um de cada lado da mesma árvore. Um pouco mais à frente, em outra árvore estavam nas mesmas condições, outros dois homens. Pela barba e bigode brancos, deveriam ser pesquisadores alemães. Akin fez um sinal para saírem pelo outro lado, imaginando denunciar o fato aos outros guardas.

Akin estava saindo cuidadosamente quando foi seguro pelo braço por Erasto. Com ódio em seu olhar, ele apontava para o lado oposto, onde a gorila, mais um macho e o filhote estavam amarrados, numa espécie de cama feita com galhos grandes de árvores. Akin nunca havia visto Erasto com tanta raiva. Geralmente, era um menino extremamente calmo, até mais do que deveria, como lhe dizia Akin.

Akin fazia novamente um sinal para irem buscar ajuda, sendo reprovado instantaneamente pelo sinal negativo com a cabeça por Erasto. Deixá-los ali por mais algumas horas, poderia ser o mesmo que decretar a sentença de morte dos guardas e perda da família de gorilas para o tráfico internacional. Mas como poderiam os dois garotos salvá-los contra vários guerrilheiros/traficantes armados de fuzis?

Esperaram observando as ações daqueles homens que pareciam não temer nada, pois falavam alto e gesticulavam com suas armas em punho. Um deles preparava algumas ampolas e seringas em uma sacola. Provavelmente sairiam para mais uma caçada aos gorilas. Saíram em um grupo de oito homens, deixando apenas dois para vigiarem os homens e a família de gorilas. Não temiam a guarda e pareciam confiantes de que nada atrapalharia os seus planos.

Akin e Erasto tinham facas em suas mochilas. Akin, mais minucioso, lembrou-se de amolá-las e deixá-las com bom corte. Esperaram até que os outros se afastassem e então utilizaram como estratégia jogar uma pedra para fazer barulho perto dos gorilas e soltariam os guardas e os pesquisadores. Quando jogou a pedra, um dos homens indicou com a cabeça para que o outro fosse verificar, enquanto ele vigiaria os guardas.

Akin colocou a mão dentro de sua mochila e pegou a caixa de bombas de pimenta e a atirou contra o outro traficante. Sem enxergar, ficou vulnerável e foi atingido por uma pedrada lançada por Erasto, em sua cabeça. Sempre foi o melhor de mira entre os seus amigos. Talvez a calma o ajudasse nesses momentos. Akin rapidamente passou a faca nas cordas liberando os quatro homens. Um dos guardas pegou a faca de Akin e pediu que eles ficassem atrás das árvores.

O traficante retornou para avisar ao outro que estava tudo certo com os gorilas e, sem resposta, voltou rápido para onde os guardas estavam presos. Avistou o companheiro caído ao chão e não mais os quatro homens. Desesperou-se. Erasto, desobedecendo o guarda, foi libertar os gorilas. Tocou a gorila da mesma maneira como ela o havia tocado e cortou as cordas, depois a do macho e por último liberou o filhote.

A gorila fêmea ficou protegendo o filhote e os meninos enquanto, sorrateiramente, o macho partia para uma emboscada ao traficante. O gorila passou pelos dois pesquisadores que estavam agachados, olhou-os nos olhos, como se pedisse para que todos os deixassem em paz na floresta e seguiu em busca do traficante. Já no seu raio de visão, e sem saber que os gorilas estavam soltos, o traficante procurava pelos guardas. O gorila movimentou-se com destreza por entre os arbustos, até ficar atrás do traficante. Quando ele virou, o gorila o segurou pelo pescoço, sufocando-o lentamente. Libertos, os gorilas começaram a gritar muito alto, avisando aos outros do bando que estariam em perigo. Os guardas e os pesquisadores, armados com os fuzis dos próprios traficantes, partiram em busca dos seus companheiros. Pediram aos meninos que seguissem por outra trilha, pelo lado contrário ao seguido pelos traficantes.

Ao chegarem à vila, os dois meninos separaram-se e em suas casas foram reprimidos pelos pais que exigiam saber onde eles estavam. Os pais já haviam combinado de reunir-se na casa de Erasto para conversar com os filhos, para desfazer-se da mentira de que estariam um na casa do outro. Quando chegavam à casa de Erasto, cruzaram com as viaturas dos guardas que haviam aniquilado toda a quadrilha de traficantes de animais, que os enviavam para colecionadores, principalmente do Oriente Médio. Quando entravam na casa, a viatura parou.

— Vocês são os pais desse garoto?

— Sim, nós somos. Algum problema?

— Onde está o outro garoto?

— O Akin mora aqui.

— O senhor pode me dizer o que está acontecendo?

— Pode chamar o garoto e os pais dele também?

O sargento da guarda era bastante incisivo nos questionamentos e na exigência dos dois garotos juntos. Assustados, os pais e as mães queriam logo saber qual crime os filhos poderiam ter cometido. Eram bons meninos e jamais fariam mal a alguém ou cometeriam algum furto, mas a situação os deixava bastante apreensivos. A mãe de Erasto já o segurava pelo braço, para evitar uma fuga do filho.

— Seus filhos são grandes heróis e um orgulho para toda a nossa comunidade. Hoje eles foram bravos guerreiros.

— Mas o que eles fizeram? Do que o senhor está falando?

— Primeiro, eles salvaram os dois pesquisadores responsáveis pelos alertas de sismos, que sofreram uma queda na boca do vulcão. Um deles... você. Mostre as suas mãos.

As mãos de Erasto estavam em carne viva.

— Ele desceu pela corda, por quase vinte metros para salvar a Doutora Raika e o Doutor Petrus, os responsáveis pela salvaguarda dos sismos, que avisam a qualquer pequeno abalo do Nyiragongo. Depois eles salvaram dois guardas, mais dois pesquisadores e também salvaram nossos gorilas que já estavam sendo traficados para a Arábia Saudita. Graças a vocês, nós conseguimos acabar com uma parte da quadrilha de traficantes, e prender outros dois vivos, com a ajuda dos próprios gorilas. Graças a vocês dois, todos os nossos primatas estão a salvo.

Cinco anos depois, os dois foram admitidos como guardas no Parque Nacional de Virunga, onde podiam ver todos os dias as suas próprias fotos na entrada da guarda e serem reconhecidos como "Os meninos do Nyiragongo". Juntos em suas batalhas, acreditaram também que os elefantes poderiam voltar ao parque e fizeram todo o possível para que eles retornassem.

A volta desses animais fez com que várias outras espécies, que há décadas não eram vistas, pudessem ressurgir no parque. Já eram algumas dezenas, logo seriam centenas e possivelmente poderiam voltar a ser milhares, como um dia haviam sido. Os elefantes deixariam de ser, graças ao sonho e proteção dos guardas e de toda a comunidade, prêmios ou moeda de troca para a guerrilha, com seu marfim.

Akin era um dos ativistas mais fanáticos em defesa da vida

africana, na sua essência. Suas lutas eram reconhecidas e respeitadas por várias entidades ao redor do mundo, muitas vezes foi contido pelo amigo Erasto, que o alertava sobre os perigos em desafiar os guerrilheiros.

Azuma Bendi era o General, como ele mesmo se intitulava, da guerrilha armada, contra um governo que oprimia, principalmente os menos favorecidos e era acusado constantemente de corrupção. Azuma era conhecido como o exterminador de vidas africanas. Controlava a venda ilegal de madeira, tráfico de animais e para isso não perdoava as vidas humanas que estivessem em seu caminho para armar fortemente os seus seguidores.

Havia um conflito dentro da sua própria família, que colocava em xeque a luta de Akin. Entre o orgulho do pai e marido que lutava pela vida dos animais, da floresta, da África continental e o homem que expunha a si mesmo e a própria família à ira de uma guerrilha, que assassinava o seu próprio povo na luta pelo poder de um país já marcado pela miséria.

As ameaças eram constantes, contra ele e contra a sua família. Foi durante a última invasão dos guerrilheiros no parque, em busca de marfim e tráfico de outros animais, que Akin, Erasto e os outros guardas foram vítimas de uma emboscada. Após uma denúncia, partiram em um grupo de trezes guardas, sabendo que o grupo dos comandados de Azuma era maior e mais bem armado.

O dinheiro do tráfico gerava renda suficiente para a compra de armamentos muito superiores aos dos guardas e até mesmo do exército do país. Não era por menos que muitos guardas amedrontados davam baixa da guarda. Naquele dia, os guardas antes de partirem olhavam-se em silêncio, como heróis que partiam para uma guerra perdida. Akin procurava encorajá-los, motivando-os para uma luta desigual, mas dizia compreender se alguém voltasse atrás na sua decisão. Não seria justa uma cobrança sobre pais de famílias, que viviam uma batalha, onde o final estava muito além de um horizonte imaginável. Quando se viram em meio ao grande número de guerrilheiros, sentiram que poderia ser o fim de todos, junto aos seus ideais.

Em meio a uma longa rajada de tiros, os bravos guardas caíam um a um. Akin, vendo os companheiros caindo mortos ao seu lado, levantou-se e saiu atirando em direção aos guerrilheiros, com toda a fúria de sua alma estampada em seus olhos. Foi alvejado várias vezes por todo o seu corpo. Com as armas levantadas, os guerrilheiros comemoraram a morte do grande líder Akin. Apenas Erasto permaneceu vivo e, apavorado, não conseguia imaginar um final diferente para si.

O silêncio significava que eles estavam se aproximando e ele não teria nenhuma chance. Sabia que o final aproximava-se. Da pequena carteira, quase vazia, tirou a foto com toda a família e a beijou, em um choro melancólico. A sua arma, sem munição, já não poderia mais ajudá-lo. Estava cercado. Fechou os olhos e agradeceu a Deus pela família e pelos amigos que estavam caídos ali, bem próximos.

De repente, quando abriu os olhos deparou-se com um fuzil apontado para a sua cabeça. Viu o espírito de Akin ao seu lado. O amigo não o havia abandonado, mesmo após a sua morte. Era o mais bravo guerreiro de Virunga. Então, a gorila que ele havia salvado esganou em poucos segundos o guerrilheiro e logo ouviu-se uma gritaria absurda, como jamais havia ouvido, vinda dos gorilas. Todos os gorilas da floresta estavam unidos. Eles também haviam armado uma emboscada contra aqueles que invadiam a sua floresta, tiravam a sua liberdade e assassinavam friamente os homens que a protegiam.

Erasto foi acompanhado de perto e em segurança pela gorila até a saída da mata. Antes de sair, Erasto colocou a mão em seu rosto. A gorila, que um dia o havia tocado, hoje era tocada novamente, na mesma intensidade de sentimentos.

Os jovens guardas, Akin e Erasto, haviam prometido defender com as próprias vidas a floresta e os animais que nela viviam. Erasto conseguiu sair ileso, no entanto, depois da morte do fiel companheiro e de todos os outros guardas, pensando na sua esposa e três filhos, trocou a guarda pelo comércio na entrada do parque.

As lembranças dos dois meninos que cresceram com o mesmo desejo de dedicar as suas vidas ao Parque Nacional de Virunga, a sua flora e fauna, além de revelar ao mundo as maravilhas que a mãe África apresentava, estavam estampadas nas fotos que cobriam as paredes de madeira da venda. Akin e os outros guardas para sempre seriam lembrados como heróis africanos.

Buhba contava as histórias de seus pais e percorria todo o continente africano, descrevendo em seus livros as riquezas, a biodiversidade, as alegrias e as tristezas do seu povo. Tornou-se referência literária, não só na África, mas em todo o mundo. Recebeu o Prêmio Nobel de Literatura, ainda antes de terminar a saga "O segredo de Spalla", com o seu livro "Libertas", em um romance sobre o período da escravidão de seu povo, em uma sequência de cinco volumes e quase duas mil páginas, que já havia vendido até o momento mais de cinquenta milhões de cópias.

Capítulo 8

Evolução final dos sons

Mais de trinta anos haviam se passado desde a morte de Tommy. Buhba já havia perdido quase toda a sua família e escrito centenas de livros. Escrever era fácil e acima de tudo divertido. Desde os primeiros ensinamentos de sua mãe, o ainda garoto descobriu que tinha habilidades especiais para leitura e escrita. Devorava todos os livros com que os turistas presenteavam a mãe.

Hoje tinha seus livros traduzidos e lidos em mais de cem países. Mas um livro em especial o atraía mais, "O segredo de Spalla", ainda não estava terminado, mas era tratado com todo carinho pelo escritor, tanto que a não concretização do seu final o entristecia, porém, sem qualquer cobrança sobre Tommy, que apresentava-lhe os fatos em conta-gotas. Certamente ele estaria aguardando um momento especial para o seu grande final.

Buhba não havia abdicado da necessidade de satisfazer as suas curiosidades sobre a vida após a morte, mas decidiu optar pela liberdade total de Tommy, em transmitir à sua maneira e de acordo com as suas necessidades o desenrolar das histórias sobre a lenda. Estava muito tranquilo em suas intuições e interpretações e jamais romperia a confiança nele depositada.

Estava tudo demasiadamente perfeito. Talvez a morte nem precisasse ser compreendida em vida. Percebeu que tudo fluía em total consonância com a vida de Carol, no seu ritmo, como se fosse a mais suave de todas as músicas por ela tocada. Compreendia que ele a acompanharia no plano terreno eternamente e a protegeria com os olhos e com o coração. Todo o amor dedicado à moça em tão pouco tempo de vida, não seria diferente no seu pós vida.

Buhba sempre foi tranquilo, amigo e conselheiro. Desde pequeno, deitava-se no colo da mãe e lhe dava conselhos. Era ele quem a acalmava, depois da perda repentina do marido. Ao invés de reclamar quando era reprimido de sair de casa para brincar, compreendia que, mais do que ficar estudando, era a proximidade com o filho que a mãe desejava. Levado pela liberdade de conhecer o mundo na oportunidade oferecida por Tommy, descobriu-se ágil em resolver problemas e contornar situações adversas para Tommy e para a equipe.

A evolução de um jovem, saído de uma situação de extrema pobreza, em um dos países mais pobres do continente africano, era revertida pelos seus conhecimentos adquiridos por meio dos livros. Nunca havia tido qualquer contato com a internet, antes de partir de sua vila. Hoje, Buhba transpunha toda a sua vivência e os seus saberes para os livros, compartilhando-os com milhões de pessoas espalhadas por todo o mundo.

Em suas viagens, sempre dava um jeito de encontrar-se com Carol, acompanhar os shows e, na maioria das vezes, conseguia encontrar com os garotos da Bio. Carol fazia questão que ele estivesse presente em todos os países onde estreava seus shows e o próximo seria na cidade do Rio de Janeiro.

Nessa viagem ao Brasil, Carol conheceu um menino, com imensa habilidade musical. Era uma criança especial pela simplicidade e pela determinação com que expunha seus sonhos. Thiago, que completaria oito anos no dia do show, foi diagnosticado com autismo leve. Era um menino doce que segurava a mão de sua mãe com a mesma intensidade e ternura que seus olhos se dirigiam para ela no Copacabana Palace Hotel, onde Carol e os músicos estavam hospedados. A mãe era a única pessoa a quem ele olhava diretamente nos solhos.

— Trouxe meu filho para conhecê-la. Quando viu na TV que estava em nossa cidade, me fez prometer que o traria para vê-la.

Carol abaixou-se para falar com ele.

— É um grande prazer para mim conhecer alguém com tantas habilidades musicais. Gostaria muito que um dia viesse tocar comigo. Você quer ser músico?

— Não.

— Não quer tocar com nossa orquestra, na sua cidade?

— Eu quero ser presidente do meu país.

— Me desculpe, mas já faz um bom tempo que ele diz que vai ser presidente. Isso acontece desde quando ele perguntou ao pai, quando o Brasil se tornaria um país mais justo com a sua população e o pai dele respondeu que só mudaria quando ele fosse presidente.

A própria mãe não continha as suas emoções ao falar do sonho do filho. Seus olhos já estavam marejados. O garoto havia presenciado a morte do pai, durante um assalto na frente do seu prédio.

— Que pessoinha mais linda. Você pode autografar esse livro que comprei sobre as maravilhas do Brasil?

Não era um simples pedido para uma criança. Carol estava muito emocionada com aquela criança que queria mudar o seu país. Era a essa evolução a que ela se referia em suas músicas. Agora, levando a terceira fase de seus shows em turnê pelo mundo, podia compreender em cada detalhe como esse, ou no encontro com o médico Duke, que a evolução não ocorre em uma única vida, mas em todas as suas passagens.

Carol precisava aceitar que o ser humano é imperfeito, e as suas vivências, suas alegrias, suas decepções não moldam somente o seu caráter, mas aliviam o espírito e transferem o saber para outras vidas e cada ser obedece ao seu ritmo. Nada é para agora quando falamos em evolução, porém o despertar é instantâneo. É preciso dar um start, para que o fluxo das energias seja redirecionado o tempo todo para a transformação desejada. Apesar da possibilidade da eterna evolução, porém é preciso mover-se na direção correta agora. Durante essa trajetória seremos constantemente induzidos a erros e retrocessos. É necessário autoavaliar-se constantemente. Os caminhos da vida não seguem uma direção mostrada em uma tela de GPS, mas sim em nossa própria consciência e no livre-arbítrio.

Carol já estava cansada de tantas viagens e a apresentação do Rio de Janeiro marcaria a sua despedida. Precisava novamente aproximar-se de seus projetos. A sua luta pela evolução havia sido levada para muitos países e algumas centenas de milhões de pessoas, durante as três turnês, mas a maior aprendizagem era intrínseca.

A maestrina, que usualmente ditava o ritmo por meio de sua batuta, precisou reaprender a obedecer ao ritmo da individualidade de cada um. Sobrepor o livre-arbítrio à própria missão, levando ao erro, não seria passível de culpabilidade do espírito, mas um caminho errado que deveria ser reprogramado em nova aprendizagem evolutiva.

Na terceira e última turnê, quase toda a orquestra havia sido renovada. A morte de Margareth em um acidente de carro foi muito marcante para toda a orquestra, na qual ela sempre era lembrada como a "mãe de todos". Alguns integrantes ainda continuavam, como era o caso de Haniel, que cumpria a sua promessa de jamais abandonar a maestrina.

Encontrar Buhba, Samantha, Scarlet e Mathew era sempre uma festa na vida de Carol. Na sua despedida dos palcos fez questão que estivessem todos que marcaram a sua vida tão de perto. Adele, há muito tempo não aparecia, mas ainda mantinha contato. Dizia apenas que estava trabalhando muito. Ela não tinha parada, sempre embrenhando-se pelo mundo afora, aceitando novos desafios.

— Você está linda!

— Minhas queridas! Estava morrendo de saudades.

A gêmeas apertavam Carol em um abraço duplo, como elas diziam, quase sem dar chance de reação para a maestrina. Logo Mathew, mais contido, juntou-se em um abraço triplo.

— Que bom ter vocês aqui. Deveriam estar sempre aqui ao meu lado.

— Mas nós viemos por causa da cidade maravilhosa.

— Praias, sol... bailes funk.

— Cariocas!!!

— É claro que elas estão brincando. Elas estavam muito ansiosas pra vê-la e no avião só falavam em segurar você mais tempo perto de nós. Cuidado, porque você corre o risco de ser sequestrada por essas duas loucas.

Mathew interferia nas brincadeiras, mas estava claro que a maestrina reconhecia o jeito desprendido das gêmeas. Estava estampado nos rostos alegres e naquele abraço que custava tanto a se desfazer.

— Meus amores.

— Vem ficar conosco depois que tudo terminar?

— Prometo pensar. Mas preciso tomar um tempo para refletir sobre tudo. A vida parece ter passado tão rápido e eu tenho muita saudade da minha casa, minha rua, meu bairro, minhas plantas e tudo mais.

— Olha quem está chegando.

Carol e os três conversavam ao lado do piano de cauda no saguão do hotel e quando os três puxavam Carol pelas mãos para ir recebê-lo.

— Esperem. Vamos recebê-lo de um jeito diferente.

Carol sentou-se ao piano que sempre ficava aberto em suas passagens pelo hotel, como um convite para que ela o tocasse. Era uma gloriosa propaganda para o hotel. Für Elise era a música predileta de Buhba. Quando começou a tocar ele se virou imediatamente no balcão.

— Reconheço mais que a própria música, a pessoa que toca ao piano. Já volto.

— Claro, senhor!

Buhba abraçou os três enquanto Carol terminava a música.

— Meu querido! Sempre bom vê-lo.

— Parece que estivemos juntos ainda ontem.

— Meu escritor favorito. Terminou o livro?

— Terminei de escrevê-lo no avião.

— E essas crianças, já estão dando trabalho?

— Vamos levá-la conosco. Estamos quase acertando a ida dela.

Enquanto os três subiam para o quarto, Carol e Buhba aproveitavam para colocar os assuntos em dia, sobre os projetos, livros, música, Adele e como não poderia deixar de ser, sobre Tommy.

— Disse às crianças que preciso da minha casa por algum tempo. Mas, e a Adele, tem falado com ela?

— Me disse que anda muito ocupada, mas que tentaria vir para cá. E o Tommy?

— Ela também me disse que viria. Sinto-o mais presente a cada dia. Sempre! A presença dele me faz muito bem, me dá forças e a paz de que eu preciso. Ele precisa terminar esse livro que virou uma lenda, literalmente. Tenho muita vontade de ler.

— Tudo no seu tempo.

— Vamos até o Cristo Redentor?

— Depois de um banho estarei livre. Faz muito tempo que não subo lá. A vista do Rio de Janeiro é uma das mais lindas do mundo. Saudade dessa cidade maravilhosa.

Quando chegou ao seu quarto, Buhba assustou-se pela presença inesperada de Tommy, deitado em uma das duas camas.

— Sabia que não deixaria de estar aqui para a despedida de Carol.

— Vai ser uma despedida animada. Essa turnê foi muito importante para a sua evolução. Ela aprendeu que não é capaz de intervir na evolução das pessoas. Os caminhos são oferecidos a todos, mas as decisões são pessoais.

— Mas, e você, qual é a sua verdadeira missão?

— Protegê-la. A missão dela é um fardo bastante pesado. Está bastante cansada e espíritos maus farão de tudo para tirá-la do seu caminho. O espírito dela é muito forte, mas no corpo terreno ela fica mais vulnerável.

— Essas pessoas ainda estão na vida dela?

— Ainda existem muitas. As que sentem inveja, desprezam, interferem na sonhada evolução. Existem pessoas importantes, querendo aproximar-se de Deus, por meio dela. Ela compreendeu que é preciso ter humildade para aprender os desígnios de Deus e fazer parte dos Seus planos é uma honra, mas a grande sabedoria está em aprender, não em ensinar. A Carol sabe como separar as pessoas que poderiam afastá-la da sua missão.

— Não é fácil compreender qual é a nossa missão. Qual é a minha missão?

— Pense em tudo o que foi e o que fez, de onde e de quem você veio. Partindo da sua família, vocês tiveram a missão de dignificar o seu povo e a sua terra. Você tornou-se influente para alguns milhões de pessoas e leva o bem a todos, atua contra as desigualdades. Luta contra as desigualdades e pelo respeito aos pobres por todo o mundo.

— Se não fosse por você, talvez não estivesse escrevendo. Devo-lhe mais essa.

— Seus pais. Eles são os responsáveis por tudo o que você se tornou. A sua consciência, criticidade e sabedoria vem dos seus pais. É um exímio escritor.

— Quando terminaremos o livro?

Nesse momento Buhba recebeu uma ligação de Carol.

— Pronto para subir o Cristo?

— Ainda não. Mas nos encontramos no saguão em quinze minutos.

— Ok.

Quando virou-se para ouvir resposta, Tommy havia partido. Estaria por perto para outras conversas.

Céu e mar pareciam unidos em um intenso azul. A temperatura passava facilmente dos trinta e sete graus. O bondinho estava quase em sua lotação máxima, naquela linda sexta-feira. No Cristo Redentor, Carol, sendo espírita, aproveitava para agradecer por toda a sua vida e todas as graças recebidas, durante todo seu o tempo na Terra. Pedia forças para terminar as suas missões e proteção a todos.

— Existe um muro imenso entre aquelas duas partes da cidade. Essa barreira social e econômica que a vida inoportunamente nos impõe. É a dignidade colocada à prova todos os dias, a cada instante.

— São os muros que você descreve muito bem no seu livro,

"Dignidade e esperança".

— Sim. Até mesmo para chegar ao Cristo existe um preço, e olha que não é barato.

— Esse país tem tudo para ser rico.

Depois de um longo debate sobre as maravilhas, os problemas sociais e comparações entre regiões brasileiras e a África, Carol e Buhba retornaram para o hotel. Carol deveria passar o som e fazer uma vistoria no palco montado na Praia de Copacabana, bem em frente ao hotel.

Tommy novamente aparecia no quarto de Buhba. Dessa vez, aguardava na janela, olhando para o palco, montado logo ali à frente.

— Logo ela estará passando o som, preparando seu último show. A última regência da sua orquestra.

— Os músicos sentirão muito a sua falta.

— Está chegando a hora de você terminar o livro.

— E o que devo escrever? Como será o final?

— Você saberá quando. Precisa estar preparado para o momento certo.

— Você poderia tornar as coisas mais fáceis.

— E então, qual seria a graça disso tudo, meu amigo?

— Como você a vê?

— Já assumimos tantos corpos terrenos. Posso lembrar-me de cada detalhe, de cada uma de nossas vidas. Mas as nossas almas jamais poderão se encontrar. É difícil entender como Deus poderia nos impor tamanho castigo.

— Tem um detalhe que me tira o sono às vezes. Eu refiz os seus caminhos do autódromo até o hospital, daquela corrida fatal, procurando qualquer pista, conforme você pediu. O que me chamou a atenção foi o fato de não haver nenhuma referência ao nome de Adele, durante a realização do transplante no hospital.

— Nunca vai encontrar nada documentado sobre ela. Mas o importante é que está sempre presente.

— Sim. Eu até entendo porque ela não trabalhava lá, mas não foi um procedimento qualquer, foi um transplante e ela assumiu a responsabilidade, sem documentação?

— E você desconfiava que Adele era uma golpista. Dizia pra não recebê-la.

Tommy ria muito e balançava a cabeça.

— Eu tinha que cercá-lo de tudo o que pudesse ser prejudicial à sua carreira.

— Tudo a seu tempo, meu amigo.

Carol já estava no palco, apesar da total confiança em toda a sua equipe, ela checava cada detalhe do palco, do som e da iluminação. Faltava meia hora para a passagem do som. Tommy a acompanhava e ela sentia aquele arrepio. Num raro momento sozinha, ela o convidava.

— Vamos ver o mar?

Sentou-se em lugar tranquilo, queria falar com Tommy, com o mar, refletir sobre a sua vida e a sua passagem. Durante todos os dias, quando ela sentia a sua presença, fazia questão de conversar com ele. Nunca recebeu qualquer sinal direto, mas tinha a certeza de que ele a ouvia, até mesmo pela confirmação de Buhba. Sozinha, aos olhos de alguns banhistas, ela falava dos novos planos, paz e tranquilidade. Quase tudo o que ele havia ouvido nos últimos meses, mas, de repente, ela o surpreendeu.

— Assisti a um filme em que o cachorro reencarnava em várias vidas. Quero outro Schnauzer, para ser nosso companheiro e vai chamar-se Between, em homenagem ao nosso Frederico, que fazia questão de estar sempre entre nós. Literalmente entre nós.

Tommy sabia que seria difícil para ela afastar-se de uma vez de toda a agitação, à qual ela sempre esteve submetida. Até o momento, ela ainda fazia mil coisas ao mesmo tempo, mas a adoção de um filhote comprovava que ela queria mesmo a paz da sua casa.

Todo o hotel estava alvoroçado. Dessa vez, não era apenas a empolgação pelo show. Havia a despedida da grande mentora de todo o projeto que amparava a orquestra durante longos anos. O saguão, os quartos, a piscina e os corredores, enfim qualquer pedaço do hotel era marcado pelos debates sobre a aposentadoria da maestrina. Carol, distribuía e recebia muitos abraços, homenagens e inúmeras lembranças e flores.

Não gostava das flores colhidas, preferia vê-las na planta, mas, nesse dia, alguns hóspedes desavisados a presenteavam com buquês. Segurar ramalhetes de flores lhe trazia uma certa tristeza, à qual ela jamais soube explicar a origem do sentimento.

Já na passagem do som, durante a tarde, pôde perceber a imensidão dos seus feitos no Brasil. Milhares de pessoas já se aglomeravam na frente do palco. Viu-se obrigada, após pedidos de alguns músicos da orquestra a liberar o palco para apresentação de uma orquestra mirim do Rio de Janeiro. Vale lembrar que em nenhuma de suas apresentações nos outros países houve qualquer concessão a esse respeito, e novamente não teria feito, não fosse a intervenção dos próprios músicos da sua orquestra.

Como era característico, havia um ritual antes da saída da equipe do hotel. Os músicos, abraçados em círculo, pediam proteção a todos para oferecerem o melhor de si ao público presente. Naquele dia, muitos pediram a palavra, outros tantos apenas deixavam as lágrimas escorrerem ou, amavelmente, aproximavam-se para compartilhar suas lágrimas com a maestrina.

Era uma noite de agradecimentos, à nova geração da orquestra, tanto quanto às recordações de outras formações anteriores, e alguns deles estavam com presença confirmada. Era uma grande família, mesmo finalizando a turnê, estaria sempre unida em suas ações e amor criado naquela relação.

No camarim, Carol recebia alguns convidados ao lado de Lia, a flautim peruana, que vivia na Bolívia. Os músicos estavam aglomerados na frente do palco para assistirem à apresentação da orquestra. Carol até tentou segurar os músicos para permanecerem concentrados e prontos para a entrada, pois a apresentação da Orquestra Mirim estava planejada para tocar duas músicas e não deveria não deveria durar mais do que vinte minutos. Lia sorria e tentava acalmar a maestrina.

— É um dia de homenagens e encerramento de um ciclo fantástico que você criou. Uma porta está se fechando, permita que outras se abram para o mundo. Venha vamos ver as crianças tocando.

— Não. Não está no protocolo entrarmos no palco. Precisamos seguir as regras.

— Confia em mim.

— Não devemos. Eles já devem estar posicionados.

Lia segurou a mão de Carol e delicadamente a conduzia. Carol tinha muita sensibilidade ao toque em suas mãos e sentia proporcionalmente o amor que a musicista tinha por ela. Lia aproximou-se dela nos últimos cinco anos e tornou-se grande amiga e confidente. Carol sempre dizia que ela era mais um anjo que havia entrado em sua vida.

— Vem comigo.

Quando Carol entrou no palco, reconheceu seus garotos do Projeto de Poços de Caldas. Estava errada quando disse que todas as suas lágrimas já haviam sido derramadas, antes de chegar ao palco. Seus olhos escorriam ainda mais agora. As crianças eram seu maior orgulho e a representação maior e mais pura luta pela evolução. Agora ela compreendia que jamais haveria um fim, era uma pequena pausa de um caminho infinito. Recebeu a batuta do primeiro violino. Álvaro, um aluno muito especial, de apenas onze anos, uma grande promessa da música erudita.

— Nossa Maestrina, nos daria a honra de conduzir a nossa humilde orquestra?

Carol ajoelhou-se e abraçou o pequeno Álvaro e olhando ao redor agradeceu, numa mistura incontrolável de choro e sorriso pela graça e ternura do menino, somados à doce lembrança de todos os alunos dos seus projetos em três países.

— Meus amores, meu bem maior. Obrigada sempre porque eu os amarei por quantas vidas eu viver.

Em seu repertório, a orquestra tocou Ode à Alegria, da Nona Sinfonia de Beethoven e de As Quatro Estações, de Vivaldi; Outono. O público maravilhado acompanhava o show dos pequenos "grandes" músicos com celulares acesos, deixando a maestrina ainda mais orgulhosa. Ao final da música, incentivados pelos músicos da orquestra que assistiam à frente do palco, com assovios muito agudos, juntavam-se à multidão no pedido de mais uma música.

O próprio Álvaro caminhou até a maestrina, procurou pela página da Sinfonia número 40, em Sol Menor de Mozart, depois informou no microfone aos outros integrantes da orquestra. O povo foi ao delírio com a atitude do menino e com a competência de todos os jovens músicos.

Tommy assistia sentado, com vista privilegiada do alto da iluminação. Buhba já o havia visto. Ele sempre dizia apreciar a vista do seu amor regendo uma orquestra do alto. Ao final da apresentação perfeita, o público aplaudia as crianças por longo tempo. Todas em círculo abraçaram a maestrina, antes de saírem do palco.

Na volta com sua orquestra, Carol começou regendo as músicas compostas para sua última turnê. Em sua Última Sinfonia, a maestrina exaltava o final do período de evolução do ser humano. Como ela havia afirmado em várias entrevistas, o período foi marcado pela sua evolução intrínseca, pelo respeito ao ritmo individual evolutivo das pessoas. Segundo ela, ninguém no seu corpo terreno é capaz de determinar o ponto evolutivo de outro espírito encarnado e todos estão na Terra para cumprir seus estágios evolutivos. Não estava sobre seus ombros a responsabilidade de cobrança ou julgamento.

Faltando três músicas para o final, Carol pegou seu violino, levando novamente a plateia ao delírio. Esse era sempre um dos momentos mais esperados em todas as suas apresentações, quando ela tocava e com movimentos corporais, mais precisamente com seus ombros, regia toda a orquestra. Assim foram tocadas mais duas músicas, mas o grande momento ainda estava por vir.

A última música seria um solo ao piano. Carol havia comprado um piano de uma família alemã, que o mantinha como um adereço em sua sala, em um de seus cantos. Durante os doze anos com a família ninguém o havia tocado. Estava totalmente desafinado, precisando de manutenção.

Na sua parte frontal havia duas marcas de tiro, que a família dizia ser a parte mais valiosa daquele piano histórico. As marcas de tiro representavam, não a supremacia do povo alemão na Segunda Guerra, que invadia, saqueava, escravizava e assassinava os não alemães, mas a sua decadência evolutiva perante os mais fracos. O piano representava a história de uma professora, Aganieszka Novak, que dedicou a sua vida à educação de crianças e jovens por meio da música.

Enquanto encaminhava-se até o piano, Carol lembrava-se das suas crianças, tocando ali há alguns minutos, olhou para cima, exatamente para Tommy. Correu a mão alisando a madeira do piano, como se ela sentisse o toque no corpo do homem que esculpiu o seu nome na madeira do piano, em outra vida. O homem que ela amaria por todas as suas vidas.

Carol fez um belo discurso, no qual exaltou as pessoas que tiveram uma participação ativa, aquelas que realmente marcaram a sua vida musical. Tinha repulsa aos discursos pré-estabelecidos, desde quando rasgou o primeiro na formatura da escola e resolveu falar o que lhe vinha no coração. De improviso, priorizou uma linha do tempo, iniciando pelos seus primeiros contatos com o ritmo da música erudita, confundindo-se com a batida do coração de seu pai.

Lembrou-se da inesquecível dona Silvia, que dedilhava o piano com a destreza e a leveza de um anjo, no andar de cima, e como não poderia deixar de ser, o peso da mão de dona Antônia que lhe batia nas mãos, a cada erro cometido. Foram tantas outras parcerias ao longo de tantos anos, que tinha medo de esquecer alguém, assim como era impossível dizer o nome de todos que lhe acompanharam em todas as orquestras que regeu ao redor do mundo.

Agradeceu a presença do Maestro João Carlos, por quem sentia grande adoração e era fã incondicional, daquele que melhor representava as obras de Bach em todo o mundo. Agradeceu ao Buhba, aos irmãos da Bio, que a vida lhe oferecia como filhos, lembrando que eles eram a sua família agora. As gêmeas abraçavam-se, procurando por Mathew, que havia sumido há um bom tempo, depois que foi ao bar comprar uma água.

A Adele, a quem dedicou um carinho inexplicável, desde o dia em que a conheceu. Carol creditou a regência da vida e da alma. Finalmente deu a volta no piano, colocou a sua mão sobre a mão de Tommy e novamente, sentindo o arrepio que lhe percorria todo o corpo, agradeceu por mostrar-lhe o caminho do amor eterno.

— Tommy! Em quantas vidas viver, eu o amarei, por todo o tempo.

Tremeu ao sentar-se naquele piano. Sentia, não somente o peso da história, mas a carga do sofrimento de outra vida. Começou a tocar a música que ela compôs quando ainda era criança, aquela que ela não sabia de onde vinha e que não tinha um final. Era a mesma tocada por Aganieszka, que não teve fim. Só agora Carol podia compreender que o final inesperado, simbolizava o fim da vida repentinamente das pessoas que ela amava em outra vida. A história que revelava as barbaridades da guerra havia levado quase toda a família, além do grande amor da jovem professora, que fora obrigada a viver escondida dentro de uma chaminé, na olaria, também havia levado ao final da música.

Carol olhou fixamente para a frente do piano, pôde sentir Tommy ainda perto.

— Meu amor!

Com as duas mãos sobre o coração, de frente para o público, curvou-se em agradecimento. Então, a luz apagou-se.

Do outro lado do planeta, no Adelaide Coffee Barna, na Grenfell Street, Adelaide, Austrália, Luca tomava um cerveja no balcão, com alguns amigos, quando um programa de música da TV fechada, mostrava alguns flashs da despedida da maestrina ao vivo. O destaque era para o seu discurso na despedida. Chamou-lhe a atenção a sua última frase. "Tommy! Em quantas vidas viver, eu o amarei, por todo o tempo."

— Hey! Luca, está tudo bem?

— Sim. Está sim. Preciso ir agora.

— Você acabou de chegar.

Luca levantou-se e saiu rapidamente, deixando seus amigos sem entender o que estava acontecendo. Mas a frase da maestrina em sua despedida o deixou com a certeza de que não era Victória a mulher que eles deveriam procurar. Assim que entrou no carro fez uma ligação.

— Onde você está?

— Tenho uma informação muito quente. Com certeza é ela a mulher em Monteverde, na Costa Rica. Desembarcamos em San José, amanhã cedo e seguiremos para lá.

— Acesse o link que vou lhe enviar. É sobre a despedida da maestrina.

— Ela foi descartada. Não tem a marca em seu ombro. A Victória tinha um caso com Tommy, e tinha a marca exatamente igual à dele.

— Assista ao vídeo, no link. Preste atenção na reação da maestrina quando coloca a mão sobre o piano. Tommy estava lá, ela olha direto para os olhos dele. Ele tem a missão de protegê-la e estava lá.

— Como você explica ela não ter a marca?

— Sinto que já presenciei a reação dos dois. Foi uma sensação, intuição ou sei lá o quê. Mas foi muito forte. Tenho certeza de que é ela. Foi como se estivesse vendo ele ali, parado à sua frente. De qualquer forma, cumpra a sua missão. Encontre a Victória e verifique a sua marca. Ela pode ser uma das mães de Spalla, tentando chamar as atenção para ela, encobrindo a verdadeira lenda. Vou descobrir o destino de Carol e irei pessoalmente atrás dela.

— E o que fazemos com a Victória depois que a encontrarmos?

— Seja discreto. Você sabe o que fazer de qualquer forma, sendo ela ou não.

Capítulo 9

A fuga de Carol

Era pouco mais de seis horas da manhã, em Viena, capital, da Áustria. Carol acordava no mesmo horário de sempre. Seu corpo e sua mente, tão acostumados às agitações da sua vida pregressa, insistiam em continuar mantendo alguns hábitos, mesmo que ela insistisse em alterá-los. O sol nascia mais tarde nos dias de inverno. Between, o pequeno schnauzer que dormia ao lado de sua cama, tentava alcançar a sua mão.

— Bom dia, meu pequeno! Já está acordado, tão cedo. Suba aqui.

Between estava sempre agitado na presença de Carol, parecendo estar o tempo todo sorrindo, ao que ela a todo momento retribuía à mesma altura, com afagos e muito carinho. Ele lhe lambia o rosto, pulava de um lado para o outro, emitia tentativas de rosnadas quando ela lhe cobria o rosto e depois colocava a patinha em seu rosto delicadamente, fazendo-lhe carinho.

Acordar antes da sua funcionária e deixar o café pronto era um de seus novos hábitos. Depois de tomar o café, começava a molhar as plantas do seu maravilhoso jardim. Quase todos os espaços da casa eram contemplados pelos vasos em todos os tamanhos, com diferentes tipos de plantas, flores e muitas ervas que ela adorava colher enquanto cozinhava. Cultivava também algumas árvores frutíferas e bonsais. A todas dedicava a mesma atenção.

Bit, como ela chamava o pequeno companheiro, deitava à sua frente e a acompanhava com os olhos, talvez sentindo ciúme de suas concorrentes ao carinho de Carol. Assim que ela começava a cantar, Bit ficava estático, com a cabeça caída para o lado. Depois de conhecer o senhor Duke, o cardiologista, ela começou a cantar Scarborough Fair, com uma frequência maior, pois a música não mais saía de sua cabeça.

Berta, a funcionária da casa, acordava depois. Até havia tentado levantar-se no mesmo horário que Carol, mas acordar cedo a deixava mal durante todo o dia. Elas tinham biorritmos completamente diferentes. Berta tinha a necessidade de dormir pelo menos nove horas por noite. Carol brincava, dizendo que ela era fraca e jamais conseguiria acompanhá-la, ao que a funcionária rebatia.

— Tem coisa melhor do que acordar e ter meu café pronto, feito pela minha patroa?

— Você sempre foi mais uma irmã do que uma funcionária, é minha amiga e companheira de tantos anos. É um grande prazer fazer café, cozinhar e ter você como cobaia para experimentar as minhas novas receitas.

Berta era uma senhora de quase sessenta anos, um pouco mais jovem do que Carol, nascida ali mesmo no bairro. Adquiriu, na companhia dela, muitos hábitos saudáveis, com os quais ela jamais havia se importado antes de conhecê-la. Ela era uma carnista inveterada, que sentia a necessidade absoluta de comer carne em todas as suas refeições. Era daquelas que se referiam às proteínas relacionando-as somente aos produtos animais.

Depois que começou a trabalhar para Carol, passou a observar e se interessar pela cultura vegana e após alguns dias surpreendeu-a, dizendo que não mais comeria carne. Havia descoberto novas fontes ricas em proteínas, até mais saudáveis. A partir daquele dia, ela passou a trabalhar mentalmente contra a necessidade de alimentar-se de produtos derivados de animais. Para ela, desde então, os animais deixaram de ser produtos. Passou a ver a vida por outras perspectivas, certamente com muito mais respeito. Sem coagir, Carol conquistava adeptos à filosofia vegana de uma forma mais significativa.

Carol e Berta tinham mais do que uma simples relação trabalhista. Eram grandes amigas cujas circunstâncias do trabalho e dos projetos da maestrina as afastava de uma convivência mais próxima. Berta gostava de dispensar cuidados com Carol e sempre dizia que com a sua presença a casa tinha cheiro de lar, com aqueles cheiros afrodisíacos de comida. Sempre tinha algo diferente, bolo, pizzas, risotos, sempre regados a um bom vinho, agora vindos da Argentina e do Chile, como uma das gratas influências de Tommy. Carol fazia questão de cozinhar e exigia a presença da Berta.

Carol estava sentada na poltrona, ao lado do seu piano, na sala de estar, tranquilamente, com Bit aos seus pés, brincando com uma bolinha de borracha e lendo um dos livros do grande amigo Buhba. Como era prazeroso ler um livro com uma linguagem simples, tão significativa, intensa, recheada de sentimentos, paixão e aventuras.

Alguns de seus livros tratavam de debates filosóficos acerca das diferenças sociais e culturais. Tinha à sua frente uma estante com todos os livros que ele escreveu, logicamente, todos autografados pelo grande amigo. Era um orgulho ter um quase irmão, vencedor de um Prêmio Nobel de Literatura, tão simples, generoso e inteligente. Carol o tinha com um de seus maiores exemplos de vida e resiliência à todas as adversidades, dentre tantas outras qualidades.

Às vezes ela perguntava a ele porque nunca havia se casado. Porém, ele era totalmente discreto, nunca teve o hábito de falar abertamente sobre sua vida íntima. Carol chegou até a pensar um dia, em perguntar se ele nutria algum sentimento por Adele. Pensava também em fazer a mesma pergunta à própria Adele. Certa vez, tomando coragem, quando Carol e ela conversavam sobre o seu relacionamento com Tommy, Carol chegou a comentar sobre as qualidades infinitas de Buhba, ao que ela prontamente respondeu:

— Mas o Buhba é um anjo, e como sabemos anjos não têm sexo.

Elas riam. Adele era tão ou mais intrínseca, como ela mesmo dizia, para ser mais chique, em relação a seus sentimentos, do que o próprio Buhba.

— Agora, falando sério. Buhba é um homem inteligente, generoso, cavalheiro, gosta de viajar, conhece quase todo o mundo e é tão cheio de qualidades. Seria um excelente partido para qualquer mulher que tivesse as mesmas qualidades. E ser um anjo então, não seria mais uma dessas qualidades?

— Claro que sim. O Buhba é um eterno companheiro de total confiança. Acredito que esteja muito entretido em escrever e viver outras emoções, pelo menos durante esse momento de sua vida.

Carol havia voltado para Viena, por toda a sua grandiosidade histórica e por ser uma cidade que respirava música, além do clima, que ela apreciava como perfeito. Preferia os climas de ameno para frio. A cidade tratada como a "Joia do Império" era uma das cidades mais limpas e mais bem-cuidadas da Europa e, consequentemente, de todo o mundo. Além disso, a cidade, extremamente segura, fez com que Carol dispensasse a Amanda, que a acompanhava depois dos últimos acontecimentos.

Buhba sempre foi contrário à dispensa. Ela revisitava os museus, a cada troca de exposições, e a quase todas as apresentações de música erudita. Preferia tentar ficar no anonimato, acompanhada de Berta, sempre que possível, mas quando reconhecida, jamais negava-se a dar alguns autógrafos. Entretanto, a grande maioria respeitava a sua privacidade, apenas cumprimentando-a. Agora preferia o anonimato para poder caminhar com o pequeno Bit pelas praças ou a tranquilidade do seu bairro, onde todos a cumprimentavam, tratando-a igual a todos os demais da comunidade. Era querida e respeitada por todos ali.

Em Monteverde, na Costa Rica, Victória, agora uma senhora, tinha uma vida simples. Morava em um apartamento de dois quartos no centro da cidade. Ainda fazia seus exercícios matinais com menor intensidade. Preferia as corridas de média distância e natação. O sol quente propiciava o uso de óculos escuros, em todas as estações do ano. Atendia agora pelo nome de Nancy Morgan, uma aposentada do ramo de investimentos de um grande banco de Chicago.

Sempre, quando questionada, dizia ter nascido em Nova Iorque, onde se formou no curso de Economia e depois transferiu-se para Chicago. Aos novos amigos, dizia preferir não falar muito sobre a vida pessoal, depois da perda do único filho, para o câncer, quando tinha onze anos, e logo depois se separado do marido, pois ambos não conseguiam suportar a perda e os atritos posteriores ao fato. Então, ela escolheu a Costa Rica para esconder-se de tudo e de todos. Precisava de novos ares.

Dessa forma, ela conseguia de cara desvencilhar-se dos mais curiosos. Era muito querida pelos poucos amigos que colecionava em sua nova vida, apartada de toda sua vida pregressa, como não poderia ser diferente devido às circunstâncias atuais. Victória, ou Nancy melhor dizendo, sabia que ser encontrada poderia também colocar em risco a vida de Carol.

Certo dia, ao chegar do treinamento de natação, percebeu um Toyota Corolla preto, próximo à sua casa. Habitualmente memorizava a placa dos carros estranhos. Mas, não era pelo carro, apesar de ser uma placa estranha ao local. Foi pelo olhar do homem sentado ao volante. Mesmo de longe, teve a sensação de já o conhecer. As instruções diziam que a qualquer dúvida sobre ser reconhecida, ela deveria partir para outro local que seria determinado instantaneamente.

Disfarçou, passou reto pela entrada do seu prédio. Não havia perdido certas habilidades e conhecimentos, além disso o esporte a mantinha sempre alerta. Caminhou até a próxima esquina, cruzou a faixa de pedestres e voltou pela calçada, da mesma rua, pelo lado oposto. Sentou-se na mesa do Mozart Café. Pediu uma cerveja, servida em uma garrafa verde, chamativa ao longe. Ela não bebia. Colocou no copo, deu duas goladas grandes, como se matasse a sede com aquela cerveja, sem tirar os óculos que a permitiam disfarçar o olhar vigilante sobre o veículo e os homens dentro dele. Enviou uma mensagem pelo WhatsApp.

— Aguardo novo destino. Não posso voltar para o apartamento. Estou sendo seguida por dois homens.

A resposta veio quase que instantaneamente.

— Você deve despistá-los, depois pegue um táxi e siga para San José. Logo lhe passaremos as novas coordenadas.

No Corolla, seus dois ocupantes conversavam sobre a mulher seguida.

— Não é ela. A Victória não bebia nada com álcool.

— Não mesmo. Mas agora tenho certeza que é ela, exatamente por isso. Está disfarçando.

— O que quer dizer?

— Que ela continua muito esperta, mesmo depois de passados tanto anos. Está tentando nos despistar. Agora ela vai chamar um táxi e fugir.

— Dê a volta no quarteirão. Eu desço na esquina e acompanho cada passo dela. Fique em contato.

Assim que o carro saiu. Ela levantou à procura de um táxi. Um dos homens desceu do carro e percebeu que ela levantava-se para esperar o carro.

— Se for ela, vai pegar o táxi. Vou passar pelo trevo. Siga o táxi que estiver com a lanterna ligada.

Na Costa Rica, não havia lei que obrigasse a dirigir durante o dia com as luzes acesas. O homem roubou um táxi na esquina e com arma em punho, passou na sua frente. Nancy deu um sinal para o carro que prontamente parou.

— San José, por favor!

— O bairro?

— Não. Preciso ir até a capital San José.

— São cento e cinquenta quilômetros, tudo bem para a senhora?

— Claro.

— O senhor não vai ligar o taxímetro?

— É uma viagem intermunicipal, podemos colocar um preço fixo. Com certeza ficará mais em conta para a senhora. Faço por trinta e quatro mil colóns, pode ser?

— É justo.

Passando pelo Corolla, ligou a seta e fingiu ter esquecido, até que o Corolla estivesse seguindo-o.

— A senhora não é costa-riquenha.

— Sou americana, de Nova Iorque.

— A passeio?

— Sim. Meu companheiro está chegando hoje e estou indo fazer-lhe uma surpresa no aeroporto.

— Por isso não tem bagagem?

— Sim. Vim antes e já acertei o hotel.

Nancy não estava muito a fim de responder a todas aquelas perguntas, apesar de não querer ser grosseira. Mas ela tinha algumas questões para resolver. Ainda esperava por mensagens. O motorista olhava o celular com a mão esquerda, tentando não deixá-la perceber. O táxi, na cor vermelha, era bastante chamativo, e não poderia deixar de ser visto, quando passou pela polícia rodoviária. Assim que passou um dos guardas gritou.

— Ei! É a placa do carro roubado que acabaram de informar pelo rádio.

Os guardas, com as sirenes ligadas, tentavam aproximar-se do táxi, enviando mensagens a outras viaturas para efetivarem o cerco ao carro. Quando percebeu que estavam sendo seguidos pela polícia, Nancy perguntou o que estava acontecendo.

— Fique quieta para não piorar ainda mais a situação.

— Pare esse carro.

O táxi, de modelo antigo, era bem mais lento que as viaturas da polícia. Agora eram duas viaturas da polícia cercando o carro, tentando fazê-lo parar, quando o Corolla preto, encostou em um dos carros e o jogou para fora da pista. A viatura rolou pela ribanceira abaixo. No outro, a polícia apontava uma arma para o motorista, quando também foi surpreendido pelo Corolla, que agora voltava pelo outro lado e atirando contra os guardas, até que acertou o motorista.

A viatura capotou várias vezes, até parar no meio da pista, sendo colidida por outros veículos que vinham atrás. Nancy estava abaixada, atrás do banco. Os dois carros pararam no acostamento e o homem armado conduziu Nancy até o Corolla. Tomaram a primeira saída e logo pegaram uma estrada de terra e então, chegaram a uma sítio alugado, onde havia uma velha casa.

— Verifique a marca em seu ombro.

Levantando a manga da camiseta de ginástica o homem avaliava, passava o dedo, comparava com uma foto do celular.

— É minha marca de nascença.

— Seu nome não é Nancy e essa não é uma marca de nascença, foi feita para que você chamasse nossa atenção para livrar a maestrina. Você faz parte das mães de Spalla. É mais um anjo encarnado.

— Não entendo nada do que você está falando. O que a maestrina tem a ver com isso?

— Você estava fugindo logo que nos viu. Para onde estava indo?

— Eu estava indo buscar meu companheiro no aeroporto. Ele está vindo dos Estados Unidos.

— Não existe nenhum companheiro. Nós já temos as respostas. Só precisamos da confirmação de que a sua marca não é de nascença.

Victória não conseguia se mexer. Estava apreensiva quanto ao seu destino, pois existiam muitos grupos interessados em desvendar o Segredo de Spalla e eles se portavam de maneiras muito distintas, alguns eram mais violentos e não deixavam rastros.

Em Viena, já era noite, quando Berta foi até o quarto conversar com Carol.

— Você precisa ficar pronta para partir.

— Do que você está falando?

— Amanda e Jéssica chegarão em breve e você precisa ir com elas.

— Berta, qual a sua relação com tudo isso? O que está acontecendo?

— Não temos tempo para explicações agora. A Amanda já deve estar chegando e ela lhe explica tudo no caminho. Eu lhe ajudo a fazer a sua mala. Rápido, por favor! Não temos muito tempo.

— Você também vem?

— Eu fico para cuidar da casa. Você estará bem amparada.

— Obrigada por tudo o que vocês fazem e sempre fizeram por mim e por Tommy em todas as vidas. Eu jamais poderia imaginar a imensidão que tudo isso tem tomado.

— Sou eu quem devo lhe agradecer por poder estar ao seu lado. Será sempre uma honra para todas nós.

Berta terminava de arrumar as malas, enquanto conversavam.

Amanda chegou à casa de Carol em menos de cinco minutos. As malas estavam prontas e Bit feliz, procurando por sua coleira para o passeio.

— Amanda, Jéssica, boa noite! Carol está no quarto. Tem notícias da Victória?

— Ela encerrou a comunicação. Seguindo o protocolo, enviou as mensagens e descartou o celular. Possivelmente pode ter sido capturada. Só nos resta esperar por notícias.

— Meu Deus! Desculpe! Esses hábitos pegam.

Berta desculpava-se com Amanda, por levar o nome de Deus em vão. As duas subiram as escadas rapidamente, saltando os degraus e chegando ao quarto de Carol, Amanda bateu à porta semiaberta, antes de entrar.

— Entre, Amanda! O Bit vai conosco. Meu violino. Eu só queria a tranquilidade da minha casa, meu piano.

— Ok! Mas precisa apressar-se, por favor. Logo tudo voltará ao normal.

— Essa é a Jéssica. Ela vai nos acompanhar. Eu mesma a treinei durante vários anos. É uma moça muito qualificada e muito discreta.

— Será um prazer tê-la conosco. Sempre confiei muito na Amanda e tenho certeza que não será diferente com você.

— Obrigada! É um prazer estar em sua companhia.

Carol despediu-se de Berta, com um longo abraço. Amanda segurou firme em sua mão e desejou:

— Deus esteja com você.

Já entrando no carro, Carol continuava o seu interrogatório, com Bit em seu colo. Estava muito apreensiva. Não imaginava que todos esses problemas pudessem voltar à tona, depois de um longo período de calmaria.

— Você estava por perto?

— Jamais nos afastaremos de você. Não sabemos quem são ainda. Existem vários grupos que podem estar por trás de tudo isso. O Vaticano, outras religiões, fraternidades iluministas e várias outras. Até mesmo alguns colecionadores que conhecem parte do segredo. Tudo o que era de vocês, seu e de Tommy, tem muito valor. Mas nada se compara à pessoa que possui o "Toque de Deus".

— Parte do segredo?

— Tudo chegará até você a seu tempo. Você está bem protegida. Adele está com você.

— Meu Deus! Qual a força de Adele em relação a tudo isso que está acontecendo?

Amanda olhou para Carol e soltou um curto sorriso de canto de boca. Tudo seria esclarecido em breve.

— Tudo o que era de vocês tem valor muito grande. Quanto aos pertences é melhor que o Vaticano chegue antes, assim tudo estará guardado no cofre mais seguro do mundo, que foi construído especificamente para resguardar os tesouros de Spalla. São bens materiais que representam a eternidade, a reencarnação dos espíritos. Mas também representariam o fim dos credos católicos nos moldes em que foram estruturados. O próprio "Toque de Deus" representando a reencarnação negada pela Igreja católica. Para outras religiões seria a expansão glorificada pela aproximação ao Deus verdadeiro. Por outro lado, poderia significar o início de uma nova religião, centrada na mais pura verdade da existência de Deus e no respeito absoluto à vida.

— Qual é a verdade absoluta?

— Deus está muito mais próximo de nós do que podemos imaginar. A Sua onipresença está na fome dos miseráveis, na dor dos doentes, na proteção dos mais fracos e na guarda de Seu Messias. É a maior inteligência do Universo, a inteligência criadora. Na Terra, a Sua luz está presente em cada átomo da natureza, que o ser humano, em sua ignorância, insiste dia após dia, em apagar.

— É uma bela definição.

— Para onde vamos?

— Chegaremos, em pouco mais de uma hora, em Bratislava, trocamos de carro e depois seguiremos para Budapeste e depois para uma antiga escola, na Polônia.

— Não quero viver fugindo. Quero viver a minha vida em paz.

— Você nunca mais terá paz se voltar agora.

— Eu já não tenho a minha paz desde que desci à Terra, conforme vocês mesmas devem dizer.

— Podemos dizer isso com certeza. Mas você tem uma missão, que deve perdurar segundo os meus cálculos, por mais alguns milênios.

Já em Budapeste, elas trocavam novamente de carro para partir para a antiga escola na olaria, na Polônia. Algumas horas depois, próximas à escola, Amanda orientava Carol a ficar no carro, enquanto ela pegava as comidas prontas para seguirem viagem, sem perder tempo. Carol, que era uma excelente cozinheira, não era fã de comidas e lanches prontos, mas, na atual circunstância, preferia seguir à risca as instruções de Amanda. Lembrava-se do conforto da sua casa, principalmente da sua cozinha e dos passeios com o Bit, que agora fazia as suas necessidades fora do carro.

O novo carro deixado para a viagem no posto, já estava abastecido, e com documentos falsos para as três dentro do porta-luvas. Carol agora, era Alícia, Amanda era Nicole e Jéssica passava a ser Sabrina, com o mesmo sobrenome de Nicole, seria sua filha. Eram duas senhoras francesas que deixavam seu país para viver a liberdade, próxima à floresta, no interior polonês. Depois de checar os documentos dentro do carro, Amanda não viu Carol e nem Bit. Jéssica acertava as compras no porta-malas.

— Jéssica, onde está a Carol?

— Ela estava aqui, nesse instante.

Voltou à loja, verificou no banheiro e não a encontrou. Carol estava atrás da loja de conveniência do posto, onde havia levado Bit para fazer as suas necessidades. O pequeno aproveitava para cheirar e passear um pouco, puxando Carol.

— Senhora! Sei que vai me ajudar.

Um homem franzino, aparentando ter mais ou menos, uns trinta anos, saiu de trás de uma parede escura, assustando Carol, e quando ele se aproximava dela, Jéssica, rapidamente, pulou à sua frente.

— O que você quer com ela?

— Desculpe-me, senhorita! Ia pedir algo para comer.

Carol percebeu um sotaque diferente naquele homem. Saiu de trás de Jéssica e aproximou-se do homem.

— Você é croata?

— Sim. Estou com minha esposa e filhos. Não encontrava trabalho e a promessa de emprego que eu tinha aqui não foi cumprida. Estamos em uma casa abandonada aqui ao lado, sem comida e os donos da loja não permitem que eu me aproxime.

— O que podemos lhe arrumar agora é uma boa quantidade de alimentos. Eu vou lhe dar o dinheiro e você pega.

— Carol, não podemos nos arriscar. Essas pessoas podem ajudá-los a chegar até você.

— "A Sua onipresença está na fome dos miseráveis, na dor dos doentes, na proteção dos mais fracos e na guarda de Seu Messias." Lembra-se disso?

Repetir a frase da própria Amanda foi o bastante para que ela se recobrasse de que era uma necessidade urgente, matar a fome daquela família que passava por necessidades, em um país estranho. Carol estava bastante abatida e não desejava viver o resto de sua vida longe das pessoas de que gostava, fugindo de situações que nem ao menos conseguia compreender o seu significado. Depois de algumas horas chegaram à escola, e logo receberam a visita de Adele.

Adele era uma mulher que se cuidava muito, tanto que ao chegar, surpreendeu Carol, pois sua fisionomia em nada havia mudado.

— Adele, está tão bonita! Parece ainda mais jovem. Nunca muda.

— Eu faço qualquer coisa para não envelhecer. Agora estou fazendo pilates, que está na moda. Até cirurgia plástica, se for preciso eu farei.

— E você fez?

Amanda ria, apesar da situação de fuga, ainda era possível divertir-se com as maluquices de Adele, que estava sempre feliz, apesar do desespero do dia anterior.

— Você chegou tão rápido. Onde você estava?

— Estava perto. Vocês não têm internet e nem TV por aqui, não é?

— Claro que não. Estamos totalmente isoladas aqui no meio da mata.

— Esse deve ser o famoso e valente Between. Que menino mais lindo!

O filhote, que antes emitia pequenos rosnados, agora olhava para Adele, em seu colo, torcendo o pescoço para os lados e lambendo-lhe o rosto, quando ela se aproximava.

Adele não se permitia mentir, então, mudava de assunto de repente. Quem a conhecia sabia que as suas conversas mudavam de rumo, na mesma frequência como ela aparecia e desaparecia. Mas sempre era bom sentir a segurança de tê-la por perto. Carol acreditava que Adele estar sempre nos arredores, era uma forma que ela utilizava para acompanhá-la, sem sufocar a liberdade que ela tanto valorizava. Quando Adele foi até a varanda, encontrou-se com Tommy, que estava de costas olhando a mata. Deu meia dúzia de passos e parou ao seu lado, olhando na mesma direção que ele, ouviu de Tommy o que já era esperado.

— Logo eles estarão aqui. Não há mais pra onde fugirem.

— Ela ficará bem. Você precisa descansar o seu espírito. Precisa de paz.

— A morte não é um processo de julgamento externo e alheio, como muitos pensam. É interno, e a minha primeira dúvida foi se eu havia cumprido a minha missão evolutiva. Essa análise pode levar um tempo para qualquer pessoa. Mas, se a minha missão é protegê-la, eu nunca estarei livre desse plano. Permanecerei para sempre ao seu lado.

— Você disse alguma coisa, Adele? — perguntou Carol, enquanto tentava tirar um pouco da poeira do quarto, ao mesmo tempo em que já se adiantava tomando um comprimido para alergia.

— Só disse que é uma vista maravilhosa e que se tivermos sorte, poderemos ver alguns lobos raros, porém frequentes por aqui.

— Sério? E eles não são perigosos?

— Existe uma história que diz que a antiga professora da escola tocava violino para os lobos, e foram eles que protegeram as crianças, a sua família e a ela, até a morte contra os soldados alemães.

— Existem muitas fotos de uma professora com seus alunos, tocando ao ar livre. Estavam sempre sorrindo. Não consegui ver todas, pois estava um pouco escuro. Amanhã conseguirei ver melhor. Quero conhecer a olaria por dentro. Mas, não vi nenhuma foto dos lobos.

— É uma história verdadeira, como poderá ver nas fotos, nas paredes da escola. A caça estava liberada aos grandes animais carnívoros, como os ursos, lobos e os linces. Os produtores alegavam que o elevado número desses animais trazia-lhes problemas para a produção de gado. Como se os animais estivessem invadindo o território dos seres humanos. Por isso ela não tirava fotos com os lobos. Eles também deveriam ser protegidos aqui.

— E ainda mais. Aposto que a caça movimentava a economia local?

— Sim. Foi preciso uma petição pública para que o governo voltasse atrás e proibisse novamente, mais recentemente.

— Tenho uma grande afinidade com os lobos. Não sei o motivo, mas sempre gostei de desenhá-los. Às vezes, em cafeterias ou restaurantes pedia um papel e desenhava.

— Vai ver você já foi salva por algum lobo em outras vidas.

Amanda, assim como Jéssica, pareciam estar sempre vigiando e não se desligavam nunca das suas funções. Apenas observavam pela janela, ouviam a conversa e riam dos comentários de Adele.

— Temos comida pronta. Você pode escolher uma delas para esquentarmos.

— Podemos pedir pizza?

— Claro que podemos. Deve haver algum lobo que possa nos entregar pizza aqui na mata.

Enfim, elas divertiam-se um pouco, depois que Adele havia chegado. O sol estava quase se pondo, e o frio começava a aumentar. Havia lenha separada no canto da pequena cozinha para aquecer a lareira da sala. Porém, Jéssica, percebendo que a lenha não seria suficiente para varar a noite, saiu para pegar alguns galhos, logo na entrada da mata. Embrenhando-se um pouco mais para conseguir madeira, ouviu alguns barulhos de passos nas folhagem caída.

Escondeu-se atrás de uma árvore e em silêncio observou. Pareciam passos de uma pessoa, talvez um caçador, ou alguém que as cercava. Sentindo os passos se aproximarem, girou em torno da árvore, tentando ver quem era. Aquietou-se ao ver que era um filhote de lobo, lindo. Era totalmente branco, raro naquela região, possivelmente albino. Jéssica, encantada pelo filhote, recobrou-se de que ele não deveria estar sozinho, teria uma mãe, uma família ou até mesmo uma alcateia, junto àquele pequeno.

Retornando para a casa, com a pouca madeira que já havia coletado, começou a contar, antes mesmo de colocar a madeira no chão.

— Acabei de ver alguns lobos. Um filhote branco, lindo, e seus pais acinzentados. Enormes.

— Será que eles são perigosos? Gostaria de vê-los também. São criaturas místicas pelas quais eu sempre tive muita atração e por conhecê-los mais de perto.

— Por que você não toca seu violino para atraí-los até aqui. Talvez possamos fazer amizade com eles. Posso indicar Cavalleria Rusticana, de Pietro Mascagni?

Carol então pegou o seu violino e começou a tocar, procurando explorar bastante os tons mais agudos, que deveriam aguçar a curiosidade e atrair os lobos até a sua presença. Adele mostrava-se, talvez, mais atraída do que os lobos. Ela estava sempre muito próxima, quando Carol começava a tocar. Carol retribuía a emoção enquanto tocava. Adele lhe transferia, inexplicavelmente, a paz e a tranquilidade que ela tanto procurava em sua vida, principalmente depois da morte de Tommy. Sua infelicidade era parcialmente amenizada em sua presença.

Logo os lobos começaram a se aproximar da escola e da maestrina. O mais desinibido era o pequeno lobo branco, que tentava aproximar-se, contido por ora pela enorme loba cinza. Em seguida, toda a alcateia estava ajeitando-se em círculo em volta da maestrina. Um deles ficou mais afastado, como se estivesse vigiando a retaguarda. Adele, destemida, aproximou-se da alcateia e começou a acarinhar o grande lobo cinza. O pequeno correu para onde Tommy estava sentado e ao lado dele o pequeno divertia-se, inexplicavelmente. Amanda parecia cúmplice de todas as ações de Adele e Tommy.

Carol estava inconformada com a coragem com que Adele fazia amizade com aqueles animais selvagens. Jéssica assistia a tudo alguns passos atrás. Tommy, de frente para Carol, nada estranhava acarinhando o pequeno. Carol permanecia tocando, incrédula e cada vez mais curiosa sobre aquela mulher, que apesar de muitos anos de amizade, a cada dia apresentava-se diferente. Era uma mulher inteligente, forte, imutável pela ação do tempo e definitivamente imprevisível.

— Carol, venha até aqui conhecer nossos amigos de longa data.

— Longa data?

— Eles já travaram muitas batalhas ao seu lado e de Tommy, inclusive esse pequeno já a salvou algumas vezes e agora estava ali brincando com ele.

— Você quer dizer que o lobinho estava brincando com o Tommy?

O pequeno lobo correu para o colo de Carol, que o segurou e olhava profundamente em seus olhos. A mãe a rodeou, rosnou, mas depois, com a aproximação do macho, o maior de toda a alcateia, aquietou-se. A grande loba deitou-se de frente para Carol e expirou profundamente, levantando poeira, demonstrando ciúme de seu filhote. Adele foi até ela e acarinhou-a, dizendo que ciúmes de mãe era tão nobre quanto eles estarem ali para protegê-las. O lobinho tinha o mesmo sorriso do companheiro Frederico.

— Não! Isso é possível? Frederico? Esse filhote de lobo é o Frederico?

Carol apertava e dançava com o pequeno lobo e quando acalmou-se pôde sentir o toque de Tommy em seu ombro, dando-lhe aquela sensação que misturava êxtase e paz ao mesmo tempo. O lobo alfa, pai do pequeno, olhava para Carol com total confiança.

— Adele, como você faz isso?

— Já pensou que a sua música pode ter esse dom, de atrair e encantar os lobos?

— Sinto como se já tivesse vivido esse momento, nesse mesmo local. Tudo me parece ser tão familiar.

O pequeno Bit permanecia do lado de dentro querendo participar, afinal ele também gostava das músicas tocadas pela maestrina. Estava chorando, olhando pela porta de vidro, quando Adele o pegou em seus braços e o levou para o lado do filhote lobo.

— Adele, melhor deixá-lo lá dentro.

— Não precisa se preocupar com os filhotes. Deixe-os em paz porque eles já se conhecem.

Assim que elas se recolheram, Carol olhou pela janela e viu que a alcateia permanecia ali, organizada, fazendo a escolta da escola. O pequeno lobo estava deitado de barriga para baixo, com a cabeça entre as patas, olhando para ela na janela, exatamente como o Frederico fazia. Estavam sempre alertas para qualquer batalha. Eram animais selvagens, fiéis à causa de proteção eterna à lenda de Spalla. Mas, ainda a intrigava a maneira com Adele havia se aproximado deles. Ela era muito confiante de que nada lhe aconteceria, frente àquele enormes animais.

Capítulo 10

Em uma linda noite de lua cheia

Acordar quase dentro de uma floresta na Polônia, não era o que Carol havia planejado para sua aposentadoria. Mas ela se sentia em paz ali. O cheiro da floresta, do pelo do lobinho, e da escola lhe traziam sensações e déjà-vus constantes. Acordar à noite, em meio à escuridão, e acertar de primeira o caminho, mesmo sem luz, com pleno conhecimento, lhe trouxe a certeza de já ter vivido ali.

As histórias contadas por Adele e a biografia da professora que viveu na chaminé eram, particularmente, até que parecidas. A comparação momentânea despertava-lhe a urgência em desvendar alguns mistérios e curiosidades. Pensou em acordar Adele. Quando encaminhava-se para o quarto onde ela estava, percebeu que ela estava acordada, sentada na sala.

— Você não descansa nunca?

— Claro que eu descanso, minha querida.

— Tenho muitas dúvidas me tirando o sono. Gostaria de lhe fazer algumas perguntas.

— Para mim? Pode fazer?

— Eu sou a reencarnação da professora Aganieszka Novak?

— Eu preciso lhe responder o que você já tem certeza?

— Qual o propósito de você me trazer até aqui, onde eu já havia vivido em outra vida?

— Aqui você terá toda a proteção de que precisa. Olhe lá fora. Os lobos já estão alinhados, montando a guarda para protegê-la, até a morte.

— A quem estamos esperando?

— O Luca ouviu o seu discurso, então desconfiou que você seria a lenda, não a Victória. Como eles estavam chegando até ela, era só descobrir que a marca no ombro dela era falsa. Descartaram a Victória e finalmente chegaram até você.

— Você acha que ela pode estar morta?

— Não são assassinos. Eles a deixarão ir, depois que encontrarem a verdadeira lenda. Assim como não é comum a eles envolver muitas pessoas, pois precisam manter o segredo. São profissionais gabaritados, treinados para agir sem mortes. Luca sempre esteve comandando tudo, enquanto vigiava Tommy e a quem se aproximasse dele, esperando a hora certa de agir.

— Tem certeza de que eles não a machucarão?

— Sim. No fundo todos querem chegar até... até Deus, mas não percebem que Deus está em todo lugar... nos mais fracos, na natureza, na simplicidade e em tudo o que eles destroem. Poderiam simplesmente fazer o bem, ajudar as pessoas e Deus estaria ao lado deles com certeza.

— A vida é um teste?

— E o que você pensa sobre a vida? Como você a definiria?

— A vida é um presente, que busca o igual direito a viver em harmonia entre todos os seres vivos. É uma oportunidade oferecida ao nosso espírito de evoluir.

— Muito bem! Quando falamos em vida, todos pensam em si e na sua espécie, nas plantas e animais. Quase todos se esquecem de que lá em cima também existe vida, marcada pelos mesmos sentimentos que nós vemos aqui embaixo.

— Quer dizer que mesmo o céu não está livre dos erros carnais que cometemos?

— Como o ser humano criaria o amor, ciúme, ódio? Seria muita pretensão pensar que tudo foi criado pelo homem aqui na terra e que o céu vive o mais profundo marasmo da insensibilidade.

Já na segunda garrafa de vinho, Carol ria, acompanhada por Amanda, que permanecia quieta olhando pela janela, só ouvindo a conversa entre as duas. Jéssica tomava apenas água e permanecia de braços cruzados olhando para fora.

— Estou aqui tentando imaginar como seria uma briga no céu. Entre Pai e Filho, se entende o que eu quero dizer.

Nesse instante, Adele procurou Tommy com o olhar. Ali também foram deixadas marcas por desentendimentos. Tommy, desde a sua criação, desafiou o próprio Deus com o olhar, quando ouviu que jamais se encontrariam, enquanto desencarnados. Mas, Deus, em sua infinita sabedoria, não precisava posicionar-se. Essa era a verdadeira missão do espírito de Tommy, parte de Carol. Estar junto à sua maior parte, guardando-a e protegendo-a. Ele fora concebido para que jamais voltasse aos céus, antes que a sua missão fosse cumprida.

Adele ficou sumida por umas cinco horas naquele dia, durante o período da tarde. Voltou com o sol escondendo-se por entre as árvores, quase totalmente encoberto.

— Luca esteve em sua casa e surpreendeu a Berta, mas, antes disso, os agentes secretos do Vaticano já haviam passado por lá. Levaram os seus pertences mais pessoais. Quase tudo o que encontraram. Esse cofre deve ser imenso.

— Por enquanto você estará segura aqui.

— Segura? A clausura nessa escola tem se transformado na paz de espírito de que eu precisava na minha aposentadoria.

Carol, antes revoltada por perder a sua liberdade, sempre tão valorizada e pela incerteza de quão longo seria esse período de reclusão, agora sentia-se bastante familiarizada com a escola, com os animais e com a floresta. Estava na hora de conhecer a olaria e a chaminé. Ao aproximar-se, Carol estava bastante apreensiva, sempre acompanhada de Jéssica. Andava sempre à frente a passos acelerados. Apesar de escuro, Carol logo encontrou a corrente que fazia subir a plataforma que as levaria para cima.

A corrente e a catraca estavam bem velhas e empoeiradas o que as fazia ranger, emitindo um som bastante agudo, que atraiu os lobos para a entrada da chaminé que possuía algumas pequenas entradas de luz, feitas pela família que ali viveu durante a guerra. Essas entradas também serviam para que pudessem vigiar a movimentação e chegada de soldados alemães. Jéssica passou a lanterna para Carol e passou a puxar a corrente num ritmo mais acelerado. Conforme a plataforma subia, Carol sentia seu coração ficar apertado, respirava mais acelerado, quando abaixou-se, Jéssica parou.

— Carol, você está bem? Quer descer?

— Não. Só um instante.

As sensações e as histórias contadas por Adele misturavam-se em seus pensamentos. Era como se ela pudesse ver, na passagem de cada fileira de tijolos o desespero da professora, das crianças e de sua família, na última investida de Werner, para capturá-los, durante a invasão.

— Deve ser por causa do escuro, a poeira... está muito sujo aqui. Vamos descer. Você toma uma água e depois voltamos com mais luz. Precisa ficar bem.

Tommy estava ao seu lado e a amparou, fazendo com que ela sentisse a sua presença, transmitindo-lhe confiança.

— Tommy! Sabia que não me deixaria. Eu consigo ver como tudo aconteceu aqui. Escondidos, quase sem comida e sem esperanças, mas ainda tínhamos as nossas vidas e estávamos seguros. Diferente de todos os outros amigos, parentes, vizinhos... as minhas crianças. Famílias inteiras foram exterminadas. Todos os dias nós rezávamos pedindo pelo fim da guerra e piedade para todos que nada tinham a ver com essa loucura. Nós não tínhamos nenhum contato externo e vivíamos no desespero, alienados e amedrontados aqui dentro por tanto tempo. — Jéssica ajudava Carol a levantar-se, apoiando-a em seus braços. Agora, puxando a corrente mais devagar, acompanhava as sensações de Carol, que levou a mão até a boca tentando conter o choro. — Minha mãe adoeceu e morreu aqui dentro sem ter a chance de ser atendida por um médico. Depois, quando invadiram a chaminé, eles mataram meu pai e meu tio bem ali em cima. Eles não tinham a mínima habilidade com as armas. Só queriam a paz e viver livres. — Carol apontava para o primeiro piso em madeira. — Eles tentavam nos defender com uma velha arma e foram atingidos. Primeiro meu pai e depois meu tio. Depois, o lobo enorme que atacou os guardas, depois... o sargento, ele sabia sobre a lenda e queria me levar para o Führer. Não era somente pelos judeus, ele queria aproximar-se de Deus. Ele me jogou ao chão e foi até onde estava Kristofer, atraído pelo seu sofrimento. Ele estava muito mal e mesmo assim atraiu a atenção para me salvar. — A voz de Carol, quase não saía e, quando pronunciou o nome de Kristofer, levou a sua mão para trás procurando o apoio de Tommy, que colocou a mão em seu ombro. — Ele estava muito ferido, caído ao chão e mesmo assim enfrentou bravamente o sargento. Mais uma vez ele deu a sua vida por mim e pelas crianças. Elas estavam no piso de cima, olhando pelos vãos entre as madeiras, chorando e rezando. Meu Deus, como eles puderam suportar isso? Kristofer tirou uma granada da cintura do sargento alemão e morreu jogando-se sobre ele. Com a explosão um pequeno estilhaço de aço feriu-me no olho.

Enquanto falava, Carol levava a mão ao olho esquerdo, aquele que tinha um problema interno que os médicos não conseguiam interpretar. Diziam parecer alguns fragmentos. Agora, mais do que nunca, amparada pela mão de Tommy, ela acreditava que todas as loucas histórias contadas por Adele eram verdadeiras.

Subindo ao próximo piso, ficou feliz em ver as fotos pregadas com pregos na cabeceira de uma das camas. Eram fotos de toda a família, sempre felizes, tocando, com as crianças, na escola. Havia uma foto de Aganieszka com Kristofer na escola, ela segurando o violino e ele um martelo. Quis ficar ali, um pouco mais, olhando aquelas fotos, sentindo uma energia boa que vinha daquelas pessoas que com ela ali conviveram.

A maestrina sempre foi uma pessoa simples, agora estava mais acostumada e começando a gostar do lugar. Se ela queria paz e tranquilidade em sua aposentadoria, aquele seria o lugar perfeito. Ali ela poderia estreitar as relações entre passado, presente e talvez o futuro. A proximidade com a mata e com os lobos dava um charme especial à sua estadia na escola.

Adele tinha viajado sozinha de carro para a Áustria. Mas a preocupação maior era com a Berta que havia ficado. A casa estava vazia, literalmente vazia. Muitas coisas dela haviam sido levadas. Suas fotos, arquivos, computadores, os quadros por ela pintados, enfim, tudo o que poderia resguardar a sua vida estava sendo sequestrado. Era uma ação característica dos agentes do Vaticano.

O furgão parado na porta, com um enorme adesivo de dedetização não chamaria a atenção dos vizinhos. Berta não estava na casa e não havia sido encontrada. Os agentes da Santa Aliança agiam sem serem percebidos pela vizinhança. Sequestravam, interrogavam, mantinham em cárcere até que sua missão fosse cumprida, depois soltavam e vigiavam.

Na Áustria, Berta, não estava muito longe. Estava em uma casa na periferia de Ganserndorf, a pouco mais de trinta minutos de Viena. Em interrogatórios sequenciados, buscando cansá-la, Berta, treinada, negava todos os questionamentos.

— Vou lhe perguntar mais uma vez? A maestrina tem uma marca igual a essa em seu ombro.

— Não. Eu tenho certeza de que ela não tem nenhuma marca em seus ombros.

— Que material é esse?

O agente mostrava uma caixa, com um material que parecia um adesivo curativo.

— Eu não sei o que é isso.

Internamente, Berta condenava-se por ter esquecido de colocar na mala o material desenvolvido por Mathew para cobrir a sua marca de nascença.

Na Polônia, Carol já havia comentado com Amanda sobre o seu esquecimento. Não havia como pedir para que Mathew fizesse outro. Desde a apresentação no Rio de Janeiro, ele havia desaparecido. Segundo as irmãs, ele conheceu uma garota e estava apaixonado, pois sempre mandava mensagens dizendo que estava tudo bem e viajando pelo mundo, em uma quase lua de mel. Mesmo com todos os seus problemas, Carol não deixava de preocupar-se com a família de Alexandar.

— Já que vamos ficar aqui por um bom tempo, eu imagino, poderíamos trazer aquele casal para trabalhar conosco na escola.

— Não devemos aproximar pessoas desconhecidas da casa. Também não é viável colocarmos crianças sob a nossa proteção.

— Nós já os conhecemos. Ele tem esposa, filhos e está precisando de emprego para cuidar deles. Nós precisamos ir à cidade comprar comida e podemos trazê-los.

— Existe um protocolo de segurança a ser seguido.

— Podemos produzir alimentos em uma horta e eles podem nos ajudar. Temos um local, pequeno, mas eles podem ficar muito bem alojados com as duas crianças.

Na loja de conveniência, Carol e Jéssica, dirigiram-se para a parte de trás, onde o encontraram da última vez. Ele estava deitado, com a cara pálida e muito fraco. Jéssica foi até a loja e pegou um lanche para ele.

— Coma! Você deve estar com fome.

— Obrigado, senhora. Eu vou levar para casa.

— Coma. Jéssica, pegue mais alguns lanches e o que puder, por favor. Vamos levar um para cada um deles, não se preocupe. Nó vamos ajudá-los. Qual o seu nome?

— Eu sou Aleksandar. Nós somos em sete. Temos cinco crianças. São três filhos e dois sobrinhos que ficaram conosco, depois que minha irmã e o marido morreram em um acidente. Queriam separar nossos sobrinhos de nós, mas não podíamos permitir que isso acontecesse porque as crianças sempre viveram juntas.

— Imaginamos que tivessem duas. Nós queremos conhecer a sua família e lhe fazer uma proposta de trabalho.

Chegando à velha casa, as crianças sem cerimônia aproximaram-se de Carol, segurando em suas mãos. Logo atrás estava Jéssica, trazendo os lanches e as bebidas.

— Essa é minha mulher, Kalina. E as crianças, as meninas Mirna, Marija e Andrija e os meninos, Alen e Bartol.

— Que família linda! Como poderiam separar vocês?

— Obrigado, senhora! Nem sei como lhe agradecer. Não conseguimos nenhum emprego por aqui.

— Queremos que venham trabalhar conosco. Temos uma casa, que não é muito grande, mas é confortável e vocês podem trabalhar na terra.

— Aleksandar está fraco. O pouco de comida que ele traz para casa, deixa para as crianças. Não come pensando nelas.

Aleksandar agradeceu a oportunidade da melhor maneira que ele conhecia, trabalhando duro. Reformava, pintava, trabalhava na plantação de hortaliças, frutas, com a ajuda de Kalina, enquanto os filhos tinham aulas de música com a maestrina. A oportunidade também oferecia-se a Carol, conseguindo cinco alunos de uma só vez para a sua escola, quando ela já nem sonhava mais com essa opção. Era como reviver o passado pós guerra, ensinando música sob as árvores. Estava feliz com a sua nova missão.

Quase dois meses depois, Aleksandar, entrava na pequena loja da cidade para comprar alguns utensílios e alimentos, quando foi interpelado por dois homens, usando ternos escuros, muito bem vestidos para o padrão da cidade.

— Bom dia! Você mora por aqui?

— Sim. Moro, no campo há poucos quilômetros daqui.

— Já viu essa senhora pelas redondezas?

— Nunca as vi por aqui. Conheço quase todo mundo da vila, mas nunca vi essa senhora. Algum problema?

— Obrigado! Passar bem, senhor.

Sem responder à pergunta de Aleksandar, os homens entraram na loja. Não acreditaram nas palavras dele. Segui-lo seria inviável, pois logo perceberia estar sendo seguido. Duas notas de cem zlotys, foram soltas no balcão à frente do menino que cobrava as mercadorias.

— Conhece aquele senhor que acabou de sair.

— Sou novo aqui, senhor. Gostaria de poder ajudá-los e ganhar esse dinheiro, mas infelizmente, não sei mesmo.

Então, os dois apressaram-se para entrar na caminhonete e seguir os rastros de Aleksandar. A estrada, com a terra meio molhada deixava muito forte os sinais a serem seguidos, porém quando se aproximaram puderam ver que não era o carro no qual ele havia saído. Encontrar o homem, que possivelmente os levaria até Carol, era apenas questão de tempo.

— Carol, agora há pouco, quando saía da venda, fui parado por dois homens bem vestidos. Eles estavam com uma foto da senhora e me perguntaram se eu já a havia visto.

— O que você disse a eles?

— Disse que conhecia todo mundo da vila, mas que nunca a havia visto por aqui.

— Como eram esses homens? Como estavam vestidos? — perguntou Amanda, aproximando-se com Jéssica ao seu lado.

— Eles usavam terno preto. Estavam vestidos iguais.

— Não são os agentes do Vaticano. São da Irmandade. Eles querem a manutenção da ordem exatamente como está hoje. Tentam controlar o mundo, as ideias, o comércio, os serviços... enfim, as pessoas. Querem que todos os mistérios permaneçam escondidos.

— A qual mistério você se refere? — finalizando a pergunta, percebeu chegando às suas costas, um vulto pela sua sombra. Assustou-se e virou rapidamente. Seus reflexos, não eram mais os mesmos do seu tempo de atleta.

— Adele! Bom vê-la novamente. Sempre chegando de repente e assustando a todos.

— Há mais coisas entre o céu e a terra do que sonha nossa vã filosofia. Adoro citar as falas do Willian. Sempre fui sua fã. O anúncio da chegada de um Messias sempre mexeu com todas as sociedades de todo o mundo. O despertar da grande maioria, fraca e impotente, nunca foi objetivo das pessoas que sempre detiveram o poder. Os puros tornaram-se posse dos mandatários.

— E agora eles estão chegando? Vamos levá-los até a chaminé, como da outra vez?

— Como assim? Vocês estavam lá, quando toda a minha família foi morta?

Carol estava atordoada pelas revelações. Pensava não poder mais confiar em ninguém.

— A evolução espiritual nunca foi simples. Tudo em que as pessoas sempre acreditaram, era a pura indução da interpretação dos fatos e das escritas. A imposição não deve imperar sobre a verdade.

— O que eu sou?

— Você é Spalla, a lenda. Aquela que se sentava ao lado de Deus e que oferecia-Lhe a mais bela de todas as músicas, o anjo escolhido por Deus, que daria um novo sentido à evolução da vida.

— Não! Você só pode estar brincando.

— E por que acha que lhe perseguem por milênios? As suas palavras e suas ações mudariam o mundo, a maneira como outras vidas são vistas. Mas não são aceitas pelas religiões ou por sociedades ocultas, que lutam somente pelo poder. Deus não criou a religião e elas contemplam necessidades de quem molda os seus fiéis seguidores.

— Quem são os que me seguem?

— É o mal que estava encoberto ao lado de Deus que desceu à terra, procurando extirpar o poder de emancipação dos mais fracos. O mal que invadiu a terra veio do mesmo lugar de onde você veio, por isso é incontrolável e infinito, assim como a força que você carrega em seus ombros. O mal, exilado dos céus, habita a terra e procura chegar novamente a Deus, por meio de você.

— Mas Deus, em seu infinito poder não poderia lutar com as suas forças contra esse mal?

— Deus criou o livre-arbítrio. São as escolhas que marcam a evolução infinita dos espíritos e não a obediência. Aleksandar, em sua simplicidade, demonstrou a sua evolução, quando disse não conhecê-la, sem saber da sua história para protegê-la deles. Da mesma maneira, que Alan, o menino do balcão da loja, que mesmo precisando de dinheiro, disse nunca tê-la visto. Mas Luca chegará aqui amanhã porque outra pessoa fez uma escolha diferente.

— Como sabe de tudo isso?

— Luca atendia pelo nome de Werner que estava sob o comando de Himmler e Goebbels, que respondiam diretamente ao Führer. Goebbels era o anjo, que estava ao lado de Deus, mas por sua inveja, preocupa-se mais com a evolução de Spalla do que com a dele mesmo. Caído, contrariando Deus, perdeu os seus dons, o que serviu para aumentar ainda mais a sua inveja. Ele não vai ter as lembranças do passado, como você teve na escola e na chaminé. Para ele será um simples déjà-vu, diferente das visões que você teve. A Jéssica estava lá e viu tudo pelas frestas da madeira e conhece cada detalhe da batalha. Você terá a proteção do Frederico.

— Mas ele é um filhote. Não quero que ele se aproxime.

O dia foi marcado por longas conversas, entre Carol, Amanda e Jéssica. Adele estava mais contida nas conversas, ouvia muito e quase nada falava. Mesmo quando questionada, dava respostas simples, olhava a mata, abstinha-se das discussões. O dia longo seria emendado por uma noite de insônia de Carol, até que Adele entrou no quarto e serviu-lhe um chá.

Carol acordou com o sol brilhando por entre as árvores. Estava um dia lindo e a mesa do café posta. Era uma mesa bem-servida, onde estavam quase todos sentados, inclusive as crianças.

— Onde está Adele?

— Ela precisou ir.

— Mas, como assim? Precisou ir pra onde?

— Carol, você precisa compreender que essa é uma luta que nós precisamos enfrentar. Adele sempre esteve presente e estará conosco. Acalme-se. Todos nós estaremos na chaminé quando eles chegarem. Talvez eles não nos encontrem lá. Alexandar e a sua família estarão na casa, trabalhando normalmente.

Próximo ao horário do almoço, um carro chegou com três homens.

Eram os dois homens que haviam encontrado na loja de conveniência, mais um outro senhor. Alexandar cuidava da horta ao lado da escola. Enquanto desciam do carro, ele se aproximou. Com as mãos sujas de terra, foi cumprimentado a certa distância.

— Bom dia!

— Bom dia! Me lembro dos senhores na venda.

— Sim! Tivemos uma informação de que aquela mulher esteve alojada aqui.

— Aqui em casa? Não, senhor.

Enquanto Luca, conversava com Alexandar, os outros dois saíram de perto, rodeando a casa. Quando encontraram-se atrás da casa, um deles apontou para a entrada da olaria.

— Como já lhes disse eu nunca as vi. Então é melhor o senhor e seus amigos retirarem-se dessa propriedade.

Quando terminava de falar, um dos homens aproximou-se e chamou Luca.

— Preciso que você veja isso.

O outro homem guardava a entrava da chaminé, esperando a chegada de Luca e do seu companheiro. Com a lanterna do celular iluminou o interior da chaminé e indicou, com o dedo ao Luca que olhasse para cima. Então, um deles pegou um galho e puxou para si a corrente que fazia subir a plataforma. Lá em cima o brilho da lanterna, seguido do ranger agudo da corrente indicava que estavam aproximando-se. Jéssica os aguardava posicionada à frente, no primeiro piso, tentando surpreendê-los. Carol e Amanda estavam no piso superior.

O som agudo da corrente trouxe os lobos até a entrada da chaminé. O grande lobo cinza estava impaciente arranhando a entrada da olaria, desesperado para subir e ajudá-las. Todos os outros lobos da alcateia chegavam logo após ele.

Assim que desceram da plataforma, foram imediatamente surpreendidos por Jéssica, lutando bravamente contra os dois homens que protegiam Luca, sempre mantendo-se atrás. Eles eram lutadores de artes marciais, mas Jéssica também era lutadora de Muay Thai e Jiu Jitsu, além de outras artes. Depois de levar e sofrer vários golpes, um dos homens estava caído e o outro foi imobilizado, até desfalecer, em um mata leão, especialidade dela. O outro homem levantou, chegou por trás deles e a golpeou, covardemente, com uma faca duas vezes, fazendo-a cair para o lado.

Enquanto encaminhavam-se até Amanda e Carol, Jéssica pôde ver que Tommy estava ali e soltou a corrente que levava os alimentos e água para cima.

— Desça pela corrente.

Jéssica conseguiu arrastar-se e pendurar-se na corrente, na sua descida, pôde ver o grande lobo subindo rapidamente pela chaminé. Assim que chegou, o grande lobo desferiu um ataque violento sobre o homem, que mesmo armado de faca, não conseguiu escapar investida do lobo em seu pescoço.

Deixando o homem, o lobo postou-se à frente de Carol, com a cabeça baixa e os dentes à mostra, impedindo que Luca chegasse até ela. Carol revia aquela cena, como em outras vezes em que o lobo a havia defendido, em várias outras vidas. Assim que o lobo partiu para cima de Luca, ficando quase à sua altura em pé para atacá-lo, ele que estava armado com uma pistola alemã, atirou duas vezes contra o peito do lobo, que caiu à sua frente.

Carol lembrou-se da fala de Adele, dizendo que ela ainda seria defendida por Frederico. Agora ela compreendia que o grande lobo era a verdadeira reencarnação de Frederico, e não o pequeno filhote.

— Esperei por anos vigiando Tommy e você esteve tanto tempo ao nosso lado, encobrindo a sua marca, deixando que a Victória assumisse o seu lugar.

— Deixe-a ir. É a mim que você quer. Ninguém mais precisa pagar por essa loucura.

— Eu serei o responsável pela conquista de milênios de busca.

— Para quem você trabalha?

Amanda já não tinha mais as mesmas habilidades que a levaram ao octógono, ou que a deixava em superioridade contra vários agentes inimigos. Mesmo assim ela partiu para cima do Luca, que também tinha suas técnicas de luta. Amanda lutou bravamente com Luca, conseguindo desarmá-lo. Caído ao chão, Luca usava técnicas de krav maga para imobilizá-la.

De costas para Luca, Amanda, apoiando os pés no chão, conseguiu empurrar Luca até Frederico, caído ao chão. O grande lobo usando todas as suas últimas forças grudou no pescoço de Luca, levando-o à morte. Enquanto o lobo ainda estava agarrado ao pescoço de Luca, a plataforma parava na entrada, içada por Alexandar, acompanhado de Adele.

— Esse é o valor que as pessoas dão ao maior presente de Deus?

— Existem forças sobrenaturais que estão muito acima da própria vida que escapam aos desígnios de Deus. - Adele respondia à indignação de Carol.

Dias depois, Carol decidia que ali ela viveria o resto dos seus dias, acompanhada de Aleksandar, esposa, seus filhos e outras crianças da vila. Ensinaria música, aliada aos valores da vida. A professora estava em casa. Os projetos viraram fundações, por elas sendo administrados, com a garantia exigida por Carol de que manteriam a qualidade que sempre lhes foi oferecida. As visitas de Buhba e das irmãs já não eram mais tão frequentes e Carol muito pouco deixava a escola.

Certo dia, na África, enquanto conversava com Buhba sobre o término do livro, "O Segredo de Spalla", Tommy olhou para suas mãos e sentiu como se estivesse sendo levado para outro lugar. Sabia exatamente o que estava acontecendo naquele momento. Estava pronto para sua uma última visita a Spalla encarnada em Carol e reencarnaria em outro lugar, em outra família. Precisava vê-la em espírito, mesmo que por um segundo.

— Tommy! O que está acontecendo?

Era dia 30 de setembro de 2025, quase às dezenove horas. Carol estava tocando violino embaixo da árvore, ao lado da escola, quando a noite caía, rodeada pela alcateia e pela família de Alexandar. Ao chegar, Tommy pôde ver Adele ao lado de Carol. A ansiedade também não é um sentimento próprio dos homens e mulheres que habitam a Terra.

Tommy sentia-se como se estivesse engasgado, pela urgência de vê-la despida, em espírito. Mas como acontecia há milênios, ele se despedia dela, sem que os seus espíritos se vissem. Adele tocou no ombro, sobre a marca de nascença de Carol e da cicatriz de Tommy, exatamente ao mesmo tempo. Morte e renascimento exaltavam o milagre da evolução espiritual.

Adele em espírito era o único elo de ligação entre os dois, marcando mais uma vez, a tentativa de tocarem-se, sem sucesso. Enquanto Tommy desaparecia para reencarnar em algum lugar, Carol era abraçada, como uma filha.

— Adele! Tommy estava aqui.

— A partir de agora ele estará se preparando para recebê-la em algum tempo. Venha comigo.

— Antes preciso fazer uma coisa.

Na África, uma linda noite de lua cheia, levava a Buhba a incerteza que o deixava inquieto e preocupado com o amigo Tommy, compreendendo que, pela maneira como ele se esvaia, o levava a pensar que Carol estava desencarnando e Tommy renasceria em outro lugar. A história de amor entre os dois espíritos, da mesma alma, que jamais se encontrariam, deveria esperar para o próximo reencontro no plano terreno, reencarnados. Buhba estava apoiado com as duas mãos no guarda-corpo da varanda, olhando o luar, quando ouviu uma voz o chamando.

— Boa noite, meu amigo.

— Eu ainda não compreendi qual é a minha missão nessa vida, tampouco dentro dessa lenda. Por que cabe a mim a tristeza em receber as pessoas que eu tanto amo?

— Vamos caminhar um pouco. Está uma noite linda.

Sobre o autor

Marcelo Brambilla, nascido em Descalvado- SP, Brasil, a 30 de setembro de 1969. Filho de Olympio Brambilla e Nilde Scomparin Brambilla. Graduado em Educação Física e Pedagogia. Pós-graduado em Educação do Ensino Superior e Pós-graduado em Ética, valores e cidadania. Professor da Secretaria da Educação do Estado de São Paulo, desde 1989, Professor da Prefeitura Municipal de Descalvado - 1998 a 2011 e Professor da Rede SESI - SP, desde 2011.